OETINGER TASCHENBUCH

Thomas Schmid, 1960 in Landshut/Bayern geboren, wollte als Kind entweder Stuntman oder Schriftsteller werden. Zum Glück entschied er sich, Literatur-, Theater- und Kommunikationswissenschaften zu studieren und freier Autor zu werden. Heute schreibt er Geschichten für Kinder und Jugendliche, Drehbücher für Film und Fernsehen sowie für den Hörfunk. Er lebt mit seiner Frau und seinen drei Kindern in Niederbayern.

Thomas Schmid

Die Wilden Küken
Es spukt!

Mit Illustrationen von Edda Skibbe

Oetinger Taschenbuch

Außerdem bei Oetinger Taschenbuch erschienen:

Die Wilden Hühner (Bd. 1)
Die Wilden Hühner auf Klassenfahrt (Bd. 2)
Die Wilden Hühner – Fuchsalarm (Bd. 3)
Die Wilden Hühner und das Glück der Erde (Bd. 4)
Die Wilden Hühner und die Liebe (Bd. 5)

Die Wilden Küken (Bd. 1)
Die Wilden Küken – Eisalarm (Bd. 2)
Die Wilden Küken – Endlich Ferien! (Bd. 3)
Die Wilden Küken – Echte Freundinnen (Sammelband)

MIX
Papier aus verantwortungsvollen Quellen
FSC® C014496
FSC www.fsc.org

Das Werk basiert auf Motiven der Reihe „Die Wilden Hühner"
von Cornelia Funke.

1. Auflage 2018
Oetinger Taschenbuch in der Verlag Friedrich Oetinger GmbH,
Poppenbütteler Chaussee 53, 22397 Hamburg
Oktober 2018

Einband- und Innenillustrationen: Edda Skibbe
Satz: Dörlemann Satz, Lemförde
Druck: GGP Media GmbH,
Karl-Marx-Straße 24, 07381 Pößneck, Deutschland
ISBN 978-3-8415-0527-9

www.oetinger-taschenbuch.de

Lilli lag an Deck der *Mystery* und blinzelte in die Wolken. Das Schiff schaukelte sanft auf dem Weiher, und die Seile, mit denen es am Steg vertäut war, knarrten leise. Am Ufer fuhr ein Windstoß rauschend in die Blätter der Weide, und Lilli fühlte sich so leicht, als würde sie schweben.

Enya balancierte auf der Reling und Bob kam gerade mit einem Strauß Löwenzahn in der Hand die Leiter heraufgeklettert. Very, die sich auf dem Dach der Kükenkajüte sonnte, blickte von ihrer Zeitschrift auf, streckte ihr langes Bein vom Dach und öffnete mit dem Fuß die Tür. Bussi flatterte gackernd aus der Kajüte und rupfte Bob sofort ein paar Blätter aus der Hand. Enyas Huhn Ines lugte neugierig um die Ecke.

Lilli schnappte sich erst Birdie und reichte sie zu Very hinauf, dann hob sie ihr eigenes Huhn Flocke aus seinem Nest. Sofort versteckte es den Kopf in Lillis Armbeuge. Lilli streichelte das weiße Bündel mit einem Löwenzahnblatt, bis Flocke neugierig den Kopf reckte und nach dem Grünzeug pickte.

»Willst du dein Horoskop hören, Lilli?« Very rettete ihre Zeitschrift vor Birdies Krallen und las laut vor: »Lust und Liebe: Löwen steht der Sinn nach Erlebnissen der besonderen Art.

Venus und Jupiter sorgen für Gefühlsschwankungen und bescheren Single-Löwen leidenschaftliche Begegnungen.«

Lilli schüttelte ihre mahagonifarbenen Locken. »Ich glaub nicht an die Sterne!«

Very ließ ihre Stimme möglichst geheimnisvoll klingen. »Es gibt mehr Dinge zwischen Himmel und Erde, als du denkst, meine Liebe!«

»Hört sich ganz nach deiner esoterischen Mutter an.« Enya zupfte ihrem Huhn den Schnürsenkel ihres Turnschuhs aus dem Schnabel. »Das ist kein Wurm, Ines!«

Bob beschattete mit der flachen Hand ihre Augen und blickte zu Very hinauf. »Hat es der neue Guru deiner Mutter inzwischen geschafft, allen bösen Spirit aus eurer Villa zu vertreiben?«

Very verdrehte die Augen. »Das ganze Haus stinkt schon nach seinen indianischen Räucherstäbchen. Hartmut hat gestern sogar in der Firma übernachtet.« Very nannte ihre Eltern nicht Mama und Papa, sondern Hartmut und Ilona. »Hartmut sagt, er ist allergisch gegen Präriebeifuß und Zedernspitzen, aber Ilona ist begeistert …«

»Pscht!«, machte Lilli so plötzlich, dass Flocke ihr aus dem Arm flatterte. »Habt ihr das gehört? Das kam vom Keltenwald!«

Die *Wilden Küken* lauschten, hörten aber nichts mehr. Hatte Lilli sich getäuscht? Hastig kramte sie ein kleines Fernglas aus ihrem Rucksack und suchte damit den Waldrand ab. Aber außer einem auffliegenden Vogel konnte Lilli nichts Ungewöhnliches entdecken.

»Was ist das denn für ein altmodisches Ding?«, fragte Enya.

»Das ist ein Operngucker«, erklärte Very von oben. »Damit sieht man der Sängerin ins Dekolleté.«
Auf dem Kajütendach kniend, machte Very ein schmachtendes Gesicht und presste theatralisch die Hände an ihr imaginäres Dekolleté. »Oh, die Liebe, die Liebe, die Liebe hat mir das Herz gebrochen.«
»Fall nicht runter, sonst bricht sie dir auch noch das Bein!«, sagte Lilli und grinste.
Ein Sonnenreflex glänzte auf dem Messing des Opernguckers. Leider war der Riemen, mit dem man sich das Fernglas um den Hals hängen konnte, auf der einen Seite ausgerissen. Lilli hatte ihn provisorisch mit einem Stück Wolle an die Öse geknotet. Die Schrift auf dem spröden Leder war unleserlich geworden. Mit dem Wort *In* fing der Text an und endete mit *Nadja*. Die Buchstaben dazwischen waren nicht mehr zu entziffern.
Nadja war Lillis Mutter. Sie hatte sich kurz nach Lillis Geburt auf und davon gemacht und sich dann elf Jahre nicht mehr gemeldet. Wie immer, wenn Lilli daran dachte, bekam sie auch jetzt einen Kloß im Hals. Sie polierte mit dem Ärmel über den Operngucker. In den letzten Ferien hatte Lilli ihre Mutter zum ersten Mal richtig kennengelernt. Nadja war ihr damals bis in den italienischen Ferienort Roccamare nachgereist. Und auf einer gemeinsamen Motorradtour zum *Monte Lucertola* waren sie sogar so etwas wie Freundinnen geworden.
»Ist das vom Flohmarkt?« Neugierig schob Bob ihren Kopf über Lillis Schulter und deutete auf das altmodische Fernglas.
»Nö, gestern beim Aufräumen im Keller gefunden.« Lilli

knuffte Bob. »Seit deine Tante bei uns eingezogen ist, werd ich andauernd zu so was verdonnert!«

Bobs Tante Luisa war schon seit einiger Zeit die Freundin von Lillis Vater und außerdem die Englischlehrerin der *Wilden Küken*.

»Pscht!« Ruckartig richtete sich Enya auf. »Seid doch mal still!«

»Es hat doch keine was gesagt!« Very strich sich die Haare aus der Stirn.

»Pscht, jetzt!« Enya hob mahnend die Hand.

Lilli hatte sich vorhin nicht getäuscht, da war es wieder.

Wie Trichter hielt Bob die Hände hinter ihre knubbeligen Ohrmuscheln. »Jetzt hör ich's auch!«

Very legte den Kopf schräg und eine blonde Strähne schwang ihr wieder ins Gesicht. »Als würde jemand Holz sägen!«

Lilli kletterte zu Very aufs Kajütendach und spähte durch den Operngucker.

»Siehst du was?« Enya scheuchte die Hühner in die Kajüte.

»Es gibt tatsächlich mehr Dinge zwischen Himmel und Erde«, murmelte Lilli. »Und zwar Jungs!«

Eilig schloss Enya die Kajütentür und schob den Riegel vor.

Bob öffnete die Deckelkiste an der Seitenwand. »Zum Glück haben wir unsere neue Feuerspritze.« Sie rollte den Schlauch aus und warf das lose Ende in den Weiher.

»Sieht nicht so aus, als wollten sie angreifen. Sie klettern nur in den Bäumen herum wie die Affen.« Lilli reichte Very das Fernglas.

Mit einem tiefen Seufzer der Enttäuschung holte Bob ihren Schlauch wieder ein. Seit sie die alte Pumpe auf dem Flohmarkt gekauft hatte, hoffte sie auf eine Bewährungsprobe. Aber bisher war die handbetriebene Wasserspritze nur beim Deckschrubben zum Einsatz gekommen.
Very drehte am Messingrädchen des Operngückers herum. »Ich seh nix. Weder Jungs noch Affen. Nur Bäume.« Sie gab Lilli das Fernglas zurück und klimperte mit ihren langen Wimpern. »Kann es sein, dass du jetzt auch schon tagsüber von Ole träumst?«
Bevor Lilli sie schubsen konnte, sprang Very freiwillig vom Kajütendach. Verärgert warf Lilli ihr die Zeitschrift hinterher. »Ich hab sie eindeutig gesehen, und zwar alle drei.«
Mit alle drei meinte Lilli die *Grottenolme*. Die *Grottenolme* waren genau wie die *Wilden Küken* eine Bande. Lilli war das Oberküken der Mädchen und Ole war der Boss der Jungs. Zu Oles Bande gehörten sein Zwillingsbruder Little und sein bester Freund Mitch. Mitch hieß wirklich Mitch. Mitch Mittermeier. Und Ole hieß wirklich Ole. Nur Little hieß nicht Little, sondern eigentlich Linus. Aber alle nannten ihn nur Little, manche auch Professor Little. Ein paar in der Klasse hielten ihn für einen Streber, aber das war Little nicht, er hatte einfach nur ein phänomenales Gedächtnis. Er meldete sich nur ganz selten freiwillig, aber immer, wenn es sich die Lehrer leicht machen wollten, nahmen sie Little dran. Also ziemlich oft. Zum Glück war Ole kein solcher Alleswisser. Die Ähnlichkeit zwischen den Brüdern beschränkte sich auf ihr Äußeres. Vom Charakter her waren sie

von Grund auf verschieden. Natürlich hatten beide die gleiche Augenfarbe, aber so tiefblau, dass Lilli manchmal sogar davon träumte, waren nur die Augen von Ole.
Wieder und wieder suchte Lilli jetzt mit dem Operngucker den Waldrand ab. Sie hatte sich vorhin doch nicht getäuscht?! Nein, hatte sie nicht! Zwischen den Blättern bewegte sich etwas und ein Lichtreflex leuchtete auf. Mit angehaltenem Atem stellte Lilli die Sicht schärfer. Im Wipfel einer hohen Buche hockte Ole auf einem Brett zwischen zwei Ästen und hielt ein Fernglas in der Hand. Lilli rutschte vor Schreck fast vom Kajütendach. Einen Augenblick lang war das Fernglas direkt auf sie gerichtet. Nicht sie hatte Ole im Visier, sondern er sie! Wie ertappt ließ sie den Operngucker sinken, fasste sich aber gleich wieder. »Schaut alle nach oben«, rief sie schnell und zeigte an Oles Beobachtungsposten vorbei in den Himmel. Gerade so, als wollte sie die Freundinnen auf einen eben entdeckten Vogel aufmerksam machen. »Tut ganz unauffällig, wir werden beobachtet!«
Lilli kletterte vom Kajütendach. »Kommt! Wir tun so, als würden wir nach Hause fahren.« Sie schulterte ihren Rucksack und kletterte von Bord. Erst unten auf dem Steg, im Sichtschutz der *Mystery*, zeigte Lilli den anderen *Küken* die genaue Position der *Olme* an und umriss in wenigen Worten ihren Plan.
Kurz darauf schoben die *Wilden Küken* ihre Räder durchs kniehohe Gras der Weiherwiese. Für ihre Beobachter oben am Hügelkamm sollte es so aussehen, als wollten sie Richtung Landstraße. Aber kaum hatten sie den Feldweg erreicht, bogen sie nicht Richtung Stadt ab, sondern radelten bergauf, ließen hin-

ter der nächsten Kurve die Fahrräder im Graben liegen und verschwanden im Schatten des Keltenwaldes.
So schnell sie konnten huschten sie den Waldrand entlang.
In Gedanken war Lilli eine indianische Waldläuferin. Lillicahontas lief seit mehreren Stunden. Die weißen Siedler hatten ihr alles geraubt. Ihren Bogen, den Köcher, die Pfeile – und sogar das geheime Totem mit den Geheimnissen ihrer Ahnen. Die Bleichgesichter hatten Pferde, Lillicahontas hatte nur ihre Ausdauer und den ungebrochenen Willen einer Indianerprinzessin ... Völlig aus der Puste blieb Lilli stehen. Sie lüftete ihre dichten rotbraunen Locken und wischte sich den Schweiß aus dem Nacken. Neben ihr verhedderte Very sich immer mehr in den Brombeerranken. »Mist, die Hose hab ich erst letzte Woche gekauft!«
»Und nächste Woche kaufst du dir wieder eine, Verena!« Bob nannte Very nur bei ihrem richtigen Namen Verena, wenn sie sich über sie ärgerte. »Die hat vor mir schon meiner Schwester Giulia gehört!« Bob zeigte auf ihre eigene Jeans.
»So sieht sie auch aus – Roberta!«, sagte Very und nannte ihrerseits Bob etwas übertrieben bei ihrem richtigen Vornamen.
Very bekam mehr Taschengeld als die anderen *Küken* zusammen und konnte sich immer die neuesten Klamotten kaufen.
Eilig pflückte Enya noch ein paar Brombeeren. »Jetzt kommt endlich weiter!«
»Hat da nicht eben jemand gelacht?« Lilli schlich bis zum Waldrand und bog zwei Birkenzweige auseinander. Es war nichts Auffälliges zu entdecken, aber der Anblick, der sich den *Wil-*

den Küken bot, ließ sie für einen kurzen Moment alles andere vergessen und innehalten. Die Sonne neigte sich schon nach Südwesten und die Bäume warfen lange Schatten. Umso grüner leuchtete die Wiese im milden Licht des Nachmittags. Der Weiher schimmerte silbern und die Galionsfigur am Bug der *Mystery* schien wie ein echtes Huhn die Flügel auszubreiten.

Gemeinsam aßen die *Wilden Küken* die Brombeeren aus Enyas Hand, betrachteten ihr schwimmendes Bandenquartier und genossen den Geschmack des Sommers. Wenn es wirklich Wunder zwischen Himmel und Erde gab – dann war die *Mystery* in diesem Augenblick eines davon.

Lilli prägte sich das Bild ein und stapfte den anderen hinterher weiter bergauf, da zerriss ein schrecklicher Schrei die Stille des Waldes. Ole, schoss es Lilli durch den Kopf. Das war Oles Stimme.

Lilli wich knorrigen Wurzeln aus und stolperte über dürre Äste. Immer weiter blieben die anderen *Küken* hinter ihr zurück und immer atemloser hetzte Lilli bergauf. Dorthin, wo die aufgeregte Stimme von Mitch zu hören war, der scheinbar immer panischer rief: »Ole, verdammt, Ole, sag doch was!«

Scharf stach Lilli jeder Atemzug in die Lunge. Zweige peitschten ihr ins Gesicht, ihr Fuß versank in morastigem Boden, da endlich entdeckte sie Mitch und gleich darauf Little am Waldrand. Der kauerte bleich und reglos auf der ausgebreiteten Leopardendecke, während Mitch breitbeinig neben einer mächtigen Buche stand, als warte er auf irgendetwas.

Lilli sprang über die Werkzeugkiste der *Grottenolme* und kickte dabei versehentlich eine Tüte um. Plastikspinnen und Riesenkakerlaken, Stinkbomben und Knallerbsen kullerten über das verblichene Leopardenmuster.

»Wo ist Ole?« Lilli erstarrte. Hinter der Buche lag er im Laub. Blutüberströmt.

»Ole«, schrie sie. »Was ist passiert?«

Mitch salutierte, als wäre er einer der Helden aus seinen Actionfilmen. »Melde gehorsamst, der Chief Commander ist gefallen!«

Er wies in den Wipfel der Buche, wo mit Seilen ein Brett wie eine Sitzbank zwischen den Ästen befestigt war.
Lilli stieß Mitch beiseite und sank auf die Knie. Oles Augen waren geschlossen, über sein Gesicht zog sich ein Netz aus Blut.
»Sturz aus großer Höhe«, sagte Mitch hinter Lilli, aber Lilli nahm jetzt weder ihn wahr noch Enya, Very und Bob, die keuchend durcheinanderredeten.
Ich muss ihn retten, hämmerte es in Lillis Kopf. »Mund-zu-Mund-Beatmung?« Lillis Stimme überschlug sich fast. »Wie geht das gleich wieder?«
»Bei überstrecktem Hals die Nase des Betroffenen verschließen«, sagte Little. »Einatmen und den eigenen Mund weit aufmachen!«
Wenn Ole nicht wieder zu sich käme, würde auch Lillis Herz stehen bleiben. Bitte, bitte …, flehte ihre innere Stimme immer wieder, bitte, wach auf. Aber Ole rührte sich nicht. Die schwarzen Wimpern verschlossen seinen Blick hinter den Lidern. Lilli drückte mit der einen Hand Oles Kopf ins Laub und quetschte mit der anderen seine vom Blut glitschigen Nasenflügel zusammen. Blind und taub für alles andere um sich herum, richtete Lilli sich auf, holte tief Luft und beugte sich über sein Gesicht. Ihr Mund schwebte schon knapp über seinem, da blitzte es. Gleichzeitig riss Ole die Augen auf und lachte lauthals. Lilli fuhr zurück und starrte verwirrt in Mitchs Kamera, es blitzte erneut, und zeitgleich traf sie der Blitz der Erkenntnis.
»Hast du mich denn nicht rufen gehört?« Enya hielt bedauernd die Tüte mit der Aufschrift *Scherzartikel Schrobele* hoch.

Wie betäubt schüttelte Lilli den Kopf.

»Wahrscheinlich vor lauter Sorge um Ole«, murmelte Bob voller Mitgefühl.

Lilli spürte regelrecht, wie ihr die Röte in die Wangen stieg. Ole war nicht vom Baum gestürzt, er war weder bewusstlos gewesen noch in Lebensgefahr, er war lediglich ein eingefärbter Idiot. Das heißt, eigentlich war Lilli der Idiot. Schließlich war sie ihm auf den Leim gegangen.

Mitch bog sich vor Lachen, während Ole sich mit einem Taschentuch das künstliche Blut vom Gesicht wischte. »Das Zeug ist sauteuer, sieht aber wirklich echt aus, oder?« Er grinste Lilli so frech ins Gesicht, dass sie ihn, wäre hier irgendwo ein Abgrund gewesen, sofort hinuntergestoßen hätte, und zwar ohne dem Blödmann dann das Leben zu retten.

Ole spielte mit dem breiten Lederarmband, das er wie alle *Grottenolme* am Handgelenk trug.

»Mannomann, Boss!« Mitch klopfte Ole auf die Schulter. »Dachte schon, die Braut küsst dich gleich.«

»Pass auf, dass ich dich nicht gleich küsse!« Very streckte einen Fuß aus, als wollte sie einen ihrer Cheerleadersprünge vollführen.

»Nicht vor den anderen, Kleines!«, feixte Mitch, wich aber unwillkürlich ein paar Schritte zurück. Mitch war fast einen Kopf kleiner als sie und kannte Verys gefährliche Sprungtechnik.

»Das mit dem Beatmen war nicht geplant«, sagte Ole zu Lilli. Im lichten Schatten glänzten seine Augen noch dunkelblauer als sonst. »Konnte ja keiner wissen, dass mein hyperintelligenter Herr Zwillingsbruder gleich die Definition von Mund-zu-Mund-Beatmung vom Stapel lässt!« Ole verpasste Little einen scherzhaften Klaps auf den Hinterkopf.

»Weil Lilli mich gefragt hat«, rechtfertigte sich Little und fügte gleich noch eine andere Definition hinzu. »In peinlichen Situationen steigt der Blutdruck und die Arterien weiten sich.« Er wies auf Lillis Wangen. »Dadurch wird die Haut rot.«

»Und davon wird sie es auch!«, kreischte Lilli und knallte Little eine.

»Angriff«, schrie Mitch. »Zu den Waffen, *Grottenolme*. Macht die *Küken* nieder!«

Little hielt sich die Backe, während Ole und Mitch hinter die Buche sprangen und dort wie die Wilden im Laub wühlten.

Fluchtbereit warteten Bob, Very und Enya auf ein Kommando von Lilli.

»Rache!«, grölte Mitch. Er riss eine neongelbe Wasserpistole aus dem Laub und reckte sie kriegerisch in die Luft. »Kalaschnikow!«

»Rache!«, zischte auch Lilli und rannte los.

Enya holte sie ein. »Was hast du vor?«

»Zeit für die *ABF*!« Lilli steigerte ihr Tempo.

»Bandenbuch, Seite 26«, ertönte hinter ihr Bobs Stimme.

Schlug man im Bandenbuch der *Wilden Küken* auf Seite 26 die geheime Abkürzung *ABF* nach, dann konnte man dort in Bobs geschwungener Schrift vier Worte lesen: *Allzeitbereitfalle, nur für Notfälle*.

»Nur für Notfälle«, keuchte Very neben Lilli.

»Rache ist ein Notfall!« Lilli lief bereits Richtung Schlangenbach.

Hinter ihnen ertönte das Geschrei der *Grottenolme*, die ihnen mit ihren Wasserpistolen im Anschlag bereits auf den Fersen waren. Die *Wilden Küken* rannten den Abhang hinunter, balancierten über den Baumstamm, der wie eine Brücke über dem Schlangenbach lag, und erklommen die gegenüberliegende Böschung.

»Schneller, *Olme*!«, befahl Ole. »Sie wollen zur Grottenolmgrotte!«

Vor den *Küken* war bereits der Keltenbuckel zu erkennen, ein großer bemooster Fels, hinter dem eine Senke zum Bandenquartier der Jungs hinunterführte. Die sogenannte Grottenolmgrotte war zwar weniger eine Grotte als eine Einbuchtung in der Felswand, aber Ole, Little und Mitch hatten davor eine kleine Hütte und drum herum eine hohe Palisade errichtet.

»*ABF* Phase eins!« Lilli zweigte nach links ab. Keinen Steinwurf entfernt, baumelte an einer Birke Bobs löchrige Ringelsocke.

Verzweifelt suchten Lillis Augen nach der zweiten Socke. Die musste doch hier irgendwo sein. Sie entdeckte sie, unweit der Birke um den Ast einer Erle geschlungen. Alle vier *Küken* liefen jetzt nebeneinander und sprangen gleichzeitig über die fast unsichtbare Nylonschnur, die knapp über dem Waldboden zwischen den markierten Bäumen gespannt war.

Genau wie bei ihrem Testlauf letzte Woche hetzten sie, ohne innezuhalten, weiter den Hang hinab Richtung Schlangenbach, der hier einen weiten Bogen beschrieb.

»Iiiihh«, quietschte Very, ohne ihr Tempo zu verlangsamen. Ein Wasserstrahl hatte sie am Hinterkopf getroffen. Eine zweite Wassersalve erwischte Lilli eiskalt am Rücken.
Kurz vor dem Aufschrei der Jungs wandte Lilli den Kopf. Fast gleichzeitig stürzten die drei *Olme* über die Stolperleine. Mitchs Plastik-Kalaschnikow sauste durch die Luft und zerschellte an einem Baumstamm. Ole kugelte den Abhang hinunter, Little rutschte bäuchlings hinterher und verhedderte sich neben seinem Bruder im Gestrüpp.
»*ABF* Phase zwei«, keuchte Lilli und steuerte auf die dicke Eiche zu, deren ausladende Äste fast über den Schlangenbach reichten. Sie tastete die Rinde ab und stieß auch gleich auf Verys goldene Haarspange, die sie in einer Ritze verklemmt hatten. Lilli zog kräftig an der Spange, an die ein brauner Faden geknüpft war, und schon lösten sich oben aus dem Geäst zwei Seile. Mit einem Meter Abstand voneinander baumelten sie wie Lianen über dem Bachufer.
»Zuerst Bob!«, kommandierte Lilli und zeigte zur Sicherheit auf das linke Seil, an dessen Ende der winzige rosarote Puppenschal hing, den Enya eigens für die *ABF* gehäkelt hatte.
Bob nahm kurz Anlauf, packte das Seil und schwang sich über den Schlangenbach, der hier schon viel zu breit war, um ihn ohne Hilfsmittel zu überwinden. Bob landete sicher am anderen Ufer und schleuderte die Liane mit Schwung zurück. Enya fing sie und segelte als Zweite auf die andere Seite. Besorgt blickte Lilli den Abhang hinauf. Die Jungs hatten sich inzwischen aufgerappelt. Little suchte noch nach seiner Wasserpistole. Ole

hatte seine einfach liegen lassen und rannte schon Richtung Bach, während Mitch noch fluchend die neonfarbenen Scherben seiner Kalaschnikow aufsammelte.
Wieder schwang das Seil zurück, Very umklammerte es und schwebte über das Wasser. Elegant, als wäre es eine ihrer Cheerleaderübungen, setzte sie zwischen Bob und Enya auf und ließ das Seil zu Lilli pendeln. »Schnell, Lilli, sie kommen!«
Lilli schlang sich das Seil ums Handgelenk und stieß sich ab. Unter ihr zog der Bach vorbei, Lillis Magen krampfte sich zusammen, fast zu früh ließ ihr Schwung nach. Mit knapper Not erreichte sie das rettende Ufer. Aber, anders als bei der Generalprobe von Phase zwei, strauchelte sie beim Aufkommen und das Seil rutschte ihr aus den Händen. Zum Glück erwischte Enya das Seilende noch rechtzeitig und hielt es fest.
»Schnapp dir die Liane, Tarzan!« Mitch deutete auf das zweite Seil, das da noch immer unschuldig von der Eiche baumelte.
Ole stürmte auf das Ufer zu, erwischte das Seil im Sprung – und schrie auf. Wie vorgesehen, löste sich die Schlaufe des Seils vom Eichenast, und Ole plumpste in den Bach. Little schoss von weiter oben mit seiner Wasserpistole, während Mitch an ihm vorbei bis ans Bachufer schlitterte und die Scherben seiner Kalaschnikow nach den *Küken* warf. Geschickt wichen die Mädchen den Geschossen aus und auch Little konnte mit seiner Wasserpistole nichts ausrichten.
Prustend schlug Ole um sich. Glitzernde Tropfen sausten durch die Luft.
Lillis Wangen glühten. Und diesmal ganz sicher nicht vor Scham,

sondern aus reiner Schadenfreude. »Phase drei«, rief sie triumphierend und zerrte eine kleine Pausenbrotbüchse unterm Holunderbusch hervor. Die vier Freundinnen griffen hinein und pfefferten jede eine Handvoll bunter Konfetti auf den triefend im Bach stehenden Chief Commander der *Grottenolme*.

Als Mitch und Little ihn aus dem Wasser fischten, hatten die *Wilden Küken* schon längst den gegenüberliegenden Hang erklommen und winkten spöttisch zum Abschied nach unten.

Die Mädchen schoben bereits ihre Räder aus dem Graben, da hallte das Wutgeschrei der Jungs noch immer durch den Keltenwald.

Lilli trat in die Pedale und setzte sich an die Spitze der Karawane.

»Wir müssen unbedingt wieder eine neue ABF aufbauen«, rief Enya, als Lilli sie überholte.

Hinter ihnen krachte Bobs Fahrradkette in einen anderen Gang.

»Denkst du, die Jungs sind so doof und fallen darauf ein zweites Mal herein?«

»Klar doch.« Very lachte und klingelte mit ihrer Fahrradklingel.

Es ging bergab, Lillis Reifen surrten, und der Fahrtwind kühlte ihr Gesicht. Je weiter sie sich vom Schauplatz ihres Sieges entfernten, desto mehr schrumpfte das Triumphgefühl in ihr. Und als sie den Stadtbrunnen erreicht hatten, verspürte sie stattdessen Gewissensbisse, dem Falschen eine Ohrfeige gegeben zu haben, und einen kleinen Rest ihrer Angst um Ole.

Enya winkte ihren Freundinnen zum Abschied, gab Handzeichen und bog ab.
Lilli und Bob fuhren zusammen mit Very weiter, bei der sie noch eine schriftliche Zusammenfassung ihres Referats ausdrucken wollten.
Die Gärten links und rechts der Straße wurden immer weitläufiger, die Häuser immer vornehmer.
Hinter Lilli klapperte Bobs Fahrradkette. Sie hatten es nicht mehr weit, in der übernächsten Querstraße lag die Villa von Verys Eltern. Very bog schon ab. Lilli blickte sich ungeduldig um. Bob trat ein paar Mal leer durch und ruckelte wie wild an ihrer Gangschaltung. »*Porca miseria*, dieses blöde Schrottrad.« Knirschend rutschte die Kette auf den richtigen Zahnkranz. Bob gewann wieder an Fahrt und überholte Lilli. »Du hast doch hoffentlich an den Stick gedacht?«
Lilli ließ mit einer Hand den Lenker los und tastete den Rucksack auf dem Gepäckträger ab, um sich zu vergewissern, dass der Stick, auf dem sie das Referat gespeichert hatten, auch wirklich im Seitenfach steckte.
In diesem Moment ertönte eine Hupe. Ein schwarzer Gelän-

dewagen mit offener Ladefläche bremste quietschend. Lilli bremste ebenfalls, ihr Hinterrad brach aus, und sie rutschte ein Stück quer zur Fahrbahn. Gleichzeitig kamen das Auto und sie, keine Armlänge voneinander entfernt, zum Stehen. Der Mann hinter der Scheibe tippte sich mit dem Zeigefinger an die Stirn und fuhr weiter.

Very kehrte um und kam zurück. »Bist du okay?«

»Nur erschrocken«, murmelte Lilli. »Nix passiert!« Ihre Kehle war auf einmal so trocken, dass sich ihre Stimme seltsam fremd anhörte.

»Der hat's aber eilig«, sagte Very. Der Wagen brauste soeben mit Karacho um die nächste Kurve. »Das war der Pick-up von Ilonas neuem Guru.«

Ein neuerlicher Schrecken fuhr Lilli in die Glieder. »Wo ist Bob?« Verwirrt ließ sie ihr Rad fallen und blickte sich suchend um. Nirgends eine Spur von Bob. Als wäre sie vom Erdboden verschluckt worden.

»Bob?«, riefen Lilli und Very mehrmals. »Bob?!«

Auf der anderen Seite der Straße verlief ein schmaler Grünstreifen, und dahinter erhob sich eine dichte Hecke, die jetzt in Bewegung geriet. Zwischen den Thujenzweigen erschien erst Bobs Vorderrad, dann sie selbst.

»*Grazie a Dio!*« Der Fahrradhelm saß schief auf ihrem Kopf, sie spuckte Grünzeug und lachte. »Gott sei Dank haben die hier keine Mauer um ihr Grundstück.«

Erst jetzt merkte Lilli, dass ihr Tränen übers Gesicht liefen. Sie wischte sie schnell weg und umarmte Bob erleichtert.

Am Gartentor der Villa empfing Hartmut Graefe seine Tochter mit einem strahlenden Lächeln. »Stell dir vor, ich hab ihn rausgeschmissen, Verena.« In einer Hand hielt er ein Rauchfass, mit der anderen öffnete er den Deckel der Mülltonne. »Kein Präriebeifuß und keine Zedernspitzen mehr! Schluss mit dem Firlefanz!« Er ließ das Rauchfass in die Tonne plumpsen und rieb sich zufrieden unsichtbaren Schmutz von den Händen.

»Und was sagt Ilona?«, fragte Very.

Hartmut Graefe seufzte. »Sie meditiert!«

An Verys Computer scannten Lilli und Bob ihr mit Buntstiften angefertigtes Schaubild ein und druckten die Zusammenfassung des Referats aus. Das Schaubild sah auf dem Ausdruck noch bunter aus als auf dem Original.

Im Wohnzimmer der Graefes saß Verys Mutter Ilona mit kompliziert verknoteten Beinen auf einem flauschigen Teppich. In den riesigen Glasfenstern zum Garten brach sich das rötliche Abendlicht. Ilona hob kurz die Hand. Sie hatte die Mädchen auf der Treppe entdeckt und bedeutete ihnen, kurz zu warten. Scheinbar konnte Verys Mutter meditieren und gleichzeitig telefonieren, denn während ihre Beine unten Yoga machten, hatte sie oben das Telefon zwischen Schulter und Ohr klemmen.

»Ganz genau, Jasmin. … Jetzt, wo mein Vater für drei Wochen in Italien ist …« Sie hörte kurz der Stimme am anderen Ende der Leitung zu und meldete sich dann selbst wieder zu Wort.

»Ja, bei dieser Bea Schrader, seiner neuen Flamme. In seinem Alter … Du sagst es.«

Lilli ließ ihren Blick über die großformatigen abstrakten Gemälde an den Wänden schweifen. Auch auf dem Olivenholzboden standen überall Kunstobjekte, dazwischen plätscherte ein Zimmerbrunnen, über dessen mannshohe Wand aus aufgetürmten Schieferplatten Wasser rieselte.
Ilona verdrehte die Augen. »Träum weiter, Jasmin, mein Hartmut und transzendentale Meditation? Erinnerst du dich nicht mehr, welchen Aufstand er bei dem Chi-Gong-Kurs gemacht hat? … Du, ich muss Schluss machen. Ich ruf dich später noch mal an, ja?« Sie legte auf und entknotete sich ächzend. »Lilli, Roberta! Schön, euch wieder mal zu sehen.« Sie lächelte verschwörerisch. »Wie läuft es denn mit euch *Wilden Miezen*?«
»*Küken*«, verbesserte Lilli und schnupperte. Im ganzen Haus hing ein seltsamer Geruch in der Luft.
»Was du riechst, ist das Räucherwerk der Inkas«, erklärte Very und lächelte etwas bemüht.
»Shaman nannte es Sacasales, starke Schutzräucherung!« Ilona stellte das Telefon in die Ladeschale.
»Und ich nenne es Kokolores und Shaman heißt eigentlich Hansjürgen Schramm und ist ein Scharlatan!« Ein Kuvert und einen Briefbogen schwenkend, kam Verys Vater herein. »Er hat uns vor seiner übereilten Abreise noch schnell eine gepfefferte Rechnung in den Briefkasten gesteckt.«
Very gab Lilli und Bob ein Zeichen und still und leise verdrückten sie sich Richtung Haustür.

Betroffen und erleichtert zugleich radelten Lilli und Bob an der Stelle vorbei, an der sie vorhin nur knapp einem Unfall entkommen waren, und folgten der Querstraße. Schon nach ein paar Metern verklemmte sich Bobs Kette wieder zwischen den Zahnrädern, diesmal allerdings so fest, dass sich das Rad nur noch schieben ließ. Also stieg auch Lilli ab.

Genervt kickte Bob gegen die Fahrradkette. »Das Mistding hat sich bei Giulia auch schon dauernd verklemmt!« Bob schnaubte erst wütend, dann seufzte sie traurig. »Seit meine Schwester studiert, kommt sie nur noch am Wochenende. Und dann ist sie natürlich die ganze Zeit bei ihrem Freund Justin. Und ich hab gar nichts mehr von Giulia.« Bob schnallte ihren Fahrradhelm auf den Gepäckträger. »Außer einem klapprigen Fahrrad und ausgefransten Jeans.«

Lilli war immer mit ihrem Vater alleine gewesen und konnte sich eine große Familie mit Geschwistern, Eltern und Oma kaum vorstellen. »Wenn Giulia noch bei euch wohnen würde, dann müsstest du doch noch immer mit Siegi in einem Zimmer schlafen.«

»So sind wir eben.« Bob klapperte mit ihren Lidern. »Wenn wir zusammen sind, gehen wir uns tierisch auf den Keks, aber kaum sind wir getrennt, kriegen wir die große Sehnsucht.«

»Mir fehlt Nadja.« Lilli seufzte. »In Roccamare haben wir uns so gut verstanden. Damals dachte ich, wir würden uns in Zukunft vielleicht öfter sehen.«

Bob berührte Lilli an der Schulter. Sie konnte einen manchmal trösten ohne ein einziges Wort.

»Papa geht mir eigentlich nie auf den Keks«, sagte Lilli und lachte wieder. »Allenfalls deine Tante. Vor allem ihr *Powerlearning*.« Lilli ahmte Luisas Tonfall nach. »Lilli, *say it in English, please*!« Sie schnaufte genervt. »Wenn ich das schon höre, krieg ich echt die Krise, weil … Was ist das denn?« Verwundert drückte Lilli Bob ihr Rad zum Halten in die Hand und lief auf die andere Straßenseite.

Im Rinnstein lag ein quadratisches Holzbrett, etwa so groß wie ein Schulatlas. Lilli bückte sich danach. Lärmend erhob sich eine Schar Finken aus dem nahen Gebüsch und flog so tief über sie hinweg, dass Lilli den Luftzug der vielen Flügelschläge in ihren Haaren spürte. Sie drehte das schwere Brett aus hellem Holz herum und gab unwillkürlich einen erstaunten Laut von sich. In der Mitte des seltsamen Brettes war ein kahler schwarzer Baum abgebildet. Links davon war eine Sonne zu sehen, rechts ein sichelförmiger Mond. Die Ecke oberhalb des Monds war abgebrochen. Zwischen Sonne und Mond spannten sich die Buchstaben des Alphabets in zwei Reihen wie ein Regenbogen über dem Baum. Unter der Sonne stand in dunklen Buchstaben *HELLO*, unter dem Mond das Wort *END*. »Scheint ein englisches Brettspiel zu sein«, sagte Lilli.

Rechts unten prangte eine kunstvolle Windrose, die sternförmig die Himmelsrichtungen anzeigte, und links neben den verzweigten Wurzeln des Baumes standen die Worte *YES* und *NO*. Am unteren Rand waren die Zahlen von Null bis Neun aufgeführt und um das ganze Brett herum verlief eine Art Zopfmuster.

Bob lehnte die Fahrräder gegen eine Straßenlaterne und beugte sich neugierig über Lillis Schulter. »Sieht ziemlich wertvoll aus.«

Die Buchstaben und Bilder waren nicht gemalt, sondern aus mehrfarbigem Holz gearbeitet. Erst jetzt, bei genauerem Hinsehen, erkannten die Mädchen, dass es sich bei dem Zopfmuster um ineinander verschlungene Schlangen handelte. Lilli strich über die dunklen Einlegearbeiten. Kurz verharrte ihr Finger auf dem *YES* und rutschte dann auf *NO*. »*Ja* und *Nein*«, übersetzte Lilli.

»Das weiß sogar ich!«, sagte Bob und fügte mit ironischem Unterton hinzu: »Auch ohne *Powerlearning*.«

Lillis Augen folgten dem Verlauf der Straße. »Der Guru, der ist doch vorhin hier mit vollem Karacho um die Kurve, ich wette, das Ding ist ihm von der Ladefläche gefallen.«

»Dann gehört das jetzt uns«, entschied Bob. »Immerhin hätte er uns fast über den Haufen gefahren.« Sie klopfte dreimal auf das Spielbrett. »Das bringt Glück: Auf Holz klopfen!« Bobs Gesichtsausdruck wurde wieder ernst. Sie betrachtete den dargestellten Baum. »Sieht aus, als würden sich die gewundenen Äste hier in Schlangen verwandeln.«

Lilli fuhr erst einen gewundenen Ast des schwarzen Baums mit dem Finger nach und dann eine der Schlangen am Rand. »Ich glaub, das ist Ebenholz.«

Bob entfernte ein paar lose Splitter von der Bruchstelle. »Wenn wir das abgebrochene Teil hätten, könnten wir es vielleicht kleben.«

Lilli und Bob suchten den Straßenrand ab, den Gehweg und sogar das nahe Gebüsch, fanden das fehlende Stück aber nirgends.

Während Bob ihr kaputtes Fahrrad in den Hinterhof brachte, wartete Lilli in der Eisdiele. Die *Gelateria Cantarella* gehörte Bobs Mutter Anna und Bobs Oma Paola. Die Nonna, wie Bob ihre Oma nannte, machte die beste Eiscreme der Welt, und am allerbesten war ihr Pistazieneis.
Gelatino, der Eisverkäufer, reichte Lilli eine Waffel mit drei grünen Eiskugeln. »Pistazie mogst doch am liabsten, stimmt's oder hab i recht?« Gelatino hieß eigentlich Georg Hadersdorfer und stammte garantiert nicht aus Italien.
Lilli wollte sich eben auf ihren Lieblingsplatz am Fenster setzen, da zupfte Bobs kleiner Bruder Siegi sie am Ärmel. Er zog sie an der Musikbox vorbei, den kurzen Gang entlang bis in die Küche und lispelte: »Sau wie sön!«
Bobs Mutter und Bobs Oma saßen am Tisch und begrüßten Lilli, die erst jetzt erkannte, was Siegi gemeint hatte. Auf einer Glasplatte lagen verschiedenfarbige Marzipanklumpen, aus denen die Nonna Figuren formte. Braut und Bräutigam waren schon fertig sowie eine Vielzahl von bunten Blüten und grünen Blättern. Vorsichtig hob Bobs Mutter die Braut und den Bräutigam auf ein Trockengitter.
Siegi hielt Lilli ein eindeutig von ihm geknetetes Tier vors Gesicht. »Den hab ich so sön gemacht.«
Sie schleckte von ihrem Pistazieneis und klopfte Siegi anerken-

nend auf die Schulter. »Der ist ja wirklich wunder*sön*!« Früher hatte sie immer vergeblich versucht, Siegi zu korrigieren, aber inzwischen redete sie mit ihm einfach in Siegisprache. Und da hieß schön eben *sön*.

Bob und ihr Vater Jens kamen herein. »Die Nabe ist kaputt und der ganze Rahmen verzogen …« Jens wusch sich die ölverschmierten Hände. »Ich fürchte, das Rad muss auf den Recyclinghof!«

Bob zog die Stirn in Falten. »Und womit soll ich rumfahren?«

»Einstweilen mit dem alten Lieferrad der *Gelateria*!«

»Das Ungetüm ist mir doch viel zu groß«, murmelte Bob, und ihre Stirn bekam noch ein paar Falten mehr.

Sich die Hände abtrocknend, begutachtete Jens die Marzipankunstwerke. »Die sind ja toll geworden!«

Die Nonna hielt eine zierliche Figur hoch, die sie soeben fertig modelliert hatte, und verglich sie mit Lilli. Das Marzipanmädchen hatte rotbraune Locken und viel zu große grüne Augen.

»Das bist du!« Siegi zeigte erst auf das Marzipanmädchen und dann auf sein Tier. »Und das ist Sneaker!«

Wieso sollten das sie und ihr Hund sein? Verwirrt blickte Lilli auf die Marzipanfiguren, die Bobs Mutter jetzt neben Braut und Bräutigam auf das Trockengitter legte.

»Snell slecken, es smilzt!« Aufgeregt zeigte Siegi auf Lillis Eis.

»Aber kein Wort zu Stefan und meiner Schwester!« Jens setzte sich jetzt ebenfalls an den Tisch und zwinkerte Lilli zu. »Das mit der Hochzeitstorte soll eine Überraschung für die beiden werden!«

Pistazieneis tropfte auf Lillis Knie.
Bob riss ein Küchentuch von der Rolle. »Und wieso sagt mir keiner was davon?«
»Wir wissen es doch selbst erst seit gestern.« Bobs Mutter holte ein zweites Trockengitter aus dem Schrank.
Lilli konnte gar nicht richtig denken und lächelte belämmert.
Bob reichte ihr das Küchentuch und musterte sie. »Sag bloß, dir hat auch keiner was gesagt?!«
»Doch, doch!« Lilli leckte schnell mehrmals über ihr Eis. »Mir haben sie es natürlich zuallererst gesagt.« Sie nahm das Küchentuch und rubbelte ihr Knie sauber. »Ich freu mich schon. Total!«
Lilli aß hastig ihr Eis auf und verabschiedete sich.

Das elektrische Schiebetor mit der Aufschrift *Schreinerei Stefan Holler* stand offen. Lilli fuhr zwischen Luisas rotem Kleinwagen und dem Handwerkerauto ihres Vaters hindurch über den Vorplatz, stieg ab und schob ihr Fahrrad unter das Dach des Holzlagers.

Vor der Haustür stand der Werkzeugkasten ihres Vaters. Mit dem Rucksack in der Hand und dem Schlangenbaumbrett unterm Arm fingerte Lilli ihren Schlüssel aus der Tasche. Ein scharfer Geruch stieg ihr in die Nase. Auf der Tür glitzerte frische grüne Farbe. Vorsichtig achtete Lilli darauf, nur die Klinke zu berühren. Im Flur ließ sie den Rucksack fallen und hängte den Schlüssel ans Schlüsselbrett. Auf dem Bord darunter lag das abgeschraubte Türschild. Die Namen *Stefan und Lilli Holler* waren eingraviert und darunter stand mit wasserfestem Stift *Luisa Wilhelms*. Aus dem Wohnzimmer drang Sneakers ungeduldiges Bellen, von oben hörte man aus dem Badezimmer die Dusche rauschen. Mit dem Schlangenbaumbrett in der Hand stieg Lilli über eine Schachtel, in der ein grün gefleckter Lappen, zwei Pinsel und eine leere Farbbüchse lagen. Sie öffnete die Wohnzimmertür, Sneaker sprang an ihr hoch. Erst leckte er ihr

übers Gesicht, dann schnüffelte er aufgeregt an dem Brett herum und kratzte mit den Pfoten über das Holz.
»Platz, Sneaker!«, rief Lilli streng.
Winselnd verkroch er sich unter den Couchtisch. Verwundert über Sneakers Verhalten, schnupperte Lilli selbst an dem Brett. Es roch tatsächlich etwas eigenartig. Wahrscheinlich nach dem indianischen Räucherwerk von Hansjürgen Schramm. Lilli ging hinauf in ihr Zimmer und lehnte das Brett an ihr Burgbett. Auf der Burgmauer stapelten sich Lillis Bücher und auf ihrem Kopfkissen hockte Lillis Plüschküken Plüschka. Das Bett hatte ihr Vater für Lilli geschreinert. Wie eine Burg von einer Burgmauer war die Matratze von Regalen und Schubfächern umgeben. Lillis Magen knurrte. Hoffentlich haben wir noch Nussnugatcreme, dachte sie, blieb aber, anstatt sofort in die Küche hinunterzulaufen, vor der geschlossenen Badezimmertür stehen.
Lilli hört Luisa kichern und gleich darauf die Stimme ihres Vaters. »Hey, gib mir sofort mein Handtuch wieder!«
»Erst wenn du mir einen Heiratsantrag gemacht hast!«, verlangte Luisa. Kurz herrschte Stille im Badezimmer.
Lilli trat noch einen Schritt näher und lauschte gespannt.
»Hab ich doch schon«, sagte ihr Vater.
Ein Deospray zischte zweimal, dann hörte man Luisa verächtlich schnauben. »Ich meine einen richtigen Heiratsantrag. Dein ›steuerlich wär's auch günstiger‹ kannst du dir an den Hut stecken. Ich will einen richtigen, echten, voll romantischen Heiratsantrag.«

»Hm. Wie wär's damit?«, fragte Lillis Vater jenseits der Tür. »Sag Ja, oder ich kitzle dich zu Tode!«
»Nein!«, antwortete die Luisastimme. »Erstens bin ich nicht kitzlig und zweitens ist das nicht ro-ho-ho-homanti-hi-hi-hisch.« Ein Lachanfall ertönte.
Gerade noch rechtzeitig, um ihren Vater und Luisa nicht halb nackt und knutschend aus dem Badezimmer kommen zu sehen, sauste Lilli die Treppe hinunter und rief von unten: »Bin wieder zu Hause!«

Es gab natürlich keine Nussnugatcreme. Das Glas auf der Anrichte war so gut wie leer und im Vorratsschrank fand Lilli auch kein neues mehr. Neben den Marmeladen stand nur noch ein Glas mit Luisas Sesampaste.
Lilli strich sich zwei Butterbrote und fläzte sich damit auf die Couch. Sie tastete nach der Fernbedienung des Fernsehers, fand aber stattdessen Luisas Sandaletten zwischen den Polstern.
»Mann, Sneaker!« Ärgerlich hielt Lilli die Schuhe hoch.
Der Hund legte schuldbewusst die Ohren an, startete dann aber einen Überraschungsangriff. Im Sprung schnappte er sich einen Schuh und ergriff mit der Sandalette im Maul die Flucht. Lilli stellte den anderen Schuh auf den Boden, fand die Fernbedienung unter einem Kissen und schaltete den Fernseher ein. Es lief eine Doku über die Antarktis. Lilli starrte zwar auf den Fernseher, sah aber keine Eisberge und keine Pinguine, sondern ein Kuddelmuddel aus Gedankenbildern. Ein Mädchen, das voller Sorge um den Boss der *Grottenolme* durch den Wald raste,

sich an einer Liane über den Bach schwang und schließlich mit einem doofen Lächeln auf den Lippen in der Küche der *Gelateria Cantarella* landete.
»Hat jemand meine zweite Sandalette gesehen?« Mit nur einem Schuh humpelte Luisa ins Zimmer. »Den hier hab ich gerade gegen einen Hundekuchen eingetauscht.«
Lilli musste daran denken, wie sie Sneaker damals entführt hatten. Die *Wilden Küken* zusammen mit den *Grottenolmen*. Damals hieß Sneaker noch Pascha und sein Besitzer hatte ihm ständig Fußtritte verpasst. Es war dem Tierquäler ganz recht geschehen, dass ihm die beiden Banden den Hund geklaut hatten. Sogar Luisa hatte das verstanden und dafür gesorgt, dass Lilli Sneaker behalten durfte.
Lilli streckte sich über die Sofalehne und gab Luisa den Schuh. Schmunzelnd schlüpfte sie hinein und setzte sich neben Lilli. Luisas Haare waren noch nass und sie duftete nach ihrer Hautcreme.
»Gleich gibt's eine Überraschung!« Luisa legte den Arm um Lilli. »Fünf, vier, drei, zwei, eins!«, zählte sie rückwärts und wurde mit jeder Zahl lauter. Bei eins ging die Wohnzimmertür auf und Lillis Vater kam herein. Auch seine langen, im Nacken zu einem Zopf zusammengebundenen Haare waren noch nass und auch er roch ein bisschen nach Luisas Hautcreme.
»Aufwickeln«, rief er und warf Lilli ein Knäuel Schnur zu.
Lilli fing es auf und blickte zögernd zwischen ihrem Vater und Luisa hin und her. Beide nickten auffordernd, also begann Lilli zu wickeln. Die Schnur führte durch die Küche in den Flur,

dann zur Haustür hinaus. Lilli wickelte und wickelte. Sneaker rannte aufgeregt hin und her und Lillis Vater und Luisa folgten ihr Händchen haltend. Das Knäuel wurde immer dicker, aber die Schnur schien kein Ende zu nehmen. Im Garten verlief sie am Gewächshaus vorbei und verschwand im Holunderbusch. Lilli zog etwas fester, die Schnur löste sich aus den Zweigen, und eine kleine englische Flagge lag vor ihren Füßen. Ihr Vater und Luisa grinsten wie zwei Honigkuchenpferde. Lilli knüpfte die blau-rot-weiße Fahne von der Schnur und wickelte weiter. Hinter ihrer Hängematte baumelte eine Reisezahnbürste und unter den Birken hing eine bunte Toilettentasche am Ende der Schnur.
»Aufmachen!« Ihr Vater und Luisa setzten sich mit Lilli in die Hängematte. Eingequetscht zwischen den beiden öffnete Lilli den Reißverschluss und holte einen Reiseführer aus der Tasche.
»Wir drei verreisen!«, platzte es jetzt aus Lillis Vater heraus. »Eine Woche England, und das wird, also …« Er druckste etwas herum und blätterte im Reiseführer, als stünden dort die Worte, nach denen er suchte. »Luisa und ich heiraten. Schon bald!«
Lilli nickte.
Ihr Vater klopfte auf den Reiseführer. »Das wird unsere Hochzeitsreise.«
»Wir fahren natürlich zu dritt«, sagte Luisa. »Stefan, du und ich. Gleich in den nächsten Ferien.«
Lilli nickte heftiger.
Ihr Vater wuchtete sich aus der Hängematte und ging vor Lilli in die Hocke. Er hob Lillis Kinn hoch und suchte ihren Blick.

Eine seiner Haarsträhnen zitterte und seine leise Stimme klang fast ängstlich. »Freust du dich?«
Jetzt nickte Lilli noch heftiger und umarmte ihn, damit er aufhörte, sie so anzusehen.

Luisa breitete eine Englandkarte auf dem Couchtisch aus und zeigte Lilli alle Orte, die sie besichtigen wollten. Lillis Vater wiederholte die Namen und malte mit seinem Schreinerbleistift Kringel auf die Landkarte. »Da gibt es sogar ein Chippendalemuseum.«
Lilli blickte zu den beiden Chippendalestühlen, die hinter der Tür in der Ecke standen. Thomas Chippendale lebte im achtzehnten Jahrhundert und war ein englischer Schreiner, den Lillis Vater sehr bewunderte.
Während sie zusammen das Abendessen vorbereiteten, redeten Luisa und Lillis Vater nur von der bevorstehenden Hochzeit. Lillis Vater strich mal Lilli und mal Luisa über die Haare und erzählte, dass er sich jetzt nur noch den perfekten Heiratsantrag für Luisa ausdenken müsste. Er war so aufgedreht, dass er versehentlich Salz in die Zuckerdose füllte, und dann plumpste ihm auch noch eine Tüte Reis vom Hängebord.
»Na, wenn das kein gutes Vorzeichen ist, Stefan!« Luisa hob eine Handvoll Reis auf. »Durch das Werfen von Reis werden die bösen Geister besänftigt«, scherzte sie und ließ weiße Körner auf Lillis Vater herabregnen. »Das bedeutet Kindersegen, Glück und Reichtum!«
Lillis Vater schüttelte sich Reis aus dem Hemd und lachte, wie

schon lange nicht mehr. Und Lilli lachte so ausgelassen mit, dass sie ganz allmählich anfing, sich auch selbst auf die Hochzeit zu freuen.

Lilli stopfte Plüschka unters Kopfkissen, schlüpfte in ihren Schlafanzug und schaltete ihre kleine sternförmige Nachttischlampe ein. Sie machte das große Licht aus, krabbelte in ihr Burgbett und blinzelte in das gelbe Licht ihres Abendsterns, wie sie ihre Lampe nannte. Müde und erschöpft nahm Lilli ihr Bandenzeichen vom Hals und legte das Lederband mit der Hühnerfeder daran in ihre Geheimschublade. Jedes Bandenmitglied der *Wilden Küken* trug so einen Federanhänger um den Hals. Lilli starrte in die Schublade. Da lagen ihre Igelhaarspange und der gedrechselte Kreisel und all die bunten Steine und Muscheln, die sie am Meer gesammelt hatte. Lilli wischte ein paar Muscheln beiseite und betrachtete das Foto von Nadja und sich in Roccamare. Vor dem Ferienhaus sitzen sie zu zweit auf Nadjas Motorrad und winken in die Kamera. Jede Menge hellbrauner Locken, zwei grüne Augenpaare und ein klein wenig Glück.

Ein leiser Luftzug strich durchs geöffnete Fenster und blähte die Gardine. Lilli schob die Schublade zu. Auf dem Fensterbrett stand das kleine Holzschiff, das Ole ihr zum Geburtstag geschenkt hatte. Ein Modell der *Mystery*, durch den Gardinenschleier wie in Nebel gehüllt.

Gähnend knipste Lilli die Sternlampe aus, boxte eine Kuhle ins Kissen und kuschelte sich unter die Bettdecke.

Lilli schloss die Augen und atmete tief ein und aus. Ein fremdartiger Geruch lag in der Luft. Erst jetzt erinnerte sie sich wieder an das Schlangenbaumbrett, das ja noch immer an ihrer Burgmauer lehnte. Lilli versuchte, sich den Weiher und die *Mystery* vorzustellen, aber sie bekam das Bild nicht richtig scharf, als läge auch das echte Schiff im Nebel verborgen.

Schon wieder klappten ihre Augen auf. Was war das nur für ein Geräusch? Lilli richtete sich auf und lauschte. Ein seltsames Knistern und Knacken. Jedes Rascheln mit der Bettdecke vermeidend, lauschte sie aufmerksam in die Dunkelheit. Es schien vom Fensterbrett zu kommen. Lilli schaltete ihren Abendstern wieder ein und glitt langsam vom Bett. Kurz verstummte das Geräusch, dann setzte es leise trommelnd wieder ein. Lilli zog die Gardine beiseite. Als wollte er sich durch die Planken des Schiffsmodells bohren, drehte sich ein Nachtfalter um sich selbst. Lilli pustete ihn Richtung Fensterspalt, aber er flatterte ins Zimmer. Auf dem Schlangenbaumbrett legte er eine kurze Rast ein, schwirrte dann um den Abendstern und landete schließlich auf dem Standfuß der Lampe. Auf dem Rumpf trug der Falter eine helle Zeichnung, die wie ein Totenkopf aussah. Bevor er wieder auffliegen konnte, hatten Lillis gewölbte Hände ihn umschlossen. Vorsichtig brachte sie ihn zum Fenster und ließ den Totenkopffalter dort frei.

Erst als sie wieder im Bett lag, bemerkte sie den schimmernden Staub auf ihren Handflächen. Sie war viel zu müde, um jetzt noch mal ins Bad zu laufen, also klatschte sie sich schnell den Staub ab, löschte den Abendstern und schlief mit dem Geruch von Präriebeifuß und Zedernspitzen in der Nase ein.

Das Motorrad wird von einem riesigen Nachtfalter durch die Luft getragen. Lilli und Nadja hocken auf der Maschine. Immer heftiger schlägt der Falter mit den Flügeln, schimmernder Staub wirbelt. Lilli wirft Reiskörner auf die bösen Geister hinunter, da streift das Motorrad ein Brett im Baumwipfel, stürzt in die Tiefe und ... Lilli landete unsanft auf dem Boden. Neben ihr lag Plüschka auf dem Fransenteppich. Es war schon heller Tag. Lilli rieb sich erst die Augen und dann ihren kribbelnden Arm, auf dem sich der Abdruck ihrer Locken kräuselte.

Von unten hörte sie Sneaker bellen und die Haustür ins Schloss fallen. Heute war Samstag und mit dem guten Gefühl von schulfrei lief Lilli aus dem Zimmer. Unten im Flur stellte Luisa soeben zwei Einkaufstaschen ab, holte aus der einen ein Glas Nussnugatcreme und streckte es Lilli lächelnd entgegen. »Wie wär's mit Frühstück?«

Im gleichen Augenblick dudelte Luisas Handy. »Stefan?«, murmelte sie mit Blick aufs Display und ging ran. Sie lauschte kurz und legte dann verwundert auf. »Ich soll ins Schlafzimmer kommen.« Luisa schlüpfte aus ihren Sandaletten, stellte sie außerhalb von Sneakers Reichweite oben auf den Garderobenschrank und trippelte barfuß die Treppe herauf. Lilli folgte ihr ins Schlafzimmer.

»Stefan?« Luisa zog die Bettdecke vom Doppelbett, aber da war niemand.

Achselzuckend blickten Luisa und Lilli sich an, da flog ein Steinchen an die Scheibe. Luisa zog das Rollo hoch und öffnete das Fenster.

Mit einer leeren Mehltüte in der Hand stand Lillis Vater im Garten und grinste zu ihnen herauf. Als hätten sich die Markierungen eines Fußballfeldes in Buchstaben verwandelt, leuchteten aus Mehl gestreute Worte im grünen Gras.

Lilli spürte, dass Luisa genau wie sie selbst ein Lachen unterdrücken musste. Denn was Lillis Vater geschrieben hatte, war: *LUISA, WILLST DU EINE FRAU WERDEN?*

Lillis Vater breitete die Arme aus. »Und, Luisa, willst du?«

»Eine Frau bin ich schon!« Luisa schloss das Fenster und prustete los. »Er hat *eine* geschrieben statt *meine*!«

Durch die Scheibe sah Lilli, wie ihr Vater erst jetzt bemerkte, dass ein entscheidender Buchstabe fehlte, und wütend die Mehltüte zerknüllte.

»Das ist nicht einfach mit so großen Buchstaben«, rechtfertigte sich Lillis Vater, als sie kurz darauf zu dritt beim Frühstück saßen. »Man sieht ja nicht wirklich, was man schreibt.« Er schnitt ein Brötchen auf und reichte Luisa die obere Hälfte. »Und außerdem, wieso eigentlich ich und nicht du?«

Luisa strich Sesampaste auf das Brötchen, während Lillis Vater die Arme vor der Brust verschränkte und wiederholte: »Wieso ich und nicht du, ich meine, wieso musst eigentlich nicht du *mir* einen superromantischen Antrag machen?«
»Weil ich ... eine Frau bin!« Luisa biss von ihrem Brötchen ab und verschluckte sich fast vor Lachen.
Da konnte Lilli nicht anders und kicherte mit, und schließlich lachte auch ihr Vater und schüttelte sich dabei so, dass Mehl aus seinen Haaren staubte.
Noch bevor sich Luisa und Lillis Vater von ihrem Lachanfall erholt hatten, nutzte Lilli die Gelegenheit, um zu fragen, ob ihre Freundinnen bei ihr übernachten dürften. Die beiden erlaubten es unter der Bedingung, dass Enyas Mutter und die Eltern von Very und Bob auch einverstanden wären.
Gleich nach dem Frühstück verzog Lilli sich in ihr Zimmer und startete einen Rundruf. Sneaker zwischen den Ohren kraulend, hockte sie auf ihrem Fransenteppich und telefonierte. Zuerst informierte sie Bob, bei der es am wahrscheinlichsten war, dass sie durfte. Wie Lilli wusste, waren Erwachsene nämlich nicht gut im Verbieten von Sachen, die andere Erwachsene schon erlaubt hatten. Und wie erwartet, gab es bei Bob keine Probleme. Very musste erst mit ihren Eltern verhandeln, aber schlussendlich bekam auch sie die Erlaubnis. Bei Enya ging Mark ans Telefon und erklärte, seine kleine Schwester sei mit ihrer Mutter unterwegs. Während Lilli mit Enyas älterem Bruder redete, musste sie daran denken, wie die *Wilden Küken* sich mithilfe seiner Klamotten als Jungs verkleidet hatten. Lilli war sich in den Cargohosen

und dem karierten Hemd damals ziemlich cool vorgekommen. Na ja, zumindest bis ihre Verkleidung aufgeflogen war. Natürlich hatte Mark bis heute nicht die geringste Ahnung davon, dass Enya damals seinen Schrank geplündert hatte.
Lilli legte auf, wählte und erreichte Enya am Handy. Enya musste sich kurz mit ihrer Mutter besprechen, dann war die Sache klar. Zufrieden pumpte Lilli die extrabreite Luftmatratze auf und holte frische Leintücher aus dem Wäscheschrank. Dann schnappte sie sich ihr Indianerbuch. »Komm, Sneaker! Wir gehen raus in den Garten!« Sie klopfte auffordernd an ihren Oberschenkel. Sneaker kläffte ein paarmal aufgeregt, nahm dann das Schlangenbaumbrett ins Maul, schleppte es zur Treppe und ließ es die Stufen hinunterpoltern.
»Lilli?«, rief Luisa besorgt aus der Küche.
»Nix passiert!« Lilli hob das Brett auf und warf Sneaker einen bösen Blick zu. Sneaker knurrte beleidigt und verdrückte sich durch den offenen Türspalt zurück in Lillis Zimmer.

In der Werkstatt kreischte die Kreissäge. Lilli blieb in der Tür stehen und schaute zu, wie ihr Vater Vierkanthölzer über den Sägetisch führte. Er trug Ohrschützer und eine Sicherheitsbrille. Sägemehl schwebte in der Luft. Ihr Vater arbeitete konzentriert und bemerkte Lilli nicht, die mit dem Schlangenbaumbrett im Arm in die Kiste mit den Hobelspänen kletterte. Das war von klein auf ihr Lieblingsplatz in der Werkstatt gewesen. In den Spänen hocken, den harzigen Geruch riechen und Papa bei der Arbeit zusehen. Lilli streckte sich nach dem Ohrschützer, der über der Kiste an einem Haken hing, und stülpte ihn über die Ohren. Das Lärmen der Kreissäge drang jetzt nur noch wie von weit her zu ihr durch. Balken und Leisten, Bretter und Furniere türmten sich in allen Ecken. Hobel und Sägen in den unterschiedlichsten Formen lagen herum, Stemmeisen in allen erdenklichen Größen steckten in ihren Fächern. Schraubzwingen, Holzraspeln und Schleifpapiere, wohin man blickte.

Lilli kuschelte sich tiefer in die Holzlocken.

Nach jedem Sägevorgang strich ihr Vater prüfend über die Schnittflächen der Hölzer.

Vielleicht hatte früher auch Nadja in dieser Kiste gehockt und ihm zugesehen. Vor langer Zeit, als Lillis Eltern noch verliebt waren und nicht getrennt. Als Nadja mit Lilli schwanger war. Vielleicht war das deshalb Lillis Lieblingsplatz.

Die Kreissäge verstummte. Lilli nahm den Ohrschützer ab. Nadja konnte sie sich hier in den Spänen vorstellen. Luisa nicht.

»Ich hab dich gar nicht gesehen.« Lillis Vater stapelte die zugeschnittenen Vierkanthölzer. »Das werden die Pfosten für den Zaun der Cäcilienkapelle.«

Fast hätte Lilli ihn gefragt, ob Nadja jemals in der Kiste mit den Hobelspänen gesessen hatte, ließ es dann aber bleiben.

»Lärche, das schwerste und zugleich auch das härteste einheimische Nadelholz.« Ihr Vater hielt Lilli eins der Hölzer unter die Nase. »Riecht immer stark nach Harz.«

»Ich dachte, Eibe ist das härteste Holz«, sagte Lilli.

»Ja, aber Eibe steht unter Naturschutz.« Ihr Vater legte das Kantholz beiseite.
Gerade wollte Lilli ihm das Schlangenbaumbrett zeigen, das hinter ihr in der Kiste lag, da ging die Werkstatttür auf. Erst zwängte sich Sneaker herein und gleich hinter ihm kam Luisa mit einem aufgeschlagenen Katalog in der Hand. »Findet ihr das besser?« Luisa zeigte kurz auf ein cremefarbenes Brautkleid und blätterte ein paar Seiten weiter. »Oder lieber ganz in Weiß?«
»Du siehst sicher in beiden toll aus!« Lillis Vater wollte Luisa einen Kuss geben, aber die drückte ihm nur den Katalog in die Hand und bückte sich mit verwundertem Gesichtsausdruck nach dem Schlangenbaumbrett. »Wem gehört das denn?«
»Mir!«, sagte Lilli. »Also uns. Also den *Wilden Küken*.«
»Das hat Bob wohl auf dem Flohmarkt erstanden?«, sagte Luisa mit leicht amüsiertem Gesichtsausdruck.
Tausend Nachfragen befürchtend, ließ Lilli Luisa in dem Glauben und verschwieg den Beinaheunfall und wie sie wirklich an das Brett gekommen waren.
Luisa legte das Brett auf die Werkbank. »Meine Mitbewohnerin im Studentenwohnheim damals hatte auch so eins.«
Neugierig kletterte Lilli aus der Kiste. »Und wie spielt man das?«
»Das ist kein Spiel«, sagte Luisa. »Das ist ein *Witchboard*.«
»*Board* heißt doch Brett?«, fragte Lilli, selbst auf die Gefahr hin, eine von Luisas Englischlektionen heraufzubeschwören.
»Und *witch* heißt Hexe!« Als würde sie frösteln, zog Luisa die offenen Jackenschöße enger um sich.

Lillis Vater ließ den Brautmodenkatalog sinken und schaute Luisa leicht irritiert an. »Du glaubst doch nicht etwa an Geister und solches Zeug?«
Luisa schüttelte den Kopf. »Wir haben das nur einmal gemacht. Aber das war wirklich ...« Sie blickte gedankenverloren ins Leere und flüsterte dann in die angespannte Stille. »Gruselig.«
Sneaker gähnte geräuschvoll.
»Und wie funktioniert so ein Hexenbrett?« Lilli stemmte sich auf die Werkbank.
»Manche nennen es auch Ouija, also doppelt Ja. Auf Deutsch und auf Französisch.« Luisa senkte die Stimme. »Mit einem Hexenbrett ruft man übersinnliche Mächte.«
»In meiner Werkstatt gibt's keine Geister.« Lillis Vater nahm das Hexenbrett genauer unter die Lupe. »Das ist schön gearbeitet, leider auch ziemlich lädiert!« Er brach ein paar lose Teile von der Bruchstelle.
Luisa durchsuchte währenddessen eine Schachtel mit Holzresten.
»Aber du kannst das reparieren, oder?«, fragte Lilli ihren Vater.
»Heute auf keinen Fall. Ich muss die Zaunpfosten noch zur Kapelle rausfahren.« Er schaute auf die Uhr. »Eigentlich sollte Gernot längst hier sein.«
Gernot Hoffmann war ein alter Schulfreund von Lillis Vater und der Kaplan, der für die Restaurierung der Cäcilienkapelle zuständig war.
Luisa wühlte ein kleines dreieckiges Stück Sperrholz aus den Holzresten. »Sagen wir, das wäre die Planchette.«

»Die was?«, fragte Lilli.
»Zu einem Hexenbrett gehört normalerweise ein flaches Plättchen, das man als eine Art Zeiger benutzt. Darauf legen alle Teilnehmer der spiritistischen Sitzung ihren Finger.«
Luisa schob das Sperrholz über das Hexenbrett, bis die Spitze genau auf das Wort *HELLO* deutete. Lilli und ihr Vater legten ihre Finger ebenfalls auf das Plättchen.
Nichts geschah – und doch durchlief Lilli ein kalter Schauder.
»Ihr Geister von Hobelhengst und Holzwurm!«, rief Lillis Vater spöttisch. »Wird Luisa mich auch ohne so einen bescheuerten romantischen Heiratsantrag heiraten?«
Das Plättchen unter ihrem Zeigefinger bewegte sich und fuhr auf *YES*.
»Nein, wird sie nicht!« Trotzig schob Luisa das Sperrholz auf *NO*. »Außerdem beschwört man keine Holzwürmer, sondern echte Geister. Also etwa so: …«
Luisa konzentrierte sich und murmelte dann: »Seelen der Verstorbenen, Phantome der Nacht, Wesenheiten aus dem Jenseits, ich rufe euch!«
Sneaker kläffte. Alle drei fuhren zusammen und fast gleichzeitig wurde die Werkstatttür aufgestoßen. »Ich weiß, dass ich viel zu spät dran bin!« Herein kam keine Wesenheit aus dem Jenseits, sondern Kaplan Hoffmann, der verwirrt stehen blieb. »Ihr seht ja aus, als hättet ihr einen Geist gesehen!«
Über sich selbst lachend, begrüßten sie den Kaplan und luden dann zu viert die Zaunpfosten ins Auto.

Dabei redeten die Erwachsenen über die bevorstehende Hochzeit und das für nächste Woche geplante Traugespräch. Missgelaunt musste Lilli feststellen, dass sie scheinbar wirklich als Allerletzte in die Hochzeitspläne eingeweiht worden war.
Lillis Vater schlug die Heckklappe mit der Aufschrift *Schreinerei Holler* zu, er und der Kaplan stiegen ein und fuhren winkend davon.
Luisa ging in die Werkstatt. Aber noch bevor sie mit dem Brautmodenkatalog in der Hand wieder herauskam, lag Lilli bereits mit ihrem Indianerbuch in der Hängematte.

Die kleine Sternlampe tauchte Lillis Zimmer in gelbes Licht. Enyas und Verys Schlafsäcke lagen noch zusammengerollt auf der Luftmatratze, Sneaker rekelte sich faul auf dem Fransenteppich, die *Wilden Küken* hockten auf Lillis Burgbett und steckten über Verys Zeitschrift die Köpfe zusammen.
»Die drei Kusstypen, Seite 17«, murmelte Very und blätterte.
Bob quetschte sich zwischen Lilli und Enya.
»Erstens: der Passivküsser!«, las Very vor. »Der Passivküsser öffnet seinen Mund nur ganz leicht und dann …«
»Enya, rutsch mal!« Bob zerrte den Saum ihres geringelten Schlafshirts mit solchem Ruck unter Enyas Knie heraus, dass Enya mit den Armen rudernd gegen die Burgmauer kippte. Gerade noch rechtzeitig konnte Lilli ihre Sternlampe festhalten, die gefährlich ins Wackeln geraten war.
Enya verdrehte genervt die Augen. »Seid ihr jetzt so weit, ihr Passivküsser?«
Es gab ein allgemeines Gerutsche und Very las weiter: »Und dann öffnet er seinen Mund nur ganz leicht und dann wartet er ab.« Very machte ebenfalls eine Kunstpause und fuhr fort: »Damit was passiert, musst du also selbst aktiv werden!«

Bob nahm Very die Zeitschrift weg. »Der Sabbertyp. Igitt.«
Very versuchte, die Zeitschrift zurückzuerobern. »He, ich bin mit dem Passivküsser noch nicht fertig.«
Aber Bob wehrte Very mit der Schulter ab und las laut vor: »Der Sabbertyp verteilt seine Spucke auf deinem ganzen Gesicht und checkt nicht mal, dass du dir in jeder Verschnaufpause den Mund abwischst!«
Sneaker nieste. Unwillkürlich schauten sie alle zum Fransenteppich, wo der Hund seine Lefzen schüttelte und sich schmatzend über die Schnauze leckte.
»Sneaker ist eindeutig der Sabbertyp«, presste Lilli unter Kichern hervor. Auch Enya japste nach Luft und Bob wischte sich Lachtränen aus den Augen. Very wollte sich erneut die Zeitschrift schnappen, aber Bob ließ das Heft erst los, als die aufgeschlagene Seite zerriss.
»Der stürmische Draufgänger!« Enya grapschte sich die lose Seite und las weiter: »Vorsicht, der Typ will es wirklich wissen. Kaum, dass sich eure …« Enya legte ihr Stück an die Abrisskante der restlichen Zeitschrift und las gleichzeitig mit Very und Bob weiter. »… Lippen berühren, hast du auch schon seine Zunge zwischen den Zähnen.«
Lilli starrte auf das abgerissene Papier. Das Witchboard, schoss es ihr durch den Kopf, das lag ja noch immer in der Werkstatt!
»Hallooo, wovon träumst du denn schon wieder?« Very wedelte mit dem abgetrennten Stück Papier vor Lillis Augen herum.
»Was ist denn mit dir?« Enya zupfte sie am Schlafanzugärmel. »Du siehst aus, als hättest du einen Geist gesehen.«

»Das höre ich heute schon zum zweiten Mal«, sagte Lilli und krabbelte aus dem Bett. »Wollt ihr sehen, was Bob und ich gestern gefunden haben?«

»Das Brett?«, fragte Bob.

Lilli nickte und sah Sneaker mit strengem Blick an. »Du spielst hier den Wachhund!« Der Hund blinzelte nur müde und versteckte den Kopf unter den Pfoten.

Lilli kramte ihre Taschenlampe aus der Schublade und huschte den anderen voran aus dem Zimmer.

Ein schmaler gelber Streifen leuchtete unter Lillis geschlossener Tür durch. Lilli bückte sich vor der Schlafzimmertür ihres Vaters. Weder durchs Schlüsselloch noch durch die Fuge drang Licht. Es war weit nach elf Uhr. Sicher schliefen ihr Vater und Luisa schon. Erst jetzt knipste Lilli die Taschenlampe an und sie schlichen die Treppe hinunter.

»Ich hab meine Schuhe vergessen«, flüsterte Bob. Sie sah in ihrem geringelten Schlafshirt aus wie ein Clown.

»Wir sind alle barfuß.« Frierend zog Very sich die Ärmel ihrer dünnen Schlafanzugjacke über die Handgelenke.

Lilli legte den Finger an die Lippen und leuchtete zum Schlüsselbrett. Möglichst behutsam nahm sie den Werkstattschlüssel vom Haken. Mit kaum hörbarem Klingeln berührte der Schlüsselring den Schlüssel. Fest umschloss Lilli ihn mit der Hand und tapste weiter zur Haustür. Sie griff schon nach der Klinke, da ertönte hinter ihr ein lautes Hicksen.

»Pscht!«, machte Very.

Bob hielt sich den Mund zu.

»Zu viel Chips und Cola«, flüsterte Enya und Bob hickste wie zur Bestätigung ein weiteres Mal in die vorgehaltene Hand.

Flugs schob Lilli Bob als Erste zur Haustür hinaus.

Das neue Türschild glänzte golden im Lichtschein von Lillis Taschenlampe. *Familie Holler*, stand da in geschwungenen Buchstaben. Für einen Augenblick vergaß Lilli ihr Vorhaben und versuchte, sich das vorzustellen. Papa, Luisa und sie selbst als eine Familie. Sie wischte den Gedanken beiseite. Außer diesem Türschild würde sich nichts ändern. Luisa würde weiter bei ihnen wohnen und alles wäre wie bisher auch. Luisa würde nie ihre Mutter sein. Und Nadja, die ja ihre Mutter war, wollte genau das nie werden. Familie Holler, das würden immer nur sie und Papa sein.

»Worauf wartest du, mich friert.« Groß und schlank und rosarot stand Very in ihrem Seidenpyjama neben dem Sommerflieder und sah aus wie eine aus ihrem Himmelbett gefallene Prinzessin.

Lilli gab Enya die Taschenlampe zum Halten und sperrte die Werkstatttür auf. Sie schaltete nur das kleine Licht neben der Standbohrmaschine an. »Seid vorsichtig, hier liegen überall Holzsplitter und Schrauben rum.«

»Scusi …« Bob hickste schon wieder. »Tschuldigung.«

»Denk an sieben glatzköpfige Männer!«, riet Enya.

»Und das soll gegen Schluckauf helfen?« Very schüttelte ihre blonden Haare.

»Meine Patentante sagt, das hilft. Autsch!« Enya stolperte über eine am Boden liegende Schraubzwinge.

»Hicks!«, machte Bob. »Mir fällt kein Glatzkopf ein!«
Lilli stieg über eine Kabeltrommel, schob die Schachtel mit Holzresten zur Seite und stutzte. Das Hexenbrett lag nicht mehr auf der Werkbank. Aber Lilli musste nicht lange suchen. Es lehnte zwischen einem kaputten Kleiderständer und einem Beistelltischchen, die ebenfalls noch auf ihre Reparatur warteten.
»Das gäbe doch ein schönes Tablett ab«, sagte Bob und hickste gleich noch mal.
Enya richtete den Lichtkegel der Taschenlampe auf das Brett und Very kam ebenfalls neugierig näher.
»Damit kann man Geister beschwören«, flüsterte Lilli, hob gespensterhaft die Arme und machte: »Huuh!«
»Das ist ein Hexenbrett. Ilona hat mal davon erzählt.« Very kratzte sich ihre spitze Nase. »Sie hat es nie ausprobiert. Aus Angst, dass es funktioniert!«
Lilli pustete etwas Sägemehl vom Hexenbrett und klemmte es sich unter den Arm.
»Was hast du vor?«, fragte Enya unsicher.
Lilli versuchte, möglichst cool zu klingen. »Es ausprobieren, natürlich, was denkst du denn?«
Schweigend folgten die *Küken* ihrem Oberküken zur Werkstatt hinaus. Nur Bob hickste einmal leise.
Lilli hielt Very das Brett zum Halten hin, aber Very nahm ihr stattdessen den Schlüssel aus der Hand und schloss damit die Werkstatt wieder ab.
»Was ist das denn?« Enya schwenkte den Lichtstrahl der Taschenlampe Richtung Garten.

Seltsam verschlungene Linien leuchteten weiß im grünen Gras.

»Geisterspuren!« Lilli lachte.

»Fühlt sich an wie feuchtes Mehl.« Bob wischte sich die Hände ab. »Ihr glaubt doch nicht wirklich an Geister und all den …« Sie hickste. »… Scheiß! Hicks!«, hickste sie gleich noch mal.

Im selben Moment ging jenseits der Hecke Licht an. Lillis Nachbar, Herr Röhrich, erschien im gestreiften Bademantel auf seiner Terrasse. »Hau ab, du blödes Viech!« Er schwang einen Besen und gab drohende Zischlaute von sich.

»Ein Glatzkopf«, murmelte Bob.

»Das ist Herr Röhrich«, flüsterte Lilli. »Der hat nur nachts sein Toupet nicht auf!«

Enya knipste schnell die Taschenlampe aus.

Reglos standen die *Wilden Küken* nebeneinander in der Dunkelheit.

Gegenüber ging ein Fenster auf. »Was war denn, Hans-Dieter?«, hörte man jetzt die Stimme von Frau Röhrich.

»Wenn das Biest noch einmal in unser Kräuterbeet kackt, knöpf ich mir die Friedemanns vor«, antwortete Herr Röhrich. Eine Tür knallte, dann ging im Nachbarhaus das Licht aus, und alles war wieder still.

»Ein Glatzkopf reicht!« Bob schien es kaum fassen zu können.

»Mein Schluckauf ist weg.«

Ein kühler Nachthauch strich um Lillis nackte Fußgelenke.

»Kommt, bevor wir uns noch erkälten«, bibberte Very.

Enya knipste die Taschenlampe wieder an und schrie auf.

Lilli blickte in glühend grüne Augen, ein Jaulen ertönte, schützend hielt sie das Hexenbrett vor sich, lachte aber dann sofort über ihren eigenen Schrecken. »Das ist nur eine Katze!«

»*Gatto nero!*«, rief Bob. »Schwarze Katze!«

»Ich dachte, du bist nicht abergläubisch!« Enya ging in die Hocke. »Miez, miez, miez!«

»Das ist nur Ninja, der neue Kater von den Friedemanns, der bringt kein Unglück«, sagte Lilli.

Aber genau in diesem Moment fauchte Ninja böse, sprang über Enyas Schulter und streifte Very, die kreischend zur Seite sprang und mit Bob zusammenprallte. Bob torkelte zurück, rutschte auf einer der Mehlspuren aus und landete auf dem Hinterteil. Lilli wollte ihr aufhelfen, aber Bob hob abwehrend den Arm, starrte mit weit aufgerissenen Augen in die Dunkelheit und murmelte dann voller Entsetzen: »Er ist wieder da!« Sie presste ihre Hand gegen die Brust und hickste.

Bobs zurückgekehrter Schluckauf hielt an, bis sie alle vier wieder auf Lillis Bett hockten und ihre kalten Füße unter der warmen Decke zusammensteckten. Lilli legte ihr Kopfkissen auf die Decke und obenauf das Hexenbrett.

Sneaker schnarchte auf dem Fransenteppich.

Bob ließ Plüschkas Kopf wackeln und redete mit Plüschkükenstimme. »Nur, dass ihr es wisst, ich glaub nicht an Gespenster!«

Bob strich Plüschka über den Plüsch. »Ich auch nicht, Plüschka, ich auch nicht!«

Lilli fiel ein, dass sie vergessen hatte, ein Sperrholzplättchen aus

der Werkstatt mitzunehmen, also nahm sie einfach einen der flachen Steine aus ihrem Regal.
»Du musst ihn auf *Hello* legen.« Very verschob den Stein. »Zur Begrüßung!«
»Muss man das Licht nicht ausmachen?«, fragte Enya.
»Das ist egal«, behauptete Lilli entschieden, obwohl sie gar nichts darüber wusste. Sie schloss die Augen, konzentrierte sich und wiederholte in etwa das, was Luisa am Vormittag in der Werkstatt gesagt hatte. »Ihr Geister und Wesenheiten aus dem Jenseits, ich rufe euch!«
Nichts geschah.
»Das ist jetzt wirklich unheimlich!«, flüsterte Enya und deutete auf Lillis Digitalwecker. »Gleich Mitternacht.«
Soeben sprang die Anzeige auf 23 Uhr 59. Der Doppelpunkt zwischen den grünen Zahlen blinkte, als würde er Lillis Herzschläge zählen.
Wie versteinert starrten die *Wilden Küken* auf das Display, bis die Ziffern sich nach einer schier endlos erscheinenden Minute in vier Nullen verwandelten. Von fern schlug die Turmuhr und der Stein glitt, wie von Geisterhand bewegt, über den kahlen Baum, dann über die Buchstaben *X* und *M* an der Mondsichel vorbei und blieb auf den gewundenen Schlangen liegen.
»Sorry, das war ich!« Aufstöhnend ließ Very sich zurückfallen, der Stein wurde vom Brett katapultiert. »Mir ist der Fuß eingeschlafen!« Very massierte sich die Zehen.
»Und das genau zur Geisterstunde.« Schmunzelnd hob Bob das Brett beiseite, Lilli strampelte sich frei und hielt dem kläffen-

den Sneaker schnell das Maul zu. »Pscht, du weckst doch Papa und Luisa auf.« Enya bückte sich nach dem Stein.

Um ihren Fuß wiederzubeleben, humpelte Very im Zimmer auf und ab.

»Irgendwie klingt das hier hohl.« Bob klopfte den Rand des Hexenbretts ab und gab es Lilli.

Im Licht der Sternlampe untersuchte Lilli die betreffende Stelle. Sie fuhr mit dem Fingernagel in eine Kerbe und klappte eine leise knirschende Leiste hoch. »Ein Geheimfach!« Lilli steckte den kleinen Finger in das Fach. Aller Augen waren jetzt auf sie gerichtet. Sogar Sneaker reckte neugierig den Kopf. Lilli fühlte etwas Weiches, krümmte den Finger und fischte ein rotes Tuch aus dem Fach. Sie legte es auf das Brett und faltete es auseinander. Zum Vorschein kam eine flache, reliefartig geschnitzte Figur. Dunkel hob sich das seltsame Fabelwesen vom roten Stoff ab. Es hatte vier Beine, aus dem Rücken wuchsen zwei Flügel. Eine seiner Pranken hielt es ausgestreckt, als würde es auf etwas zeigen.

»Die fehlende Planchette«, raunte Lilli.

»Die was?«, fragte Bob.

»Die Planchette. Die ist sozusagen der Zeiger«, erklärte Lilli. »Wie die Maus beim Computer. Nur dass sich die Planchette von allein bewegt.«

Bob machte ein sehr skeptisches Gesicht. »Wir legen also alle den Finger da drauf und schon kennt dieses Planchettendings die Antwort auf all unsere Fragen oder wie?«

»Das Hexenbrett stellt einen Kontakt zum Jenseits her.« Lilli strich über das Holz. »Und die Planchette fährt nach einer Frage einzelne Buchstaben, Zahlen oder Worte an, aus denen sich die Antwort ergibt!«

Very betrachtete die geschnitzte Planchette. »Könnte ein Höllenhund sein.«

»Oder ein Engel mit vier Beinen!«, sagte Bob trotzig. »Obwohl er schon ein bisschen gruselig aussieht.«

»Vielleicht eine Mischung aus Wolf und Fledermaus?« Enya hielt die Figur so vor die Lampe, dass sich nur die dunkle Silhouette abzeichnete. »Ein Werwolf mit Vampirflügeln!«

Sneaker zog winselnd den Schwanz ein und verkroch sich unter dem Sessel in der Ecke.

»Los, fang noch mal an, Lilli.« Enya legte das Fabeltier auf das Brett und ließ abwartend ihren Zeigefinger darüber schweben. Very streckte den Finger ebenfalls aus und etwas widerwillig folgte Bob ihrem Beispiel. Gleichzeitig berührten alle vier Finger die kunstvoll geschnitzte Planchette.

Lilli räusperte sich. »Ihr Geister und Wesenheiten aus dem Jenseits, ich rufe euch!«

Nichts rührte sich.

Sie probierten es mit Licht und ohne, mit offenen und geschlossenen Augen, sprachen die Beschwörungsformel gemeinsam und dann jede für sich – nichts half.

Die *Wilden Küken* konnten sie rufen, wie und sooft sie wollten, die Stimmen aus dem Jenseits schwiegen und nicht die kleinste Wesenheit ließ sich blicken.

Enttäuscht und erleichtert zugleich packte Lilli das Hexenbrett

schließlich weg, knipste das Licht aus und schlüpfte neben Bob unter die Bettdecke.
»Wieso funktioniert es nicht?«, seufzte Enya, die zusammen mit Very auf der Luftmatratze lag.
»Wahrscheinlich hat Bob recht und das Ganze ist reiner Aberglaube«, grummelte Lilli müde.
Very zog den Reißverschluss ihres Schlafsacks zu. »Oder es funktioniert nicht, weil das Brett kaputt ist.«
»*A domani*«, brummte Bob schon im Halbschlaf und berührte Lillis Schulter. »Bis morgen.« Sie hickste noch ein paarmal laut und schnarchte dann leise.
Das Hexenbrett lehnte neben dem Fenster in der Ecke. Der Schatten, den die Bruchstelle im fahlen Mondlicht an die Wand warf, sah aus wie ein schroffes Gebirge. Froh, Bobs Hand zu spüren, schlief Lilli ein.

7

Leise trommelte der Regen auf das Blechdach der Werkstatt. Zum Glück hatte es erst eine halbe Stunde, nachdem Very, Bob und Enya nach Hause geradelt waren, angefangen. Mit feinem Schleifpapier bearbeitete Lilli das geschwungene Stück Ebenholz, das ihr Vater vorhin mit der elektrischen Dekupiersäge ausgeschnitten hatte. Von dem schwarzen Holz ging ein fremdartiger, leicht säuerlicher Geruch aus. »Riecht ein bisschen nach Essig.« Lilli zeigte ihrem Vater das geschliffene Schlangenstück.
Lillis Vater raschelte mit dem Transparentpapier. »Leider hab ich nicht mehr genug Grenadillholz. Das ist fast genauso schwarz wie Ebenholz, riecht aber nach Schokolade.«
Die Bruchstelle des Hexenbretts war bereits durch eine neue Ecke aus hellem Bergahorn ersetzt, auf dem sich schon einige schwarze Schlangenteile ineinander wanden.
»Mal sehen.« Lillis Vater passte das von Lilli geschliffene Teil in eine freie Lücke. »Perfekt.« Er zog den Bleistift hinterm Ohr hervor und stupste Lilli damit an der Nasenspitze. »Vielleicht solltest du, statt Tänzerin, doch lieber Schreinerin werden.«
Ohne eine Antwort abzuwarten, legte er Transparentpapier auf das Hexenbrett und zeichnete das originale Schlangenmuster

nach. Dann legte er Pauspapier unter das Transparentpapier und übertrug das Muster auf ein flaches Stück Ebenholz. Schreinerin oder Tänzerin? Lilli musste an Frau Struwe denken. *Kreatives Tanzen* war jetzt schon vier Mal ausgefallen. Frau Struwe, ihre Tanzlehrerin, war nach Indien gereist und würde erst in weiteren vier Wochen wieder zurückkommen. Nadja war auch Tänzerin. Wenn Lilli sich also zwischen Tanz und Schreinerei entscheiden sollte, würde sie zwischen den Berufen ihrer Eltern wählen.

»Vielleicht werde ich ja was ganz anderes.« Lilli seufzte.

»Hühnerzüchterin vielleicht.« Ihr Vater schmunzelte und schaltete die Dekupiersäge wieder ein.

Lilli blickte aus dem Fenster. Als würden sie um die Wette laufen, rannen Regentropfen über die Scheibe. Sie hatten verabredet, dass Bob sich heute um Bussi, Birdie, Ines und Flocke kümmern sollte. Mit dem Fahrrad würde das an diesem verregneten Sonntag eine ziemlich nasse Angelegenheit werden. Wie immer, wenn Lilli an die *Mystery* und an die Hühner dachte, erfasste sie eine wohlige Sehnsucht. Was für ein Glück, dass die Weiherwiese Verys Opa gehörte und dass sie das Schiff damals entdeckte hatten. Ziemlich heruntergekommen hatte es auf Kalle Randolfs Schrottplatz gestanden. Aber die *Wilden Küken* hatten alle zusammen geholfen und den Kahn wieder auf Vordermann gebracht. Und zum Glück war ihr Vater Schreiner und zum Glück gab es die *Grottenolme*. Hatte Lilli das jetzt wirklich gedacht? Erfasste sie auch beim Gedanken an Ole so eine Sehnsucht?

Ihr Vater schaltete die Säge ab, und erst jetzt hörte Lilli, dass ihr Handy brummte. Schnell holte sie es aus ihrem Rucksack, der neben der Tür lehnte. Es war Bob, die vom Auto aus anrief. Lilli hielt sich das freie Ohr zu und lauschte in den Hörer. Bobs Mutter hatte Bob zum Weiher gefahren. Bei dem Regen war in der Eisdiele sowieso nicht viel los. »Alle vier Hühner haben ein Ei gelegt!«, rief Bob. »Und das tun sie nur, wenn es ihnen gut geht.« Als könnte sie in andere Leute hineinsehen, wusste Bob fast immer, was einen gerade beschäftigte.

Lilli steckte das Handy zurück und wollte den Rucksack wieder zumachen, aber der Tragegurt des Operngucker verklemmte sich im Reißverschluss.

»Das ist ja mein alter Operngucker!« Lillis Vater drückte ihr ein fertig ausgeschnittenes Stück Ebenholz in die Hand und griff nach dem Fernglas. »Hast du das repariert?« Er lächelte über den mit einem Wollfaden notdürftig befestigten Riemen.

Lilli nahm das Schleifpapier, schliff über das Ebenholz und beobachtete ihren Vater aus dem Augenwinkel.

Nachdenklich ließ er den brüchigen Ledergurt durch seine staubigen Finger gleiten und starrte auf die kaum zu entziffernde Schrift. »Da stand mal *In Liebe, für Stefan von Nadja*.«

Er hockte sich auf eine umgedrehte Holzkiste. »Oft war der Operngucker nicht im Theater. Genauer gesagt nur einmal. Im Ballett.«

Lilli setzte sich neben ihn. »Mit Nadja?«

»Nadja war auf der Bühne …« Er strich über den Operngucker. »Und ich saß damit in der zwölften Reihe auf Platz sieben.« Lächelnd erinnerte er sich und redete mit leiser Stimme weiter.

»Das Stück hieß *Der Nussknacker*. Die Musik ist von Tschaikowski.«

»Der Nussknacker!«, rief Lilli begeistert. »Wen hat Mama denn gespielt?«

Lilli erschrak kurz über sich selbst. Sie hatte Nadja noch nie Mama genannt. Nicht mal auf dem *Monte Lucertola*.

Auch ihr Vater blickte sie etwas verwundert an. »Welche Rolle?«, wiederholte er und rieb sich über die Bartstoppeln.

»Hat sie die Clara gespielt? Oder vielleicht die Zuckerfee?«, fragte Lilli aufgeregt. Kurz vor Ende der letzten Weihnachtsferien hatten alle Schüler des Tanzstudios gemeinsam über Beamer einen Film über Tschaikowski gesehen.

Blinzelnd wandte Lillis Vater den Kopf zum Fenster, als könnte er durch die Scheibe auf die Bühne blicken. »Sie war eine von den Schneeflocken. Zusammen mit vielen anderen. Aber für mich spielte sie die Hauptrolle.«

Er schwieg.

Unwillkürlich erinnerte sich Lilli an einen Satz, den er früher einmal zu ihr gesagt hatte. »Als du dann auf der Welt warst, wurde es immer mehr mein Leben und immer weniger das von Nadja.« Schon oft hatte ihr Vater zu erklären versucht, warum er und Nadja sich damals getrennt hatten. Nadja hatte sich ihr Leben anders vorgestellt. Anders als er. Er wusste schon ganz früh, dass er Schreiner sein wollte, und daran hatte sich nie etwas geändert, aber Nadja hatte immer neue Träume.

Wie geschmolzene Schneeflocken perlten die Regentropfen auf der Fensterscheibe. Und Lilli wurde plötzlich so traurig, dass sie

nur auf der Kiste sitzen konnte, einen Kloß im Hals haben und schweigen.
Ihr Vater drückte ihren Kopf an seine Schulter. »Hast du unser neues Türschild gesehen?«
Lilli nickte. »Familie Holler.«
»Du und Luisa, ihr seid das größte Glück in meinem Leben. Ich fänd's gut, wenn wir das werden könnten. Eine Familie.«
»Als ihr mir das von der Hochzeit gesagt habt, da wusste ich schon Bescheid. Von Bobs Eltern!« Lilli betrachtete ihre staubigen Hände. »Erst war ich ziemlich sauer!«
Lillis Vater strich ihr die Locken aus dem Gesicht. »Ich wollte die ganze Zeit schon mit dir darüber reden, dir wollte ich es zuallererst sagen, aber …« Er zögerte. »Ich hatte solche Angst davor, dass du nicht einverstanden bist.« Er lächelte unsicher und suchte zwischen den Pauspapieren nach seinem Bleistift.
»Papa!« Lachend tippte Lilli sich an ihr Ohr, und ihr Vater griff automatisch an das seine, hinter dem der gesuchte Bleistift klemmte.
»Und?« Lillis Vater blickte sie lange an. »Bist du einverstanden?«
»Mein Jawort hast du.« Lilli lächelte, nahm sich ein frisches Schleifpapier und glättete damit das Ebenholzstück, bis ihr die Finger wehtaten.
Immer wieder wummerte die Säge und immer wieder passten sie ein neues Teil ein und schließlich leimten sie die schwarzen Schlangen auf das Brett.
Lilli legte es zwischen zwei Spanplatten und ihr Vater zog die

Schraubzwingen fest. Ein halbe Stunde musste die frische Einlegearbeit unter Pressdruck trocknen.
Eine halbe Stunde, die Lillis Vater nutzte, um den Gurt des Operngucker zu reparieren. Er schnitt das brüchige Stück Leder ab, zog den Riemen durch die Öse und schlug eine Niete in die Schlaufe. Gemeinsam räumten sie gerade noch die benutzten Werkzeuge zurück an ihren Platz, da zog Lillis Vater plötzlich eine seiner Listen aus der Hosentasche und faltete sie auseinander.
Lillis Vater liebte Listen. Egal, ob es Sachen waren, die noch eingekauft werden mussten, Reiseziele oder Ideen für verrückte Möbelstücke, alles landete bei ihm auf einer Liste.
»Sag mal, Lilli …« Er strich den Zettel glatt und überflog seine Notizen. »Welchen Heiratsantrag hältst du für romantischer? Vorschlag A: Ich gehe mit Luisa ins Kino, und zwischen den Werbungen vor dem Film kommt eine Schrift, so was wie: Luisa, willst du Stefans Frau werden?« Gespannt blickte er Lilli an. »Und?«
Etwas abschätzig wiegte Lilli den Kopf. »Und Vorschlag B?«
»Ich lege eine Spur aus Rosenblüten von der Haustür bis ins Schlafzimmer. Luisa läuft hinauf und findet auf dem Bett ein Herz aus Rosen und einen Brief, in dem steht: Ich bette dich auf Rosen, möchtest du mich heiraten?«
Lilli zupfte sich ratlos am Ohr. »Und C?«
»Also pass auf! C: Ich kaufe einen Morgenmantel und ich … ich denke, wir sind hier fertig, Lilli!« Schlagartig hatte Lillis Vater den Tonfall gewechselt.

Lilli drehte sich herum und wusste, warum.
Luisa kam herein. »Wer kocht eigentlich heute?«
Unauffällig ließ Lillis Vater seine Liste in der Tasche verschwinden. »Ich war letzten Sonntag dran.«
»Du bist ein echter Romantiker!«, sagte Luisa mit sehr ironischem Unterton und wollte schon wieder verschwinden.
»Ich koche heute«, sagte Lilli schnell. »Es gibt Pfannkuchen, wahlweise mit Nussnugatcreme oder Sesampaste!«
»Einverstanden!« Luisa nickte und ging wieder.
Lillis Vater löste die Schraubzwingen. Zufrieden strich er über die neuen Einlegearbeiten des Hexenbretts. »Am besten lässt du es noch über Nacht durchtrocknen.« Er gab ihr das Brett. »Du musste es morgen nach der Schule nur noch glatt schleifen.«
Lilli trug das Hexenbrett hinauf in ihr Zimmer und wollte dann in der Küche den Pfannkuchenteig anrühren. Aber weder im Wandbord noch im Vorratsschrank fand sie auch nur das geringste Stäubchen Mehl, also nahm Lilli einfach die Tüte mit den Semmelbröseln. Beim Kochen musste man eben erfinderisch sein. Und das war Lilli! Manche behaupteten sogar, sie hätte zu viel Fantasie. Aber konnte man davon wirklich zu viel haben?
Im Kühlschrank waren noch vier Eier von den Hühnern der *Wilden Küken* und zwei aus dem Supermarkt. Die Eier von Bussi, Birdie, Ines und Flocke waren viel kleiner als die gekauften, schmeckten aber mindestens dreimal so gut. »Bussi, Birdie, Ines, Flocke und Supermarkt euch sei – gedankt fürs Ei«, sprach Lilli in Gedanken ihren Eierdank und schlug die Eier in die Rührschüssel.

Lilli riss ihren Lenker hoch und fuhr über die Bordsteinkante. Sie beschleunigte und überquerte die Nepomukbrücke, ohne anzuhalten. Sie hatte verschlafen und war zu spät dran. Normalerweise legte sie auf der Brücke immer eine kurze Pause ein, warf Steinchen in den Fluss und lauschte dem Schreikonzert der Möwen. Jetzt blickte sie nur kurz zur Straßenlaterne, auf der ein zerzaustes Exemplar die Flügel in den Regenhimmel reckte. Eine Windbö riss Lilli die Kapuze ihrer gelben Regenjacke vom Kopf. Als ob sich das Wetter nicht entscheiden könnte, tröpfelte es immer wieder mal, aber zum Glück regnete es nicht mehr ganz so stark wie gestern.

Vom Schulgebäude her ertönte der erste Gong, noch fünf Minuten, bis der Unterricht begann. Lilli bog in den Lehrerparkplatz ein und stieg ab. Kalte Nässe drang durch ihre Segeltuchschuhe. Neben der Fahrradhalle lief die Regentonne über und Lilli war direkt in eine Pfütze getreten.

Enyas und Verys Räder standen schon an ihrem Stammplatz ganz hinten in der Fahrradhalle und daneben war das alte Lieferrad der *Gelateria Cantarella* aufgebockt. Bobs Fahrradkette war wohl noch immer nicht repariert.

»Hi, Oberküken!« Ole kniete in der finstersten Ecke der Halle am Boden und blickte sie über die Schulter hinweg an.

»Hi, Oberolm!« Verwundert trat Lilli näher. »Ist dir was runtergefallen?«

Kopfschüttelnd legte er den Finger auf die Lippen und zeigte vor sich auf den Boden.

In der Mitte der Fahrradhalle verlief ein schmaler Abwasserschacht, der mit einem Eisenrost abgedeckt war. Von dort hörte Lilli jetzt ein leises Piepsen.

Unter dem Abdeckgitter gefangen, bibberte ein kleiner Spatz in der Abwasserrinne.

Ole zeigte auf eine durchgebrochene Stelle des Gitters. »Wahrscheinlich ist er hier reingeschlüpft und findet jetzt nicht mehr raus.«

Lilli kniete sich neben ihn. Außer ihnen war niemand mehr in der Fahrradhalle. »Wo sind denn Mitch und Little?«

»Ich musste noch mal zurück, weil ich mein Sportzeug vergessen hatte.« Hinter Ole lag ein Turnbeutel auf dem Boden.

Lilli rüttelte an dem Rost.

»Das hab ich auch schon versucht«, sagte Ole.

Aufgeregt flatternd stieß der Spatz mit Kopf und Flügeln gegen das Gitter und blieb schließlich zitternd am Fuß der Rinne hocken.

Ole zeigte nach links. »Wenn du da drüben anpackst und ich hier. Zu zweit könnten wir es schaffen, das Gitter hochzuheben!«

Lilli krallte ihre Finger ins Gitter, weiter rechts packte Ole an.

Mit einem gleichzeitigen Hauruck hoben sie das Gitter aus der Einfassung.
Unsicher drehte der Spatz mehrmals den Kopf, flatterte dann aus der Rinne, machte eine Zwischenlandung auf Oles Turnbeutel und flog dann zwitschernd aus der Halle hinaus.
Ole passte den Metallrost wieder ein. Lilli reichte ihm sein Sportzeug. Als sie ins Freie traten, verglichen sie kurz die blutunterlaufenen Abdrücke, die das Gitter auf ihren Fingern hinterlassen hatte. Beinah hätte Lilli dabei Oles Hand berührt. In seinen dunkelblauen Augen spiegelten sich die Wolken.

Fast zehn Minuten zu spät betraten sie das Klassenzimmer. Frau Schley schüttelte nur genervt den Kopf, schrieb aber wortlos weiter an die Tafel. *Aus Summen kürzen nur die Dummen.*
Denise putzte ihre neue Brille und kicherte, während Mareike neben ihr auf Lilli und Ole zeigte. »Na, ihr beiden?« Mareike machte eine Kunstpause und sagte dann so laut, dass es garantiert die halbe Klasse hören musste. »Fertig geknutscht?«
Frau Schley fuhr herum, nahm ihr schwarzes Buch und erstickte mit dieser Geste das einsetzende Gelächter im Keim. Wer in diesem Buch stand, hatte mit Putzdienst, Pausendienst, Kopierdienst oder irgendeiner anderen Gemeinheit zu rechnen.
Lilli setzte sich flugs auf ihren Platz hinter Very und Enya.
»Was war denn?«, flüsterte Bob neben ihr.
Noch bevor Lilli antworten konnte, traf sie ein strenger Blick.
»Lilli, komm doch mal nach vorne!«, sagte Frau Schley und kritzelte hastig eine Bruchgleichung an die Tafel.

Die letzten beiden Stunden hatten sie Sport. Erst Zirkeltraining und dann Völkerball. Sooft sie den Ball in die Finger bekam, versuchte Lilli, Mareike oder Denise zu treffen. Aber die beiden Zicken waren flink. Denise trug jetzt eine Sportbrille und landete einen Treffer nach dem anderen. Lillis Team verlor, obwohl Very die beste Werferin der Klasse war.
Im Umkleideraum für Mädchen verabredeten sich die *Wilden Küken* für den Nachmittag. Nacheinander flüsterte Lilli ihren Freundinnen das neue Passwort ins Ohr. Enya nahm dafür nur kurz einen Ohrstöpsel ihres MP3-Players heraus und nickte.
»*Mamma mia*, Oberküken.« Bob pustete genervt. »Du und deine Passwörter!«
»Sind wir eine Bande oder nicht?!« Lilli zwängte ihren Lockenkopf durch den Kragen des T-Shirts.
»Wir sind auf alle Fälle die Bande mit den meisten Passwörtern.« Very knöpfte die vielen winzigen Knöpfe ihrer Bluse zu.
Einen Augenblick lang betrachteten Lilli, Bob und Very die Vierte im Bunde. Enya saß auf der Umkleidebank und lauschte mit traurigem Gesichtsausdruck der Musik aus ihren Ohrstöpseln.
»Schreibt sie eigentlich immer noch Briefe nach Italien?«, fragte Lilli leise.
Bob schüttelte den Kopf. »Nicht mehr, seit sie weiß, dass Fernando mit einem Mädchen aus Roccamare zusammen ist.«
Enya bückte sich gedankenverloren und zog sich ihren linken Gummistiefel an. Auch wenn sie es nie so richtig zugegeben hatte, wussten ihre Freundinnen, dass Enya ziemlich lange heim-

lich in Fernando verliebt gewesen war. Bob und Very schlüpften ebenfalls in ihre Schuhe. Ein gleichzeitiger Aufschrei in drei verschiedenen Tonlagen ertönte.

Lilli, die gerade noch die Schuhbänder ihrer Segeltuchschuhe aufdröselte, hielt erschrocken inne.

»Iiiihhh!« Very schüttelte sich angeekelt.

Bob hüpfte krakeelend auf einem Bein. »Ich hab was Weiches im Schuh!«

Mit angewidertem Gesichtsausdruck zerrte Enya sich den Gummistiefel vom Fuß.

Neugierig geworden, bildeten ihre Klassenkameradinnen inzwischen einen Kreis um die *Wilden Küken*.

Bob zupfte sich eine klebrige Masse von der Sockenspitze. Very riss sich gleich den ganzen Strumpf vom Fuß und Enya schüttelte zerquetschten Camembert aus ihrem Stiefel.

»Das nenn ich mal richtigen Zehenkäse!« Mareike bog sich vor Lachen und Denise hielt sich grinsend die Nase zu.

Lilli drehte ihre Segeltuchschuhe um. Zwei Klumpen Weichkäse fielen ihr vor die Füße.

Enya hatte inzwischen eine Rolle Klopapier aus der Toilette geholt. Lilli rupfte sich einen halben Meter ab und wischte damit den schmierigen Rest von der Innensohle ihrer Schuhe.

Jammernd wrang Bob über dem Waschbecken ihre Socken aus, während Very ihre Strümpfe gleich im Papierkorb versenkte.

Denise sprühte mit ihrem Deo erst durch die Luft und dann unter ihre Achseln. »Das war garantiert die Bande von Lillis Freund!«

»Erstens ist Ole nicht mein Freund!« Lilli warf das Käseklopapierknäuel zu Verys Strümpfen in den Papierkorb. »Und zweitens werden die *Grottenolme* dafür büßen.«
Mareike stopfte ihren Gymnastikanzug in die Sporttasche. »Was sich liebt, das neckt sich!« Sie öffnete ein Seitenfach, holte ein Päckchen Juckpulver heraus und wedelte damit vor Lillis Gesicht herum.
»Cool!« Lilli wollte schon danach greifen, aber Mareike zog es wieder zurück und rieb fordernd die Finger aneinander, als würde sie Geld zählen. Erst nachdem Very ihr ein paar Münzen gegeben hatte, rückte Mareike das Juckpulver heraus.
»Macht schnell, wir müssen noch vor den *Olmen* in der Fahrradhalle sein«, drängte Lilli zur Eile und schlüpfte in ihre Regenjacke.

Mareike und Denise standen am Eingang der Fahrradhalle und applaudierten, während die *Wilden Küken* das viel zu teuer erworbene Juckpulver auf den Fahrradsätteln der *Grottenolme* verteilten. Den allerletzten Rest streute Bob auf die Lenkergriffe.
Lilli beschlichen erste Zweifel. Die Zicken hatten ihnen noch nie geholfen. Im Gegenteil, Mareike und Denise ließen normalerweise keine Gelegenheit verstreichen, den *Wilden Küken* eins auszuwischen. Aber jetzt standen sie mit ihnen hinter den dichten Büschen neben der Fahrradhalle und warteten darauf, dass ihnen die Jungs in die Falle gingen.
Very klappte ihren pinkfarbenen Taschenschirm zusammen. Es hatte aufgehört zu regnen.

Ein Spatz pickte auf einem Pausenbrot herum, das auf dem Weg lag. Der Hausmeister kam aus dem Hintereingang, stellte zwei leere Eimer neben die Regentonne und verschwand wieder im Schulhaus.

Lilli zog ihre Freundinnen etwas von Mareike und Denise weg und flüsterte: »Was, wenn das mit dem Zehenkäse gar nicht die *Olme* waren, sondern die Zicken?« So ganz glaubte sie zwar selbst nicht an diese Theorie, aber irgendwie stand ihr der Sinn immer weniger nach Rache.

Enya schüttelte den Kopf. »Das war eindeutig die Retourkutsche der *Grottenolme* für unsere *ABF*.«

Der Spatz flog über das Dach der Fahrradhalle und verschwand aus Lillis Blickfeld.

»Sie kommen«, zischte Enya.

Ole und seine Jungs schlenderten über den Schulhof.

Lilli duckte sich tiefer unter die nassen Zweige der Büsche und schlich in Gedanken durch den tropfenden Sherwood Forest. Geschickt erklomm Lilli-Ann von Loxley den höchsten Baum und spähte Richtung Nottingham.

Die Schlinge schon um den Hals, stand Sir Ole unter dem Galgen und lächelte tapfer. Lilli-Ann spannte den Bogen, sirrend sauste der Pfeil durch die Luft und zerschnitt das sich straffende Galgenseil.

Lilli-Ann vernahm ein Kichern. Das waren Mareike und Denise.

»Tjorben sieht soooo knackig aus«, hauchte Mareike.

Tjorben und Arvin aus einer der höheren Klassen wanderten hinauf zur Bushaltestelle und Enyas Bruder Mark lief ihnen hinterher. »Hey, Jungs!«, rief Mark. Etwas widerwillig blieben Tjorben und Arvin stehen.

Mareike frisierte sich rasch noch die Haare, Denise tauschte ihre Brille gegen eine Sonnenbrille, und schon setzten sie sich in Bewegung. Mit dem Auftauchen der älteren Jungs schienen Mareike und Denise alles andere völlig vergessen zu haben.

»Wie wär's denn mal wieder mit Kino?« Mark hatte seine Klassenkameraden eingeholt.

»Was läuft denn zurzeit?«, mischte sich Mareike ein.

Denise schob sich zwischen Mark und Arvin. »Ihr steht doch hoffentlich nicht nur auf Actionfilme.«

Neben Lilli zupfte sich Bob am Ohrläppchen. »Ich dachte, Mareike ist in Jesper aus der Parallelklasse verknallt.«

»Jesper ist Geschichte.« Very verdrehte die Augen. »Seit dem letzten Sportfest redet sie nur noch von Tjorben.«

»Und Denise von Arvin«, ergänzte Enya. »Dabei sind die beiden richtige Blödmänner.« Mit etwas besorgtem Blick sah sie ihrem Bruder nach. Wie das fünfte Rad am Wagen trottete Mark hinter Tjorben, Mareike, Arvin und Denise her. »Ich hab noch einen Gutschein für ein Jumbopopcorn, das reicht für uns alle!«

Von der anderen Seite her näherten sich die *Grottenolme* der Fahrradhalle.

»Sie kleben einen Zeitzünder unter den Raumgleiter«, schwadronierte Mitch. »Und krawumm, explodiert das ganze Nitroglyzerin!«

»Eigentlich handelt es sich dabei um Glycerintrinitrat«, verbesserte ihn Little. »Ein stark erschütterungsempfindlicher Sprengstoff!«

Mitch grinste. »Sag ich doch! Krawumm!!«

Ole schwenkte seinen Turnbeutel und summte irgendetwas vor sich hin.

Lillis Herz klopfte immer schneller vor lauter Ratlosigkeit. Und kaum waren die *Grottenolme* in der Fahrradhalle verschwunden, da rannte sie auch schon los. Sie riss das Schutzgitter von der Regentonne, tauchte einen der Eimer ein und schleppte ihn den Jungs hinterher in die Fahrradhalle.

»Finger weg von den Rädern!«, rief Lilli und ließ den Inhalt des Eimers über Oles Fahrrad schwappen.

»Was soll das?«, fragte Mitch, war aber vorsichtig genug, sein Fahrrad nicht zu berühren.

»Gratisfahrradwäsche, oder was?« Ole lachte.

Very, Bob und Enya standen mit vor Verwunderung offenen Mündern am Eingang.

Little hob ein leeres Tütchen vom Boden auf und las. »Juckpulver!«

Ole füllte ebenfalls einen Eimer und kippte eine ganze Ladung Wasser erst über Littles, dann über Mitchs Fahrrad. Mitch holte ein Handtuch aus seiner Sporttasche und rieb die Sättel damit trocken.

Ole gab seiner Bande ein Zeichen. »Kommt, Leute, wir verschwinden! Hier stinkt's total nach Zehenkäse!«

Lachend stiegen sie in die Pedale.

Also waren doch die *Olme* die Übeltäter gewesen und nicht die

Zicken. Voller Wut auf Ole und die ganze Welt, vor allem aber auf sich selbst, kickte Lilli einen Eimer durch die Fahrradhalle. Nicht eine glorreiche Lilli-Ann von Loxley blickte in die fragenden Gesichter ihrer Bande, sondern eine zerknirschte Lilli Holler.

»Bist du von allen guten Geistern verlassen?«, fragte Bob.

»Wieso hast du das gemacht?«, murmelte Enya und fügte verständnislos hinzu: »Oberküken?«

Very schwieg und musterte Lilli nur, als könnte sie Gedanken lesen.

»Ich dachte, das mit dem Zehenkäse, das wären die Zicken gewesen«, verteidigte sich Lilli.

»Dauert nicht mehr lang und Lilli und Ole gehen miteinander.« Verys hellblaue Augen schimmerten fast silbern.

»Quatsch.« Lilli schloss ihre Fahrradkette auf. »Ich und Ole. Ihr seht doch Gespenster.« Lilli lachte übertrieben.

»*L'amore é cieco*«, sagte Bob. »Liebe macht blind!«

Very klemmte ihre Schultasche in den Gepäckträger. »Ich sage nur: dritte Kontaktstufe.«

»Wie dritte Kontaktstufe?«, fragte Lilli verwirrt.

Very strich sich links und rechts eine blonde Strähne hinters Ohr. »Erstens: Lange Blicke. Zweitens: Rotwerden. Und drittens: Lautes übertriebenes Lachen.«

Lilli wollte schon verächtlich losprusten, verschluckte ihr Lachen aber lieber wieder. »Lange Blicke, ich bitte dich!«

Jetzt meldete sich Enya zu Wort. »Es stimmt, Lilli, du solltest mal sehen, wie du ihn immer anhimmelst.«

»Und nach der Nummer mit dem Beatmen neulich ...« Bob stieg auf das für sie viel zu große alte Fahrrad. »Du bist knallrot angelaufen.«
»Und viertens: die zufälligen Berührungen«, fuhr Very mit ihrer Aufzählung fort. »Fünftens: Händchenhalten, sechstens: kleine Geschenke ...« Very atmete durch.
»Und siebtens?«, fragte Lilli.
»Der Kuss der wahren Liebe!«, antworteten Very, Bob und Enya wie aus einem Mund und brachen jetzt in ein sehr lautes übertriebenes Lachen aus.
»Ihr seid total plemplem.« Lilli schwang sich auf ihr Rad.
Als sich am Stadtbrunnen ihre Wege trennten, hielt Lilli kurz an und blickte unsicher zu ihren Freundinnen. »Wir sehen uns doch trotzdem heute Nachmittag. Oder?«
»Äh, wie ging gleich wieder das Passwort?«, fragte Bob und lachte.
»Pünktlich um drei!«, sagte Enya.
Very machte einen Kussmund. »Gib uns Bescheid, sobald du weißt, was für ein Kusstyp er ist!«
Lilli tippte sich an die Stirn und radelte nach Hause.

Lilli befestigte ihren Fahrradanhänger am Gepäckträger. Sie stopfte ihren Rucksack in den Korb am Lenker und hielt dann die durchsichtige Plane hoch. Sneaker kläffte, sprang in den Anhänger und kuschelte sich auf die darin ausgebreitete Hundedecke. Lilli steckte das Hexenbrett, das sie nach dem Mittagessen geschliffen und poliert hatte, zu Sneaker in den Anhänger. »Schön sitzen bleiben, ich hole nur noch schnell den Operngucker!« Sie tätschelte Sneaker und lief in die Werkstatt.
Zu ihrer Überraschung war ihr Vater dort nicht allein, sondern redete mit Luisa. Aus dem kleinen Kofferradio ertönte Musik. Lillis Vater nahm einen Schluck aus seinem Kaffeebecher. »Aber *ich* wollte Jens doch als Trauzeugen! Immerhin sind wir schon seit Ewigkeiten befreundet.«
»Und noch länger ist er *mein* Bruder!« Luisa klappte einen Zollstock auf und zu. »Nimm doch Gernot als Trauzeugen, mit dem bist du doch schon zur Schule gegangen!«
»Kaplan und Trauzeuge, das geht vielleicht gar nicht.«
Luisa formte aus dem Zollstock ein eckiges Herz. »Das können wir ihn ja beim Traugespräch fragen.«
Lilli nahm den Operngucker vom Haken.

»Du hast ja noch ein bisschen Zeit, jemanden zu finden.« Luisa hängte Lillis Vater das Zollstockherz um den Hals.
»Frag doch Nadja!«, sagte Lilli.
Entgeistert starrten ihr Vater und Luisa sie an.
Lillis Vater klappte den Zollstock zusammen. »Ich fürchte, das ist keine gute Idee!« Unsicher blickte er zu Luisa.
Lilli wickelte sich den Lederriemen ums Handgelenk. »Oder du fragst mich, Papa!«
Aufgebracht klaubte ihr Vater Holzabfälle in einen Eimer. »Kinder können keine Trauzeugen sein!«
»Aber Lilli gehört zur Familie und irgendwie heiratet sie ja auch mit.« Luisa klopfte etwas Sägemehl von ihrem Rock. »Also hat sie auch ein Mitspracherecht.«
»Ich stimme für Jens und Nadja.« Lilli hängte sich den Operngucker um den Hals und verließ die Werkstatt.

Ein lauer Sommerwind wehte über die Weiherwiese und der Himmel war wieder so blau, wie man es sich nur wünschen konnte. Nach Mücken schnappend, jagte Sneaker über die Planken der *Mystery*. Lilli hatte den Hühnern frisches Wasser gegeben, jedes einzelne gestreichelt und vier Eier eingesammelt. Jetzt stand sie auf der Deckelkiste, stützte die Ellbogen aufs Kajütendach und linste durchs Fernglas. Oben am Waldrand nagelten die *Grottenolme* aus schlanken Baumstämmen und dicken Ästen eine Leiter zusammen. Sneaker bellte und gleichzeitig rieselten Wassertropfen in Lillis Locken.
Very stand am Steg und spritzte mit einer Wasserpistole, auf der

noch ein Preisschild klebte, um sich. Hinter ihr ließen Enya und Bob ihre Räder ins Gras fallen.
»Passwort?« Lilli stellte sich vor die Schiffsluke.
»Séance!«, sagte Very. Und erst nachdem auch Bob und Enya das Passwort genannt hatten, gab Lilli die Luke frei.
Kurz darauf hockten alle vier *Wilden Küken* im Bauch der *Mystery*.
Durch das Bullauge fiel Sonnenlicht. Sie hatten die Schlafkojen links und rechts heruntergeklappt und auf dem kleinen Tischchen lag das reparierte Hexenbrett.
»Jede schreibt eine Frage auf.« Lilli lehnte sich gegen die Bordwand, drückte ein paarmal auf ihrem Kuli herum und fing an zu schreiben.
Nachdenklich kaute Enya auf ihrem Stift.
»Ich glaub nicht an den Quatsch!«, sagte Bob, kritzelte aber dennoch etwas hin.
Lilli warf ihren Zettel in einen Strohhut und reichte ihn weiter.
Neugierig tapste Sneaker die schmale Schiffstreppe herunter.
Lilli fuhr mit dem Fingernagel in die Kerbe und öffnete das Geheimfach des Hexenbretts. Schweigend faltete sie das kleine rote Tuch auseinander und legte die Planchette so auf das Brett, dass die Kralle des Fabeltieres auf das Wort *Hello* zeigte. Einen Augenblick lang war es totenstill, sogar der Weiher hatte aufgehört zu glucksen.
Lilli räusperte sich. »Ihr Geister und Wesenheiten aus dem Jenseits. Ich rufe euch.«
Enya schluckte, Bob atmete zischend aus. Verys spitze Nase

wurde noch spitzer. Alle vier legten ihren Finger auf die Planchette.

Dreimal wiederholte Lilli die Beschwörungsformel, immer ungeduldiger und mit jedem Mal lauter. Nichts rührte sich.

»Ilona meint, man muss einen bestimmten Verstorbenen anrufen«, sagte Very.

»Du hast deiner Mutter doch nichts von dem Hexenbrett erzählt.« Enya blickte Very vorwurfvoll an.

»Ich hab Ilona nur so ganz allgemein gefragt. Sie weiß nicht, dass wir das Brett haben. Ich bin doch nicht plemplem!« Very warf Lilli einen vielsagenden Blick zu. »Auch wenn manche das behaupten.«

»Ich kenne keinen Verstorbenen«, sagte Bob. »Also keinen, den ich mit dem Quatsch nerven wollte.«

Sneaker stellte die Ohren auf und blaffte ein paarmal, aber niemand schenkte ihm Beachtung.

»Wie hieß denn der Ertrunkene gleich wieder, von dem Fernando in Roccamare erzählt hat?«, fragte Enya.

»Luigi«, sagte Lilli und blickte zu Bob. »Aber sein Geist spricht sicher nur italienisch.«

Bob schüttelte den Kopf. »Ihr wisst, dass ich nur ein paar Brocken kann.«

Durch die offen stehende Luke hörte man das Gackern der Hühner. »Vielleicht können uns ja die Hühner helfen?«, schlug Bob kichernd vor.

»Wenn, dann bräuchten wir einen schwarzen Hahn«, meinte Very.

»Ines ist zwar kein Hahn, aber immerhin schwarz.« Enya holte Ines und setzte sie auf das Hexenbrett. Aber das Huhn pickte nur so lange auf dem Höllenhund herum, bis er auf den Boden fiel, kackte dann auf die Windrose und flatterte aufgescheucht herum. Sneaker rannte wieder an Deck.

Lilli bückte sich gleichzeitig mit Very nach der Planchette. Dabei stießen sie mit den Köpfen zusammen.

»Autsch!« Very richtete sich ruckartig auf und stieß das Hexenbrett mit dem Ellbogen vom Tisch. Es streifte Bobs Bein und landete auf dem Schiffsboden.

»Igitt, jetzt hab ich Hühnerkacke an der Hose.« Bob riss sich einen Zettel von Lillis Block und versuchte, damit ihre Hose zu säubern. Enya legte das Brett wieder auf den Tisch und fing ihr Huhn ein. Kurz redeten alle durcheinander, verstummten dann aber plötzlich.

Lilli hob die Planchette auf. Der Kopf des Fabeltieres war abgebrochen. »Mist.« Lilli legte den kopflosen Höllenhund aufs Hexenbrett und krabbelte auf dem Schiffsboden herum. »Der Kopf muss doch hier irgendwo sein.«

»Jetzt seht euch das an.« Bob zeigte auf das Hexenbrett.

Ein schräger Lichtstrahl fiel durch das Bullauge und warf einen hellen Fleck auf das Hexenbrett. Und genau in der Mitte dieses Lichtflecks lag der Höllenhund und zeigte mit seiner ausgestreckten Kralle auf *HELLO*.

Enya setzte ihr Huhn auf den Boden. Very hob den Hut auf, Lilli sammelte die verstreuten Zettel zusammen und legte sie wieder hinein. Bob zeigte auf die abgebildete Windrose. Ob durch Magie oder Zufall, die Spitze mit dem *N* zeigte genau nach Norden. Schweigend scharten sich die *Wilden Küken* um das Hexenbrett. Mit geschlossenen Augen wühlte Lilli im Hut und zog einen Zettel. Sie öffnete die Augen und las Enyas Handschrift. »Hat vergangene Liebe eine neue Chance?«

Jetzt legte auch Lilli ihren Finger auf die Planchette und zugleich wirbelten tausend Gedanken durch ihren Kopf. Meinte Enya sich und Fernando, fragte sie sich und dachte im selben Moment auch an ihren Vater und Nadja. Zugleich fiel ihr ein, dass sie ganz vergessen hatte, die Wesenheiten aus dem Jenseits überhaupt anzurufen. Wie elektrisiert fühlte sie den Beginn der Bewegung. Ohne ihr Zutun rutschte die Planchette mitsamt den vier Zeigefingern auf das Wort *YES*.

Als hätten sie zusammen nur eine Lunge, atmeten die *Wilden Küken* gleichzeitig ein und aus. Lilli ließ die Planchette kurz los und nahm einen neuen Zettel aus dem Hut. »Wie viele Kinder bekommen Mitch und ich?«

Das konnte nur von Very sein. Lilli legte ihren Finger wieder auf den kopflosen Höllenhund, sofort machte die Planchette einen Ruck und die Kralle wies auf die Zahl eins.

»Uups«, entfuhr es Very. »Ein Einzelkind.«

Als würde Lillis Finger noch immer wie magnetisch angezogen, kostete es etwas Kraft, ihn von der Planchette zu lösen. Über ihnen an Deck gab Sneaker schlabbernde Geräusche von sich. Die *Mystery* schaukelte jetzt auch leicht. An den Schiffswänden spielten die vom Bullauge gebrochenen Lichtreflexe der sonnenbeschienenen Wasseroberfläche. Hatten sie wirklich eine

Wesenheit aus dem Jenseits hierher beschworen? Lillis innere Stimme der Vernunft sagte Nein, sie bildeten sich das alles nur ein. Es war nur ein Spiel. Aber ihr Herz klopfte wirklich. Und die Planchette bewegte sich tatsächlich. Und das Kribbeln im Bauch, wenn sie sich bewegte, war ein echtes Kribbeln. Und Very war ja auch ein Einzelkind. Und hoffentlich machte sich Enya jetzt nicht zu viele Hoffnungen, dass sie und Fernando doch noch zusammenkämen. Lilli nahm ihre eigene Frage aus dem Hut. *Ist Luisa die richtige Frau für Papa?*, stand da. Lilli starrte auf ihre Schrift. Und las dann nicht, was sie geschrieben hatte, sondern: »Ist es Liebe?«

Zusammen mit den Fingern ihrer Freundinnen fuhr auch Lillis Finger auf der Planchette wie auf einem Floß über das helle und dunkle Holz. Anders als vorhin schien es, als hätte die Planchette diesmal keinen Kurs. Sie beschrieb eine Spirale und blieb dann auf dem kahlen Baum stehen.

Lilli knüllte ihren Zettel zusammen und schob ihn unauffällig in die Hosentasche. War die Antwort ausgeblieben, weil sie sich nicht an die Regeln gehalten hatte?

Als letzter lag Bobs Zettel im Hut. Lilli nahm ihn heraus und las vor: »Welche Farbe hat meine Unterhose?«

Schon während sie die Worte sprach, hatte sie Mühe, das aufkeimende Lachen zu unterdrücken. Erst dachte sie, es wäre dieses Lachen, das ihren Finger zucken ließ, aber es war die Planchette. Der kopflose Höllenhund sauste in schneller Abfolge auf die Buchstaben *B* und *L*, pausierte dann, wie um Atem zu holen, und schoss schließlich im Zickzack auf *A* und *U*.

»Blau?«, fragten Lilli, Very und Enya gleichzeitig.
Irritiert stand Bob auf und zog den Hosenbund etwas nach unten, sodass man den Saum einer blauen Unterhose erkennen konnte.
»Und? Hältst du es jetzt immer noch für Quatsch?«, rief Very.
»*Santa semplicità!*« Bob hob genervt die Hände. »Wie naiv kann man denn sein? Wahrscheinlich habt ihr das vorhin gesehen, dass die blau ist. Als ich vom Rad gestiegen bin. Das Planchettendings, das bewegt doch ihr, bewusst oder unbewusst!«
Lilli starrte auf den enthaupteten Höllenhund, da ertönte über ihnen ein scharrendes Geräusch, und gleich darauf baumelte ein Kopf in der Luke. »Buh!«
Alle vier *Wilden Küken* sprangen erschrocken zurück.
»Und welche Farbe hat Verys Unterhose?«, fragte der Kopf.
»Mitch, du Depp!« Very pumpte Druckluft in ihre neue Wasserpistole.
»Vorsicht Jungs, die Hexen sind bewaffnäaaaah!« Bewaffnet, wollte Mitch wohl sagen, aber Verys Wasserstrahl traf ihn voll in den Mund.
Spuckend verschwand sein Kopf aus der Luke. Lilli schnappte sich die Häkeltasche mit ihren gesammelten Tannenzapfen und stürmte die Schiffstreppe hoch. Alle drei *Olme* waren an Deck.
Neben Lilli rülpste Sneaker. In seinem Napf lagen die Reste mehrerer Schokoriegel.
»Verräter!«, zischte Lilli ihren Hund an und fischte einen Tannenzapfen aus der Tasche.
»Ihr *Küken* seid wohl unter die Hexen gegangen!« Ole schubste

Little Richtung Leiter, auf der Mitch gerade zum Steg hinunterkletterte.
»Ich geb dir gleich Hexen!« Lilli holte zum Wurf aus.
Ole duckte sich und der Tannenzapfen landete irgendwo auf der Weiherwiese.
»Au!«, schrie Mitch auf der Leiter und riss seine Hand unter Littles Fuß hervor.
Lillis zweiter Zapfen sauste an Oles Ohr vorbei. Ole stieg auf die Reling und sprang auf den Steg.
Lilli bewunderte ihn für seinen kühnen Sprung, pfefferte ihm aber sofort einen besonders großen Tannenzapfen hinterher. Wochenlang hatte Lilli die schönsten Zapfen gesammelt, aber jetzt feuerte sie einen nach dem andern.
Very sprang auf die Reling und verpasste den flüchtenden *Olmen* eine nasse Salve.
»Wir sind keine Hexen!«, schrie Lilli. Sie berührte die Hühnerfeder, die sie als Bandenzeichen um den Hals trug, und fügte voller Stolz hinzu. »Wir sind die *Wilden Küken*!«
Links und rechts von ihr griffen jetzt auch Bob und Enya in die Häkeltasche und schleuderten in schneller Abfolge die Zapfen.
»Hexenbande!«, grölte Mitch. »Verflucht und verrucht und ver…« Kurz fiel ihm nichts mehr ein. »… und verdammt sexy!« Feixend zeigte er auf Very, die sich ihre Wasserpistole am Gurt über die Schulter schwang.
»Hinterher, Mädels!«, rief Very und nahm die Verfolgung auf.
Lilli und Enya schlossen noch schnell die Luke, damit Ines nicht

entwischen konnte, und kletterten Bob hinterher ebenfalls von Bord.

Die *Grottenolme* hatten einen ziemlichen Vorsprung und verschwanden bereits im Keltenwald, als Very noch den Hügel hinaufhetzte und Lilli, Bob und Enya gerade erst durch das hohe Gras der Weiherwiese rannten. Aufgeregt kläffend, sprang Sneaker Lilli vor den Beinen herum.

Oben am Waldrand wartete Very auf die anderen. Keuchend stützte sie sich auf den Knien ab. »Sie laufen Richtung Grottenolmgrotte.«

Auf dem umgefallenen Baumstamm balancierend, überquerten die *Wilden Küken* den Schlangenbach und erreichten schließlich völlig aus der Puste den Keltenbuckel.

»Und jetzt?« Bob lehnte sich erschöpft an den bemoosten Fels.

»Anschleichen!«, sagte Lilli. »Aber passt auf, wo ihr hintretet, nicht dass sie irgendwo eine Fallgrube gegraben haben!«

Vorsichtig pirschten sie sich bis an den Palisadenzaun. Lilli hob die Decke vor dem Durchschlupf hoch und lauschte. Auf ihr Zeichen hin huschten die *Wilden Küken* hinter ihrem Oberküken her ins Lager der Jungs.

Immer gewärtig, dass die *Grottenolme* plötzlich auftauchen könnten, durchstöberten sie die Hütte und die Felsnische. Im Halbdunkel erkannte Lilli Oles Tüte mit den Scherzartikeln auf dem Feldbett. Daneben lag sein Rucksack. Aus der Seitentasche ragte eine kleine Papierrolle. Lilli zog sie heraus. Es war der Computerausdruck eines Fotos. Sie und der blutüberströmte Ole. Als würde sie ihn küssen wollen, schwebte ihr Mund über seinem Gesicht.

Neugierig beugten sich Lillis Freundinnen links und rechts über ihre Schultern.

Aber anders, als Lilli erwartet hatte, lachte keine von ihnen. »Sieht aber auch zu echt aus, das Blut!«, sagte Enya, und Bob streichelte über Lillis Rücken.
Bevor Lilli das Foto in Fetzen reißen konnte, nahm Very es ihr aus der Hand, rollte es ein und steckte es zurück in Oles Rucksack. »Das ist privat.« Sie nahm die Wasserpistole von der Schulter. »Und das auch!« Very trat an die Hüttenwand, an der Oles und Littles Wasserpistolen hingen und hängte die ihre an den dritten leeren Haken.
Enya kramte inzwischen eine Stinkbombe und die Plastikflasche mit Oles künstlichem Blut aus der Tüte. »Wenn wir schon Hexen sind, sollten wir auch was zusammenbrauen!«
Während Bob die Flasche mit künstlichem Blut aufschraubte, brach Enya vorsichtig die Spitze der Stinkbombenampulle ab. Sofort breitete sich ein übler Gestank aus. Mit spitzen Fingern leerte Enya den Inhalt der Ampulle in die Flasche.
»Pfui!« Bob verschloss die Flasche und steckte sie zurück in die Tüte. »Das stinkt schlimmer als unser Zehenkäse!«
»Jetzt aber nichts wie weg hier.« Lilli hielt sich die Nase zu. Schnell wickelte Enya die leere Ampulle in ein Papiertaschentuch und verbuddelte sie an der Rückwand der Hütte.
Eilig schlüpften sie durch die Palisaden und blickten sich um. Von den *Grottenolmen* keine Spur.
»Wo ist eigentlich Sneaker?« Lilli pfiff und von jenseits des Hügels ertönte ein Bellen.
Lillis Hund erwartete die Freundinnen am Schlangenbach. Wie ein Brückenwächter saß er vor dem umgefallenen Baumstamm.

»Lass mich vorbei!« Lilli zog ihn am Halsband etwas beiseite, um auf den Baumstamm zu klettern. Aber Sneaker riss sich los und preschte bachaufwärts. An der nächsten Biegung blieb er stehen und bellte.
»Er will, dass wir mitkommen«, sagte Bob.
»Vielleicht hat er die *Olme* gewittert?« Enya wusch sich die Hände im Bachwasser.
Die *Wilden Küken* folgten Sneaker um die nächste Biegung und erreichten schließlich den Waldrand. Auf dem Hügel links hinter dem Keltenwald lag Gut Feldberg, rechts von ihnen erstreckte sich der Mühlwald, und vor ihnen lag eine sattgrüne Wiese, gelb getupft vor lauter Hahnenfußblüten.
Gut Feldberg war ein großer Biobauernhof, auf dem Behinderte zusammen mit ihren Betreuern lebten. Weil ihre Mutter dort als Sozialtherapeutin arbeitete, wohnten auch Ole und Little auf Gut Feldberg. Wahrscheinlich waren sie vorhin nicht in ihr Bandenquartier gelaufen, sondern gleich nach Hause.
Am Horizont tuckerte ein Traktor auf der Landstraße.
»Wo der Schlangenbach wohl entspringt?«, fragte Enya.
»Lasst uns umkehren!« Bob wischte sich den Schweiß von der Stirn.
Im Schatten einer Silberpappel blieben die *Wilden Küken* stehen. Weiter als bis hierhin waren sie noch nie gewesen. Bellend sprang Sneaker in den Bach. Wassertropfen stoben durch die Luft.
»Sieht aus, als hätte er etwas gefunden!«, sagte Lilli. Die Pappel stand an einer Biegung, an deren Innenseite sich eine fla-

che Sandbank gebildet hatte. Trübe Wolken aufgewühlten Schlamms waberten um Sneakers Pfoten, er zerrte knurrend ein flaches Holz aus dem Bachgrund und sprang zurück ans Ufer. Lilli nahm ihm das kurze Brettstück aus dem Maul und wischte im Gras die glitschigen Algen ab.
Very rümpfte die Nase. »Das ist ja total vermodert.«
Lilli drehte die nasse Holztafel herum. »Da ist was draufgemalt.«
Enya kniete sich hin und betrachtete das Fundstück aus der Nähe. »Kannst du erkennen, was das sein soll?«
Lilli fuhr die Kanten nach. Drei waren gerade, aber die vierte war mit der Maserung des Holzes leicht schräg abgebrochen. »Es ist nur ein halbes Bild.«
»Und ziemlich verwittert!« Bob begutachtete die Holztafel, die etwa die Größe einer Zeitschrift hatte. »Vielleicht war das mal ein Wegweiser oder ein Hinweisschild.«
»Wahrscheinlich *Schwimmen verboten*.« Lachend zeigte Very auf den Schlangenbach.
Lilli hob das halbe Tafelbild hoch und hielt es ins Licht. Aus dem vollgesogenen Holz tropfte es auf ihre Turnschuhe. »Das hier könnte ein Tier sein.« Sie drehte das Bild hochkant. »Man bräuchte die zweite Hälfte!«
»Vielleicht ist die hier ja noch irgendwo!«, sagte Enya.
Gemeinsam suchten sie das Bachufer ab, fanden aber außer einem alten Joghurtbecher kein weiteres Treibgut mehr.
Vom Mühlwald her erscholl Sneakers immer ungeduldiger werdendes Bellen.

»Mann, Sneaker, jetzt spinn nicht!«, rief Lilli laut und fügte zu den *Küken* gewandt hinzu: »Das liegt bestimmt an dem vielen Zuckerzeug, das ihm die *Olme* in den Napf getan haben!« Sie pfiff ein paarmal, aber Sneaker reagierte nicht, sondern verschwand im Schatten der Bäume.

»Ich geh ihn holen.« Lilli drückte Enya das halbe Bild in die Hand.

»Ich komm mit.« Enya reichte das Bild an Very weiter.

»Ich auch!«, sagte Very und gab Bob das Bild.

Bob zögerte kurz. »Wartet auf mich!« Sie lehnte die Holztafel schnell an den Stamm der Silberpappel und lief den anderen hinterher über die Hahnenfußwiese.

Die *Wilden Küken* folgten Sneaker immer weiter in den Mühlwald hinein. Der Schlangenbach wurde zusehends schmaler, sodass sie nicht jeder Biegung folgen mussten, sondern ihn immer wieder überspringen konnten. Anders als im lichten Keltenwald gab es hier kaum Laubbäume und nur vereinzelt schimmerte das Tageslicht durch die eng stehenden Tannen und Fichten. Lillis Ärger über Sneakers Eigensinn verwandelte sich immer mehr in Neugier und Abenteuerlust. Davon, hier durch unbekanntes Gelände zu streifen, konnten die Langweiler von Jungs doch nur träumen. Lilli zwängte sich durch ein Dickicht und glaubte ihren Augen nicht zu trauen. Vor ihnen erhob sich eine Kapelle. Sie war weiß getüncht und mit roten Dachziegeln gedeckt. Im niedrigen Turm hing eine kleine Bronzeglocke.

Der Platz um die Kapelle herum war mit Steinplatten gepflastert, an die eine aufgeschüttete Kiesfläche grenzte. Ein offensichtlich neu errichteter Holzzaun umgab das ganze Areal. Jenseits dieses Zauns lag Sneaker auf den Steinplatten in der Sonne und schien jedes weitere Interesse an seiner bisherigen Hetzjagd verloren zu haben.

Lilli roch den würzigen Geruch der frisch bearbeiteten Zaunlatten. »Lärchenholz«, dämmerte es Lilli. »Den Zaun hat mein Vater gemacht. Das muss die Cäcilienkapelle sein!«

Deshalb wollte Sneaker hierhin. Wenn Luisa und Lilli in der Schule waren, musste sich ihr Vater um Sneaker kümmern und nahm ihn deshalb auch oft mit zur Arbeit.

Lilli drückte die schmiedeeiserne Klinke und öffnete den Türflügel, hinter ihr traten auch Bob, Very und Enya in das kühle Gebäude. Hinter dem einfachen Altar leuchtete ein buntes Glasfenster, unter dem eine Heiligenfigur thronte. Links und rechts des Mittelganges gab es jeweils drei Sitzreihen. Der Boden bestand aus unregelmäßig abgetretenen Klinkersteinen.

Lilli berührte die aus hellerem Holz gefertigten Seitenteile des Gestühls. Stolz ließ sie die Finger über die geschnitzten Ranken und Blätter gleiten. »Das ist Papas Schnitzerzeichen.« Sie wies auf eine Holunderdolde, die an den Rand geschnitzt war.

Very deutete auf die Heiligenfigur im Altarraum. »Was hat die denn in der Hand?«

»Eine Orgel.« Lilli kannte die Figur von den Fotos, die in den letzten Wochen in der Werkstatt gehangen hatten. »Das ist die heilige Cäcilie.« Lilli versuchte, sich zu erinnern, was ihr Vater ihr über die Heilige erzählt hatte. »Zur Zeit der Christenverfolgung haben die Römer sie in kochendes Wasser geworfen.«

»Blanchierte Jungfrau!« Very rümpfte die Nase.
»Eben nicht, das kochende Wasser machte ihr nichts aus, also wollte der Henker ihr den Kopf abschlagen, aber auch das ging schief.« Lilli zeigte auf die Orgel im Arm der Figur. »Die Schutzpatronin der Musiker ist sie deshalb, weil sie zur Verwirrung des Henkers bei der missglückten Enthauptung gesungen hat.«
Neben der Figur stand ein Metalltischchen, auf dem nur noch eine einsame Kerze brannte. Schweigend warf Very vier Münzen in den Opferstock, jedes *Küken* nahm sich eine Kerze aus dem Fach daneben. Gleichzeitig entzündeten sie die Dochte und stellten ihre vier Kerzen auf.

Als sie in die warme Luft der Lichtung trat, fröstelte Lilli leicht. Sneaker gähnte, sprang aber, als Enya über den Lattenzaun flankte, hinter ihr her. Enya beschattete mit der flachen Hand ihre Augen. »Da vorne ist eine Brücke.«
Obwohl sie eigentlich längst hatten umkehren wollen, liefen die *Wilden Küken* über die Holzbohlen der kleinen Brücke. Ein schmaler Pfad führte weiter bachaufwärts. Lilli blieb abrupt stehen. Vor ihr lag ein verbeultes Schild auf dem Boden. *Betreten verboten*.
Drei Augenpaare ruhten auf Lilli. Sie zuckte mit den Schultern und sprang über das Schild. Wenige Schritte weiter versperrte ihnen ein verrosteter Maschendrahtzaun den Weg. Lilli trat ihn an einer Stelle nieder, sodass ihre Freundinnen problemlos darübersteigen konnten. Der Bach war hier nicht mehr zu sehen, aber nur einen Steinwurf entfernt gurgelte und rauschte es im

Unterholz. Aus den wuchernden Weißdorn- und Schlehenbüschen erhoben sich einzelne schlanke Birken und Ebereschen. Zwischen tief hängenden Zweigen und einem Gewirr aus Blättern und Ranken erkannte Lilli einen gemauerten Kamin und ein Stück schiefergedecktes Dach.

»Da ist ein Haus! Kommt, das sehen wir uns aus der Nähe an.«

Lilli suchte einen Weg durch das dornige Gestrüpp, da ertönte hinter ihr Verys unterdrückter Aufschrei: »Kralle!«

»Kralle«, krächzten auch Bob und Enya und ergriffen mit Very die Flucht.

Schlug man im Bandenbuch der *Wilden Küken* das Geheimwort *Kralle* nach, dann konnte man dort nachlesen, was es bedeutete. Nämlich: *Nichts wie weg!*

Wieso denn Kralle?, wollte Lilli fragen, aber die Worte blieben ihr im Halse stecken.

Eine gebückte Gestalt brach durch die Haselbüsche und humpelte auf sie zu. Der Alte hatte eine fleckige blaue Mütze auf dem Kopf, in der einen Hand schleppte er einen Farbeimer, in der andern eine tropfende Malerwalze. Seine kleinen Schweinsäuglein funkelten Lilli böse an, er stellte den Eimer ab und ließ die Farbrolle fallen. In Anbetracht seines Alters und vor allem seiner kurzen Säbelbeine, die in riesigen Stiefeln steckten, entwickelte er eine erstaunliche Geschwindigkeit.

»Kralle, Lilli!«, schrien die Freundinnen vom Zaun her.

Und Lilli machte die *Kralle*. Sie wetzte so schnell sie konnte, aber der Mann schnitt ihr den Weg ab und erwischte sie am Kragen. »Hab ich dich, du Schmierfink!«

Lilli wand sich, aber die Faust in ihrem Nacken ließ nicht locker.
»Du sagst mir jetzt die Adresse deiner Eltern!«, knarrte der Alte. »Dann kriegen die nämlich die Rechnung für eure Schmierereien.« Er streckte den Kopf vor. »Kralle?«, fragte er. »Heißt du so? Lilli Kralle?«
Sein Gesicht war ihrem jetzt so nah, dass sie seine grauen Bartstoppeln hätte zählen können. »Ja. Lilli Kralle.« Lilli nickte eifrig. »Und meine Eltern heißen auch Kralle. Karl-Gustav und Maria Kralle.«
Ohne Lilli loszulassen, fischte der Alte ein sehr modernes Handy aus seiner Tasche. »Dann rufen wir da gleich mal zusammen an! Los, diktier mir die Nummer!«
Lilli steckte in der Klemme.
»Eins, zwei, drei!«, diktierte sie und trat ihm mit voller Wucht auf den Fuß.
»Au!« Vor Schreck und Schmerz ließ der Alte los.
Lilli nutzte die Gelegenheit, setzte über den Maschendrahtzaun und machte sich gemeinsam mit ihren Freundinnen aus dem Staub. Sich umblickend, sah sie noch, wie der Alte sich die Mütze vom Kopf riss und wütend auf ihr herumtrampelte.

Ohne zu verschnaufen, rannten sie die ganze Strecke bis zur Silberpappel. Dort nahmen sie das halbe Bild mit und liefen weiter Richtung Weiherwiese.
Wieder zurück an Bord der *Mystery*, öffnete Lilli die Kükenkajüte. Very und Bob fingen Birdie und Bussi, Lilli nahm Flocke

in den Arm, und Enya holte Ines von unter Deck. Gemeinsam brachten die *Wilden Küken* ihre vier Hühner hinunter in den Freilauf auf der Weiherwiese und machten dann klar Schiff. Very und Bob misteten die Kükenkajüte aus und Lilli putzte zusammen mit Enya unter Deck. Außer jeder Menge Hühnerdreck von Ines fanden sie dort auch den abgebrochenen Kopf der Planchette.

Jetzt erst fiel Lilli das halbe Bild wieder ein. Sie hatten es vorhin nur schnell auf der Deckelkiste abgelegt, aber jetzt betrachteten sie es genauer. Inzwischen war das Holz getrocknet und die Konturen der Malereien darauf zeichneten sich viel klarer ab.

»Sieht aus wie ein Tier!« Lilli hielt das Brett hochkant und zeichnete mit dem Finger einen Rumpf und vier Beine nach.

»Schon wieder ein Hund ohne Kopf«, murmelte Enya.

Alle vier starrten auf die Bruchstelle, an der der Hals des Tieres endete.

»Der Kopf ist sicher auf der fehlenden Hälfte des Bildes«, sagte Lilli und lächelte, obwohl ihr ein kalter Schauder über den Rücken lief.

Es ging bergauf und Lilli stellte sich auf die Pedale. »*Know, knew, known*.« Ihr ganzes Gewicht immer wieder verlagernd, arbeitete sie sich Meter für Meter voran und leierte unregelmäßige Verben herunter. »*Dream, dreamed, dreamt*.« Bei jeder Silbe trat sie kraftvoll nach unten. »*Hide, hid, hidden*.«
Sneaker hockte gemütlich im Anhänger und bellte, als wollte er Lilli anfeuern. Endlich hatte sie die lange Steigung hinter sich. Lilli steckte die Lederschnur mit der Hühnerfeder daran unter ihren T-Shirtkragen und ließ das Rad einfach laufen. »*Fly, flew, flown*.« Ihre Locken flatterten, und wenn sie zu Hause nicht eine Stunde *Powerlearning* mit Luisa erwartetet hätte, wäre Lilli wirklich geflogen.

Das Schiebetor stand offen, Lilli fuhr zwischen Luisas rotem Kleinwagen und dem Schreinerauto ihres Vaters hindurch und stellte ihr Rad unterm Vordach des Holzlagers ab.
»Das hab ich nie gesagt!«, hörte sie Luisas Stimme und blieb unbemerkt hinter dem Sommerflieder stehen.
Luisa goss die Blumentöpfe auf der Terrasse.
»Aber gedacht!«, sagte Lillis Vater.

Er kam mit einem Tablett aus dem Wohnzimmer. »Jetzt hör mal damit auf!« Er trat zwischen Luisa und die Blumentöpfe. Auf dem Tablett standen zwei mit Saft gefüllte Sektgläser.

Luisa stellte geräuschvoll die Gießkanne ab und verschränkte die Arme. »Und was denkt der Herr, dass ich denke?«

»Ich jedenfalls denke, Nadja als meine Trauzeugin ist eine total bescheuerte Idee!« Lillis Vater hielt Luisa das Tablett hin. »Willst du nicht doch einen Schluck Quittensaft? Selbst gepresst.«

»Ich will jetzt keinen Quittensaft. Ich will, dass du Nadja anrufst und sie fragst!«

Vor Lillis Nase sonnte sich ein Schmetterling im Flieder.

Lillis Vater stellte das Tablett auf den Terrassentisch. »Ausgerechnet Nadja als Trauzeugin, da zerreißen sich doch alle bloß das Maul.«

»Wer denn? Mein Bruder?«, fragte Luisa. »Oder Kaplan Hoffmann?«

Lillis Vater schüttelte den Kopf.

Luisa musterte ihn. »Vielleicht hast nur *du* Angst davor. Vielleicht willst du sie nicht dabeihaben, weil sie dich verlassen hat, weil du immer noch verletzt bist, weil …«

»Und wieso willst du sie dabeihaben?« Lillis Vater schnaubte ärgerlich. »Weil du mich auf die Probe stellen willst?«

Im Gegensatz zu ihm redete Luisa ganz ruhig. »Erstens war es nicht meine Idee, sondern die von Lilli. Und zweitens gehört Nadja zu eurem Leben. Ich will mit euch eine Familie werden und sie ist Lillis Mutter. Ich will sie nicht ausklammern. Vergangenheit, Gegenwart, Zukunft, das lässt sich nicht voneinander trennen. Das kannst du nicht Punkt für Punkt abhaken wie auf deinen Listen, Stefan. Das fließt alles ineinander. Das gehört zusammen. Und Nadja gehört zu uns!«

Lilli gab Luisa innerlich recht.

Anders ihr Vater. »Ich finde schon noch den richtigen Trauzeugen«, sagte er und reichte Luisa ein Sektglas. »Und jetzt probier endlich den Quittensaft!«

Er nahm das zweite Glas und erhob es. »Ich habe noch nie Quittensaft getrunken, du hast noch nie Quittensaft getrunken, also wird es für uns beide das erste Mal sein, dass wir Quittensaft trinken …«

Dieser umständliche Trinkspruch passte überhaupt nicht zu Lillis Vater, der nur selten viele Worte machte, und wenn, dann allenfalls über leimlose Holzverbindungen oder die Verwendung verschiedener Hobeleisen.

Mit jedem seiner Worte verfinsterte sich Luisas Miene.

»Aber dieser Quittensaft wird nicht die einzige neue Erfahrung sein, die wir gemeinsam machen werden«, fuhr er fort und wollte mit Luisa anstoßen.

Aber der platzte jetzt der Kragen. »Das mit Nadja ist noch nicht ausdiskutiert, und mich interessiert, was du wirklich darüber denkst!« Luisa holte aus und kippte den Saft in den Fliederbusch. »Und nicht der blöde Quittensaft!«

Ein paar Tropfen trafen Lilli, die nicht mehr rechtzeitig zurückwich.

»Oh nein! Was hast du getan?!« Lillis Vater stellte sein Glas ab und stürzte auf den Busch zu, hinter dem Lilli jetzt verwundert

hervortrat. Ihr Vater schien sie gar nicht zu bemerken. Auf den Knien krabbelte er um den Flieder herum und tastete mit den Händen den Boden ab.
»Wonach suchst du denn, Papa?«, fragte Lilli hilfsbereit.
Lillis Vater wühlte Laub beiseite. »In dem Quittensaft war der Ring!«
»Welcher Ring, Stefan?«, fragte Luisa jetzt ahnungsvoll.
»Unser Trauring. Das heißt deiner!«, sagte Lillis Vater verzweifelt. »Wenn du nicht mit dem Trauzeugenthema angefangen hättest, wäre das ein sehr romantischer Heiratsantrag geworden!« Er schloss kurz die Augen und sagte dann weiter seinen Text auf. »Denn dieser Quittensaft wird nicht die einzige neue Erfahrung sein … neue Erfahrung sein …«, wiederholte er und zog flugs einen Zettel aus der Tasche und las den Rest davon ab. »… Erfahrung sein, die wir gemeinsam machen werden, denn wir werden ab jetzt alles gemeinsam erleben.« Er knüllte den Zettel zusammen. »Weißt du, wie schwer es ist, Quitten auszupressen?!«
Aber Luisa hörte ihm schon gar nicht mehr zu, sondern durchwühlte jetzt ebenfalls das welke Laub.
Es war Lilli, die den Ring schließlich fand. Er hing an einer Astgabel und glitzerte in der Sonne. Sie gab ihn Luisa.
»Der Juwelier wollte mir einen mit Brillanten andrehen«, sagte Lilli Vater. »Aber ich hab einen einfachen Goldring genommen.«
»Der ist wunderschön!« Luisa las die Gravur auf der Innenseite. »Und dein Name steht drin.«

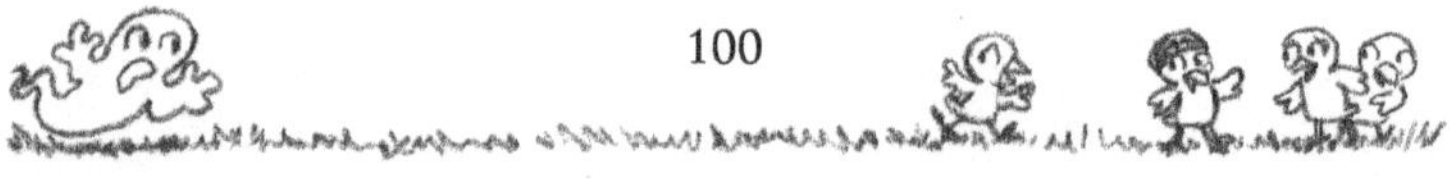

»Also, wenn ich dich jetzt hier unterm Sommerflieder frage«, nuschelte Lillis Vater. »Luisa Wilhelms, willst du meine …«

»Vergiss es!« Luisa stapfte zurück auf die Terrasse, ließ den Ring in das übrig gebliebene Glas Quittensaft plumpsen und verschwand im Wohnzimmer.

Lilli freute sich über den wiedergefundenen Ring und fast noch mehr über das heute garantiert ausfallende *Powerlearning*.

Aber Lilli hatte sich zu früh gefreut.

»Lilli, *come to our lesson, please*!«, ertönte Luisas Stimme aus dem Wohnzimmer.

Keuchend trat Lilli in die Pedale. Die anderen Küken hockten sicher schon alle in Verys Zimmer und warteten auf sie. Lilli war nach dem Mittagessen noch zur *Mystery* gefahren, hatte die Hühner versorgt und die Planchette geholt.

Lilli war schon viel zu spät dran, legte noch einen Zahn zu und bog schließlich in Verys Straße ein. Am Gartenzaun der Villa lehnten Bobs und Enyas Fahrräder. Lilli stellte ihr Rad dazu, kettete es an den Rahmen des alten Lieferrades der Gelateria, und holte dann die in das Samttuch gewickelte Planchette aus ihrem Fahrradkorb. Sie eilte schon voller Vorfreude auf das Bandentreffen zum offen stehenden Gartentor, da stutzte sie. Auf der gegenüberliegenden Straßenseite stand der schwarze Pick-up des Gurus im Halteverbot. Die Warnblinkanlage blinkte.

Vom Haus her vernahm Lilli jetzt Stimmen. Sie stellte sich auf die Zehenspitzen und lugte neugierig zwischen den Zweigen der Hecke hindurch.

Vor der breiten Haustür verabschiedete sich der Guru soeben von Verys Mutter. Sie hielt eine Tüte hoch. »Wie viel kriegen Sie denn für die peruanischen Amulette, Herr Schramm?«

Der Guru schüttelte den Kopf. »Die gehen aufs Haus. Sie hatten meinetwegen genug Unannehmlichkeiten!«

Die Haustür fiel ins Schloss und der Guru kam durchs Gartentor. Als er gerade die Straße überqueren wollte, entdeckte er Lilli. »Bist du mir neulich nicht fast vors Auto gefahren?!« Er machte ein paar Schritte auf sie zu. »Dir und deiner Freundin geht's hoffentlich gut!?«

Lilli nickte. »Trotzdem hätten Sie anhalten müssen!«

Herr Schramm hob entschuldigend die Schultern. Hinter seinen Ohren ringelten sich fahlblonde Haare. Abgesehen von seinem bunt bestickten Hemd wirkte er ziemlich normal. Einen indianischen Schamanen hatte Lilli sich jedenfalls ganz anders vorgestellt.

Er wollte sich schon abwenden, da fiel sein Blick auf das rote Tuch in Lillis Hand. »Wo hast du das denn her?«

»Gefunden!« Lilli deutete auf die offene Ladefläche des Pickups und fügte schnell hinzu: »Das Hexenbrett ist Ihnen wahrscheinlich von der Ladefläche gerutscht, als Sie so schnell davongefahren sind.«

Der Guru runzelte nachdenklich die Stirn.

»Eine Ecke war abgebrochen«, sagte Lilli. »Mein Papa und ich haben es repariert.« Lilli seufzte. »Sicher wollen Sie es wiederhaben.«

Ein Lächeln huschte über das Gesicht des Gurus. »Ach was, be-

halt es! Sozusagen als Wiedergutmachung für den Schreck!« Er lief über die Straße. »Euch ist nix passiert, also war das auch keine Unfallflucht!« Er stieg in sein Auto.
Lilli strich über das samtene Tuch und rief dem Guru hinterher. »Funktioniert es wirklich?«
Er streckte den Kopf durchs Autofenster. »Ich verdiene mein Geld damit. Dafür reicht es, wenn die Kundschaft dran glaubt.« Zwinkernd startete er den Motor und fuhr davon.

Wenig später setzte Lilli sich in Verys Zimmer zu Bob und Enya, die beide in dicken Nachschlagewerken blätterten. Lilli schlang die Beine unter und wuchtete sich das *Lexikon der Dämonen* auf die Knie.
»Das sind jetzt die letzten.« Very schleppte einen weiteren Stapel aus der Bibliothek ihrer Mutter an. Die schweren Wälzer rutschen ihr aus den Armen und hopsten über Verys Bett, als wären sie lebendig.
Immer wieder legte Lilli die Planchette und den abgebrochenen Kopf neben die Abbildungen im Lexikon. Aber nicht ein einziger Dämon ähnelte ihrem geflügelten Höllenhund.
Bob hielt ein aufgeklapptes Buch hoch. »Irgendwie sieht die Lilli ähnlich, diese Medusa da mit ihren Schlangenlocken!«
Very lachte und hielt Bob dann das aufgeschlagene *Lexikon der Kobolde und Hausgeister* unter die Nase. »Aber der Goblin hier sieht aus wie du!«
Lilli studierte das Inhaltsverzeichnis von *Übernatürliche Wesen gestern und heute.* »Hundsköpfige Fabelwesen, Seite 234«, mur-

melte Lilli und schlug die Seite auf. »Kynokophaloi«, buchstabierte sie und las den zugehörigen Text. »Menschengestaltige Wesen, auf deren Schultern Hundeköpfe sitzen.«
»Hört euch an, was hier unter Höllenhund steht«, sagte Bob. »Kerberos wird einköpfig, dreiköpfig oder auch fünfzigköpfig dargestellt. Er trägt einen Schlangenschwanz und mehrere Schlangenköpfe auf dem Rücken.«
Enya nahm die Planchette. »Also von Schlangenköpfen kann überhaupt keine Rede sein.«
Very schaltete ihr Laptop ein.
»Wie wär's mit dem Fenriswolf.« Enya fuhr mit der Fingerspitze die winzige Schrift der *Enzyklopädie germanischer Mythen* nach und las laut vor: »Da der Fenriswolf von Tag zu Tag größer und kräftiger wurde, fürchteten die Götter, er würde sie alle verschlingen. So entschlossen sie sich, ihn mit einer magischen Fessel zu binden.« Enya las kurz leise weiter und erklärte dann: »Aber am Ende aller Zeiten wird er sich befreien.«
»Vielleicht ist es gar kein Hund.« Bob rollte sich mit *Geheime Kulte und Rituale der Ägypter* in der Hand auf den Rücken. »Sondern ein Schakal, wie dieser Anubis hier!«
»Ein Werwolf könnte es allerdings auch sein«, sagte Very und wischte mit der Fingerspitze auf dem Touchpad ihres Laptops herum. Jede Menge blutrünstige Bestien tauchten auf dem Bildschirm auf, es gab sogar Werwölfe mit Flügeln, aber kein einziger glich der geschnitzten Planchette.
Die *Wilden Küken* durchforsteten die Nachschlagewerke und klickten sich durchs Internet und gaben die Suche erst auf, als

Verys Süßigkeitenschublade genauso leer war wie der Akku ihres Laptops.

Den ganzen Nachhauseweg lang schwirrte Lilli der Kopf von all den grausigen Geschichten und Bildern.

Und als sie schließlich in ihrem Bett lag, konnte sie erst lange nicht einschlafen und dann geisterten geflügelte Hunde und enthauptete Werwölfe durch ihre Träume.

Lilli konnte sich weder in Musik bei Frau Homolka noch in Mathe bei Frau Schley auf den Unterricht konzentrieren. Immer wieder sah sie das verbeulte Schild bei der Mühle vor sich. *Betreten verboten*. Und jetzt saß sie beim Mittagessen und hörte ebenfalls nur mit halbem Ohr zu, wie Luisa und ihr Vater über das gestrige Traugespräch redeten.
Lillis Vater nahm einen der Klebezettel von der Kühlschranktür. »Kannst du die Sachen aus dem Hofladen von Gut Feldberg mitbringen?« Lilli nickte und schob den Einkaufszettel in die Tasche. Sie brauchte nur die Augen zusammenkneifen, schon verschwamm die Welt um sie herum. Umso klarer sah sie dann den gemauerten Kamin und das schiefergedeckte Dach vor sich, umso lauter hörte sie das Rauschen des Bachwassers. Und wenn sie die Augen ganz schloss, glaubte Lilli sogar, den eigenartigen Geruch von Weißdorn und Schlehen zu riechen.

Lilli war gleich nach dem Mittagessen zur Weiherwiese gefahren. Sie schob ihr Fahrrad samt Anhänger bis auf den Steg. »Helft mir mal mit dem Hühnerfutter!« Sie schlug die Anhängerplane zurück.

»Wo ist Sneaker?«, fragte Enya.

»Bei Luisa.« Zusammen mit Bob hievte Lilli den einen der beiden Säcke aus dem Anhänger, den anderen schleppten Enya und Very unter Deck.

Bevor sie sich auf den Weg machten, suchte Lilli mit dem Operngucker den Waldrand ab. Von den *Olmen* keine Spur.

»Wir fahren mit dem Rad, das geht schneller.« Lilli löste die Anhängerdeichsel von ihrem Gepäckträger.

Sie fuhren, genau wie Lillis Vater es ihr beschrieben hatte, die Landstraße hoch, an Gut Feldberg vorbei und bogen dann rechts ab auf den Feldweg, der bis zur Cäcilienkapelle führte. Dort stellten sie ihre Fahrräder ab und überquerten die Bohlenbrücke.

Das verbeulte Schild lag noch wie gestern auf dem Boden. *Betreten verboten*.

Je weiter sie sich dem Rauschen des Schlangenbachs näherten, desto lauter klopfte auch Lillis Herz. Vor ihren Füßen leuchteten ein paar Flecken weißer Tünche, hier hatte der Alte vorgestern die Malerwalze ins Gras geworfen.

Wenige Schritte weiter entdeckte Lilli den gemauerten Kamin und das schiefergraue Dach zwischen den Bäumen.

»Und wenn hier jemand wohnt?« Very hielt Lilli am Ärmel fest.

»Der Geist der geköpften Cäcilie?« Lilli ahmte ein Gespenst nach.

Bob und Enya kicherten leise.

»Hier lang!« Lilli folgte einem kaum erkennbaren Weg durchs

Gebüsch. Unter einer Eberesche blieb sie stehen. Ein tief hängender Ast mit roten Beeren berührte Lillis Locken. Vor ihr rauschte der Schlangenbach durch den engen Durchlass einer Staumauer. Auf der anderen Seite des Baches erhob sich ein Gebäude. Die Fensterscheiben waren zerbrochen oder fehlten gänzlich. Teile des schiefergedeckten Dachs waren eingesackt.
»Das ist eine alte Mühle!«, rief Lilli. Sie balancierte auf die Staumauer, sprang über die Aussparung und blieb vor dem baufälligen Haus stehen. Aus der Dachrinne sprossen Pflanzen, zwischen den Mauerritzen wuchs Moos, und wohin man blickte, wucherten Ranken, als wollte der Wald alles verschlingen. In einem schmalen Mauerschacht klemmte ein an mehreren Stellen zerbrochenes Wasserrad.
Die *Wilden Küken* versuchten, die Kurbel einer Schleuse zu bewegen, aber die riesigen Zahnräder waren viel zu verrostet.
Lilli wandte sich dem Eingang der Mühle zu. Sie drückte die quietschende Tür auf und blinzelte. Erst nachdem sich ihre Augen an das Halbdunkel gewöhnt hatten, erkannte sie eine Eckbank und einen eingefallenen Schrank. Überall lag Gerümpel auf dem Boden.
»Hier spukt es garantiert!«, sagte Bob mit tiefer Stimme.
»Ich dachte, du glaubst nicht an den Quatsch …«, flüsterte Very gerade, da packte Bob sie so überraschend im Genick, dass sie laut aufschrie.
Vor lauter Schreck über Verys Schrei kreischten auch Lilli und Enya los. Schließlich fiel auch Bob mit ein und aus dem Gekrei-

sche wurde ein vierstimmiges Gekicher, das aber schnell wieder verstummte. Dafür knackte das Gebälk und die breiten Dielen knarrten unter ihren Füßen. Es roch nach modrigem Mauerwerk.

Im Erdgeschoss der Mühle gab es zwei Räume. Der eine war, abgesehen von einem Waschtisch mit zerbrochener Marmorplatte, leer, in dem anderen stapelte sich dafür umso mehr Sperrmüll um das kaputte Mahlwerk. Eine Treppe führte auf den Dachboden. Lilli erklomm die Stufen und schob eine schmale Tür auf. Es war ziemlich düster hier oben. Licht fiel nur durch ein glasloses Fenster in der Giebelmauer. Lilli machte einen Schritt darauf zu, da ertönte ein raues Krächzen. Flügelschlagend strich ein großer Vogel über sie hinweg und flatterte durch das Fenster ins Freie.

»Ihhh, hier ist alles voller Vogelkacke!« Bob zeigte auf den Boden unter einem der Dachbalken.

Eine Weile stöberten die *Wilden Küken* noch in der Mühle herum und machten sich dann wieder auf den Rückweg. Auf der Bohlenbrücke blieb Lilli stehen. »Kein Wort zu niemandem! Die Mühle ist Kükengeheimnis.«

»Kükengeheimnis!«, wiederholten Enya, Bob und Very. Dabei hoben sie wie Lilli die Hand zum Schwur und formten mit vier Fingern eine Hühnerkralle.

Auf dem Vorplatz der Kapelle parkte ein Auto, und während die *Wilden Küken* noch ihre Räder aufschlossen, tauchte der alte Mann mit der gefleckten blauen Mütze hinter dem Gebäude auf. Schimpfend humpelte er auf sie zu. Immer hektischer nestelte Lilli an ihrem Fahrradschloss herum, kriegte es endlich auf und wäre wie ihre flüchtenden Freundinnen entkommen, wenn der Alte nicht in letzter Sekunde ihren Gepäckträger erwischt hätte.

»Ich hab eine der Gören erwischt, Herr Kaplan!« Er packte Lilli am Arm und zerrte sie vom Rad.

Very, Bob und Enya ließen Lilli natürlich nicht im Stich und kehrten um. Gleichzeitig mit ihnen kam Kaplan Hoffmann um die Ecke der Kapelle. Er trug einen Malerkittel und hatte einen Pinsel in der Hand. »Lilli Holler, bist du das?«

Schnell war das Missverständnis aufgeklärt. Der alte Mann hatte auf der anderen Seite des Mühlwaldes einen Bauernhof und war nebenberuflich der Küster der Kapelle. Kaplan Hoffmann führte die *Wilden Küken* zur Rückwand der kleinen Kirche. Auf einer ausgebreiteten Zeitung stand ein Farbeimer auf dem Pflaster. Die Malerwalze des Küsters lehnte an der Mauer und unter der frischen Farbe schimmerten immer noch krakelige Graffiti.

»Wir waren das garantiert nicht«, beteuerte Lilli. Und weil Kaplan Hoffmann kein bisschen an ihrer Unschuld zweifelte, zuckte schließlich auch der Küster mit den Schultern, tauchte die Walze in den Eimer und walzte eine weitere Schicht weißer Farbe an die Wand.

»Ihr könnt ja trotzdem mithelfen!«, sagte Kaplan Hoffmann. »Leider ist der hier kaputt.« Er zeigte auf einen rostigen Wasserhahn an der Rückseite der Kapelle. »Aber auf dem Waldfriedhof gibt es einen, der funktioniert!« Er drückte den *Wilden Küken*

Eimer in die Hand und warf dem Küster einen auffordernden Blick zu.
Der Küster reichte dem Kaplan seine Farbwalze und stapfte den *Wilden Küken* voran auf die andere Seite der Kapelle und dann in den Wald hinein.
Erst als sie schon fast davorstanden, entdeckten die Mädchen den rostigen Zaun aus Gusseisen. Er war über und über mit Efeu und anderen Ranken bewachsen. Nur das schmale Tor war nicht überwuchert. Einige Schritte davon entfernt tastete der Küster suchend zwischen den Gitterstäben im Efeu herum, bis er schließlich einen Schlüssel aus seinem Versteck hervorholte.
Der Küster schob die wartenden Küken beiseite, bückte sich ächzend und steckte den Schlüssel ins Schloss des Eisentors.
Lilli, Bob, Enya und Very folgten dem Küster durch das geöffnete Tor auf den Friedhof.
Bob zeigte auf eine Marienfigur aus Marmor. »Sieht aus, als hätte sie eine grüne Mütze auf!« Auch Lilli musste über den moosbewachsenen Madonnenkopf schmunzeln.
»Wie alt der Friedhof wohl sein mag?« Enya ließ ihren Blick über die verwitterten Grabsteine schweifen.
»Hier brennt jedenfalls für niemanden mehr eine Kerze!« Nachdenklich trat Lilli zwischen zwei Gräber, die vollständig von Unkraut überwuchert waren.
»Aber da hinten sind doch noch offene Gruben!« Very zeigte über einen schiefen Grabstein und entfernte sich neugierig.
»Hiergeblieben!«, rief der Küster. Er stand neben einem kleinen Steinbecken und winkte sie ärgerlich zu sich. In dem Becken

lag ein verblichener gelber Schlauch, dahinter erhob sich eine gemauerte Einfassung, aus der ein Wasserhahn ragte.
»Werden denn hier noch Leute begraben?«, fragte Lilli.
»Zuletzt wurde hier ein kleines Kind beerdigt, aber das ist schon eine halbe Ewigkeit her.« Der Küster schob den aufgerollten Schlauch beiseite, nahm Lilli den Eimer aus der Hand und stellte ihn unter den Wasserhahn. »Die vom historischen Verein haben hier vor Kurzem Ausgrabungen gemacht. Fürs Heimatmuseum.« Er drehte den Wasserhahn auf. »Ganz früher soll das hier mal ein Keltenfriedhof gewesen sein.« Erst plätscherte rostiges, dann klares Wasser in Lillis Eimer. Nachdem alle Eimer gefüllt waren, verschloss der Küster das Friedhofstor und versteckte den Schlüssel wieder hinter den Efeuranken. Dann marschierte er voraus und die *Wilden Küken* schleppten die schweren Eimer hinter ihm her.
Zurück an der Kapelle, nahm ihnen der Kaplan einen der Eimer ab, um die Farbwalze darin zu säubern, während die *Wilden Küken* begannen, Farbkleckse vom Pflaster zu schrubben.
Zufrieden mit sich und der Welt hatte sich der Küster auf einen Bretterstapel gesetzt und steckte sich ein Zigarillo an.
Lilli wrang in seiner Nähe einen Putzlappen aus.
»Tut hoffentlich nicht mehr weh!« Sie zeigte auf den Fuß, auf den sie ihm neulich getreten war.
Der Küster blies eine Rauchwolke in die Luft. »Haltet euch fern von dem Friedhof. Und auch von der alten Mühle.«
»Wieso?«, fragte Lilli.
Seine kleinen Augen wanderten unruhig hin und her.

»Was ist denn mit der alten Mühle?«, hakte Lilli nach.

Er pustete nachdenklich auf die Glut seines Zigarillos. »Wer die alten Geschichten erzählt, der weckt auch die alten Geister!« Als sähe er diese alten Geister, starrte er zum Wald hinüber.

Lilli sah nur Bäume. Von der Mühle war von hier aus nicht das kleinste Fitzelchen zu erkennen. Aber man hörte den Schlangenbach leise murmeln.

Auf dem Rückweg machten sie auf Gut Feldberg halt. Lilli kramte den Einkaufszettel ihres Vaters aus der Hosentasche und betrat den Hofladen. Sie nahm einen der Körbe und wanderte zusammen mit den anderen *Küken* durch die Regale. Während sie noch die Einkäufe zusammensuchten, betrat Henriette Roland den Laden. Lilli lächelte grüßend. Henriette war nicht nur Oles und Littles Mutter, sie war auch mit Luisa befreundet.

»Lilli, das trifft sich gut«, sagte Henriette. »Wartet noch kurz, dann hole ich eben das Tischtuch!« Oles Mutter eilte aus dem Laden.

Lilli und ihre Freundinnen suchten die restlichen Sachen zusammen, da kam Henriette auch schon wieder angehetzt und reichte Lilli eine Tüte.

»Grüß Luisa von mir und sag ihr, ich hab leider nur dieses eine Damasttischtuch. Aber das ist dafür richtig groß.« Henriette zwinkerte. »Luisa will doch bei der Hochzeit alles in Weiß aufdecken.«

Lilli lächelte zu allem, was Henriette über die bevorstehende Hochzeit sagte, und bezahlte währenddessen.

»Wo sind denn die Jungs, Frau Roland?«, fragte Very beiläufig dazwischen.

»Die wollten irgendwas spielen«, antwortete Henriette achselzuckend. »Wahrscheinlich wieder so ein Kartenspiel von Mitch. Ihr wisst schon, mit so Monsterkarten, Witchboard oder so.«

»Witchboard«, wiederholten Lilli und ihre Freundinnen im Chor und versuchten, sich ihre Bestürzung nicht anmerken zu lassen. Anders als Henriette vermutete, ging es hier nicht um ein neues Kartenspiel der Jungs, sondern um ein Hexenbrett – genauer gesagt um das Hexenbrett der *Wilden Küken*!

Eilig verabschiedeten sich die vier Mädchen von Oles Mutter und liefen zu ihren Fahrrädern. Um abzukürzen, fuhren sie den holprigen Waldweg hinunter. Die Schutzbleche schepperten in ihren Halterungen, die Ketten klapperten gegen die Hinterradstreben, und das Werkzeug in den Satteltaschen klimperte. Am lautesten schepperte, klapperte und klimperte Bobs altes Gefährt.

Auf der Höhe des Keltenbuckels bogen sie rechts ab, das letzte Stück mussten sie schieben. Beim Windbruch stellten sie die Räder ab und schlichen zu Fuß weiter. Lilli duckte sich hinter einen Baumstamm und hob warnend die Hand.

Die Grottenolmgrotte lag im Schatten. Wenige Meter vor ihrem Palisadenzaun hockten die *Grottenolme* in einem schmalen sonnenbeschienenen Fleck auf ihrer Leopardendecke. Zwischen ihnen lag das Hexenbrett.

»Die Mistkerle waren auf der *Mystery*«, zischte Lilli. »Das ist gegen die Bandenregel.«

Lilli ärgerte sich über sich selbst. Hätte sie gestern nicht nur die Planchette, sondern auch das Hexenbrett mitgenommen, hätten es sich die *Olme* nicht unter den Nagel reißen können.

»Wir waren doch neulich auch in ihrem Bandenquartier«, sagte Enya achselzuckend.

»Und das wissen sie, weil Very ihrem Mitch ja unbedingt seine Wasserpistole ersetzen musste!« Bob zwickte Very.

»Meinetwegen, dann geh ich hin und nehm's ihnen weg!« Very wollte schon los, aber Lilli hielt sie zurück und robbte näher an die Jungs heran.

Mucksmäuschenstill lagen die *Wilden Küken* hinter einem aus der Erde ragenden Wurzelballen und spitzten neugierig die Ohren.

»Ich dachte, Geister bestehen aus so grün waberndem Nebel«, sagte Mitch gerade.

Ole biss von einem Apfel. »Woher willst du das denn wissen?«

»Aus *Ghostbusters*!« Mitch summte das Titellied des Films. »Dadaddadadda... Ghostbusters!« Er verzog das Gesicht. »Geisterjäger eben, die erledigen das doch, das grüne Waberzeugs. Jetzt weiß ich's wieder, Hektorplasma nennt man das.«

»Du meinst wohl Ektoplasma, du Held«, korrigierte ihn Little. »Ektoplasma jedenfalls nennt man die Substanz, die einem spiritistischen Medium aus den Körperöffnungen tritt.«

»Aus den Körperöffnungen? Bäh.« Mitch schüttelte sich angewidert.

Ole warf seinen Apfelputzen ins Gebüsch und legte eine Münze auf das Hexenbrett. »Wir nehmen einfach einen Euro.«

Little strich sich die Haare glatt. »Da es sich sowieso nur um eine kollektive Illusion handelt, dürfte das egal sein.«
Neben Lilli murmelte Bob irgendetwas Zustimmendes.
Mitch hob sein Handy von der Decke und tippte drauf herum. »Auf der Website heißt es, man muss den Geist eines Verstorbenen rufen.«
Alle drei *Olme* kratzten sich gleichzeitig am Kopf und grübelten.
»Mir fällt jetzt nur Schwester Gertrudis ein!«, sagte Mitch.
»Und wer soll das sein?«, fragte Ole.
»Irgend so eine Tante von meiner Oma. Eine Klosterschwester.« Mitch faltete die Hände und richtete die Augen gen Himmel. »In Omas Schlafzimmer hängt ein Bild von ihr in einem weißen Nonnengewand mit Schleier und so.«
»Oder wir nehmen Albert Einstein«, sagte Little. »Den könnten wir nach dem Raum-Zeit-Kontinuum fragen.«
Ole schüttelte den Kopf. »Wir versuchen es mit unserem Großonkel Heribert.«
»Wir brauchen einen Verstorbenen!« Mitch verdrehte die Augen.
»Bronchialkarzinom«, sagte Little.
»Lungenkrebs«, Ole tat, als würde er an einer Zigarette ziehen. »Heribert war Kettenraucher! Oder fällt jemandem ein besserer Verstorbener ein?«
Kurz überlegten wieder alle drei.
»Wir nehmen Heribert!«, entschied Ole. Er legte den Finger auf die Münze und die anderen beiden *Olme* machten es ihm nach.

Ole hüstelte und fing dann an. »Geist von Großonkel Heribert, ich rufe dich, gib uns ein Zeichen!«
Mit angehaltenem Atem starrten die *Olme* auf das Hexenbrett. Der Wind raschelte in den Blättern. Ole blickte sich unsicher um und redete weiter: »Geist von Großonkel Heribert, erscheine.«
Nichts passierte.
Little räusperte sich. »Durch Autosuggestion können Wahnvorstellungen und Panikattacken ausgelöst werden!«
Ole wiederholte seine Beschwörungsformel mehrmals hintereinander und rief immer ungeduldiger. »Großonkel Heribert, erscheine!«
Der Großonkel machte keinerlei Anstalten zu erscheinen, aber Lilli durchzuckte ein Geistesblitz. Schnell presste sie die Hand vor den Mund, um ein Kichern zu unterdrücken.
»Was ist?«, wisperte Very neben ihr.
Lilli flüsterte aufgeregt in Verys Ohr. Very nickte und entfernte sich lautlos.
Enya und Bob blickten fragend zu Lilli, aber die hatte jetzt keine Zeit mehr für Erklärungen. Sie fischte ihr Handy aus der Hosentasche und tippte darauf herum, während die *Grottenolme* auf der Leopardendecke jetzt alle durcheinander ihre Beschwörungsformel riefen.
»So wird das nix!« Ole schnaufte durch und rückte das Hexenbrett gerade. »Mit Heribert klappt es nicht.«
Auf dem Display von Lillis Handy leuchtete *Senden?*. Ihr Finger schwebte über der Bestätigungstaste.

Ole massierte sich die Schläfen. »Also wie hieß diese Klosterschwester gleich wieder?«
»Gertrudis!«, sagte Mitch.
»Geist von Gertrudis, ich rufe dich!«, sprach Ole. »Gertrudis, gib uns ein Zeichen!«
Lilli drückte auf die Taste und im nächsten Moment klingelte Mitchs Handy.
Mit vor Entsetzen geweiteten Augen starrte Mitch auf das Telefon. »Nachricht von Unbekannt!« Er schluckte. »Soll ich sie öffnen?«
Ole nickte stumm.
»SMS aus dem Jenseits?«, murmelte Little verwirrt.
Lilli blickte sich um und gab Very einen Wink.
Mit spitzem Finger berührte Mitch den Touchscreen und las mit heiserer Stimme: »Bis gleich, Gruß Gertrudis.«
Kurz herrschte atemlose Stille, dann knackste es im Unterholz. Eine hohe weiße Gestalt schwebte zwischen den Bäumen. Die geisterhafte Nonne breitete die Arme aus und gab einen schaurigen Ton von sich.
»Rückzug!«, schrie Mitch.
Als hätte dieses eine Wort ihre Schreckstarre gelöst, sprangen die *Olme* auf, flohen Richtung Grottenolmgrotte und zwängten sich fast gleichzeitig durch den Durchschlupf in der Palisade.
Der Geist von Gertrudis zog sich das weiße Tischtuch vom Kopf und lachte.
»Geniale Idee!« Bob deutete auf den Fahrradhelm auf Verys Kopf. »Damit hast du ausgesehen wie eine Riesin!«

»Lasst uns abhauen, bevor die *Olme* zur Vernunft kommen.« Very knüllte hastig das Tischtuch zusammen.
Enya schnappte sich das Hexenbrett.
Als die Jungs sich wieder aus ihrer Grotte herauswagten, hatten die Mädchen schon einen weiten Vorsprung.
»Wir haben keine Sekunde an den Spuk geglaubt!«, schrie Ole ihnen hinterher.
Alle vier *Küken* machten einen eleganten Knicks und schwangen sich auf ihre Räder.

Very, Bob und Lilli schlenderten durch einen Dschungel aus funkelnden Fahrrädern. Lilli probierte mehr als ein Dutzend Fahrradklingeln aus und versuchte, damit eine Melodie zu spielen.

»Das hier sieht doch gut aus!« Very zeigte auf ein Rad der obersten Preisklasse. »Leichter Trekkingrahmen, sportlicher 27-Gang-Antrieb und Scheibenbremsen.«

Bob zuckte mit den Schultern. »Das Design gefällt mir nicht.« Abwechselnd zupfte Bob an ihrem Ohrläppchen und an Preisschildern herum.

»Rosa oder Mint?« Very verglich zwei Fahrräder. »Beide haben eine Federung an Gabel und Sattelstütze und Nabendynamo. Es geht also nur um die Farbe.«

Bob starrte aufs Preisschild und schüttelte den Kopf. »Ich mag weder Mint noch Rosa.«

Very empfahl Bob noch weitere drei Fahrräder, da patschte Bob auf einen der teuren Ledersättel. »Willst du mal sehen, wie viel Geld ich ausgeben kann, Verena?!« Bob klappte ihren kleinen, mit Glasperlen bestickten Geldbeutel auf und zeigte Very den Inhalt.

Very blinzelte kurz, nahm Bob am Arm und zog sie zu dem einzigen Rad, das infrage kam. Es war cremefarben, hatte einen extrem breiten Sattel und war im Preis reduziert, weil der Gepäckträger defekt war.

»Du kannst meinen alten Lenkerkorb haben«, sagte Lilli.

Very strich über den plumpen Rahmen, als wäre er aus purem Gold. »Eigentlich sieht das doch total schick aus. Und die Farbe ist echt cool.«

Lilli betätigte die Klingel. »Toller Sound, der beste von allen, die ich ausprobiert hab.«

Eine Sekunde lang sah es so aus, als würde Bob gleich in Tränen ausbrechen, aber dann lachte sie hellauf los. »Ihr seid echt lieb.« Sie hakte sich bei Very und Lilli unter und zog sie Richtung Rolltreppe.

Sie kauften noch ein Zahlenschloss für die Schiffsluke der *Mystery* und verließen das Einkaufszentrum.

»Eigentlich ist der Oldtimer der *Gelateria* ja gar nicht so schlecht.« Bob steckte den Schlüssel in das verrostete Fahrradschloss, sperrte aber dann nicht auf, sondern starrte über eine Reihe parkender Autos hinweg. »Ist das in dem Café da drüben nicht Enya?«

Lilli und Very reckten die Hälse, konnten Enya in dem kleinen Selbstbedienungscafé aber nicht entdecken.

»Jetzt seh ich sie auch nicht mehr.« Bob zog die Stirn kraus.

»Wahrscheinlich hast du dich getäuscht!«, sagte Lilli. Sie hatten Enya vorhin am Telefon gefragt, ob sie nicht auch Lust hätte, nach einem neuen Fahrrad für Bob zu sehen, aber Enya hatte gesagt, sie müsste mit ihrer Mutter zum Großeinkauf fahren.

»Das war eindeutig Enya.« Bob überquerte den Parkplatz.

Lilli und Very setzten sich ebenfalls in Bewegung und betraten gleichzeitig mit Bob das Café.

Neben einem Wagen voll benutzter Tabletts blieben sie stehen. Da kam Enya tatsächlich aus dem Gang, der zur Toilette führte.

Lilli wollte schon nach ihr rufen, wurde aber von Bob und Very unsanft hinter eine künstliche Palme gezogen. Erst mit Verzögerung kapierte Lilli, weshalb Bob und Very sich so aufführten.

Enya nahm an einem kleinen Zweiertisch Platz, an dem ein fremder Mann auf sie wartete. Der Mann hatte kurze, an den Schläfen leicht graumelierte Haare und trug einen dunklen Anzug. Lilli lugte fassungslos durch die künstlichen Palmwedel. Der Mann gab Enya erst die Hand zum Abschied und umarmte sie dann kurz, bevor er raschen Schrittes das Café verließ.

Lilli, Bob und Very blieben unschlüssig hinter der Pflanze, als gehörten sie ebenfalls zur Dekoration.

Enya schaute dem Mann durch die Fensterscheibe nach, hob die Hand und klappte winkend mit den Fingern.

Lilli durchquerte das Café und setzte sich auf den Platz des Mannes. »Wer war das denn, Enya?«

Bevor Enya ihre Überraschung über Lillis plötzliches Auftauchen kundtun konnte, rückten Bob und Very noch zwei Stühle an den Tisch.

»Spioniert ihr mir neuerdings nach?«, fragte Enya.

Lilli antwortete mit einer Gegenfrage. »Belügst du uns neuerdings?«

Very deutete auf den Parkplatz jenseits des Fensters. »Das war jedenfalls nicht deine Mutter!«

»Nein.« Enya starrte durch die Scheibe. »Das war mein Vater.«

»Ich dachte, ihr habt schon seit Jahren keinen Kontakt mehr«, sagte Bob.

»Seine Freundin Isolde und er haben sich vor drei Monaten getrennt.« Enyas dunkle Augen schimmerten feucht. »Er hat es nur mir gesagt, und ich weiß nicht, was ich tun soll.«

»Du hast es deiner Mutter nicht erzählt?«, fragte Very leise.

Enya presste die Lippen aufeinander und schüttelte den Kopf. »Nur Mark, aber der darf auf keinen Fall wissen, dass ich mich mit Papa getroffen hab.«

»Wieso nicht?«, fragte Bob. »Ich meine, er ist doch dein Bruder.«

»Mark und ich, wir sehen uns in letzter Zeit kaum noch. Er ist entweder unterwegs oder schließt sich in seinem Zimmer ein.« Enya fuhr sich übers Gesicht und seufzte. »Mama, Mark und ich … Seit Papa weg ist, sind wir eigentlich gar keine Familie mehr. Mama tut zwar immer so, aber in Wahrheit ist jeder nur noch für sich.«

Lilli starrte auf den Rest Milchschaum in Enyas Tasse. Sie hatten so gut wie nie über Enyas Vater geredet. Lilli wusste nicht einmal seinen Namen. Sie wusste nur, dass er Enyas Mutter schon vor längerer Zeit verlassen hatte und zu einer anderen Frau gezogen war. Wahrscheinlich zu dieser Isolde, von der Enya gerade gesprochen hatte. Lilli konnte sich den Mann, der eben an ihnen vorbei aus dem Café gegangen war, nur als Fremden vorstellen, nicht als Enyas Vater. Andererseits, jetzt, wo sie es wusste, erkannte sie doch Ähnlichkeiten. Auch er hatte einen tief in die Stirn reichenden Haaransatz. Von ihm hatte Enya auch den dunklen Teint und die schwarzen Augen. Manuela Morawski, Enyas Mutter, hatte helle dünne Haare und rosige Wangen.

»Ich weiß es seit ein paar Wochen.« Enya wischte mit der Serviette an der Tischkante entlang. »Seither habe ich mich fünfmal mit ihm getroffen. Sozusagen heimlich.« Sie schüttelte wieder den Kopf, wie über sich selbst verwundert.

»Wie heißt dein Vater eigentlich?«, fragte Lilli.

»Lukas. Lukas Morawski.« Enya schluckte. »Er sagt, er würde wieder zu uns zurückwollen, aber er traut sich nicht, mit Mama zu reden.« Enya schloss die Augen. Unter ihren langen schwarzen Wimpern perlte eine Träne heraus. Sie schniefte und drehte sich weg. »Mist … Ein echtes *Wildes Küken* sollte stark sein …« Sie schluchzte. »Und nicht hier rumheulen!« Ihr Rücken zuckte unter stummen Schluchzern.

»Ein *Wildes Küken* darf auch mal schwach sein.« Lilli nahm Enyas Hand. »Deshalb sind wir ja eine Bande.«

»Weil wir immer zusammenhalten.« Very nahm Enyas andere Hand und schniefte auch ein bisschen. »Deshalb können wir gar nicht schwach sein, weil wenn wir rumheulen, dann nicht allein.«

»Keine alleine, alle oder keine«, murmelte Bob mit belegter Stimme und schlang die Arme um Enya, Lilli und Very.

Lilli versuchte, ihre Tränen wegzublinzeln, aber davon wurde es nur noch schlimmer. Wieso blieben Familien nicht zusammen? Wieso mussten immer welche weggehen? Lilli stand auf und rupfte Servietten aus dem Serviettenspender. Sie verschluckte die letzten Tränen und schämte sich ein bisschen, dass sie nicht nur wegen Lukas und Manuela Morawski so traurig war, sondern auch wegen Lilli Holler.

Enya putzte sich die Nase und blickte Lilli voller Bewunderung an. »Lilli ist immer stark!«

»Außer, wenn es um Ole geht!« Very schnäuzte und lachte gleichzeitig in die Serviette.

»Stimmt!« Bob wischte sich die Tränen weg und grinste. »Bei Ole wird sie immer schwach!«

Zu ihrer eigenen Verwunderung wurde Lilli überhaupt nicht wütend. »Kann schon sein, dass ich ein bisschen in Ole verknallt bin.« Sie drückte ihr Rückgrat durch und fühlte sich, obwohl sie ja eigentlich gerade eine Schwäche zugegeben hatte, ziemlich stark.

Die *Wilden Küken* kauften sich eine Riesentüte Schokorosinen, ließen die Räder stehen und machten einen Stadtbummel. Und egal, ob sie durch die Fußgängerzone schlenderten, durch den Drogeriemarkt trödelten oder durch den Park spazierten, immer nahmen sie Enya in die Mitte.

Später am Tag hockte Lilli in den Hobelspänen und lauschte dem Konzert aus Bohren, Sägen und Schleifen, das ihr Vater dirigierte. Sneaker kuschelte sich wie ein Baby in Lillis Arme und knurrte behaglich. Es roch nach Hund, nach Harz und Holz und ein bisschen nach Marzipan. Das waren die frischen Hobellocken aus Kirschholz, die Lillis Vater vorhin in die Kiste geleert hatte. Lilli blinzelte müde. Halb wachte sie, halb träumte sie. Wie Nadja mit ihr als Baby saß sie mit Sneaker in der Kiste. Wie Nadja Lilli als Baby an sich gedrückt hatte, so drückte Lilli Sneaker sanft an sich. Spürte seinen Atem und seine Wärme und kraulte sein weiches Fell. Gemeinsam lauschten sie auf das Zischen des Hobels, und immer wenn Papa zu ihnen herüberschaute, lächelte sie glücklich.

Lilli hob den Kopf und rieb sich die Augen. Sie war wirklich kurz eingenickt. Sneaker stellte die Ohren auf und drehte sie Richtung Tür, durch die soeben Luisa die Werkstatt betrat. Sie hatte eine Flasche Malzbier und ein Schinkenbrötchen in der Hand. Lillis Vater wandte sich um und lächelte. »Woher weißt du, wann ich Hunger habe?«

Auf ihren hochhackigen Schuhen stöckelte Luisa zur Werkbank. Ihr farbenfrohes Sommerkleid wirkte wie ein verirrter Blumenstrauß zwischen all den Maschinen, Brettern und Balken. Ein Blumenstrauß, der nach Luisas Parfüm duftete. Ohne Lilli in der Hobelspankiste zu bemerken, reichte Luisa Lillis Vater die Flasche und das Brötchen. Dann wischte sie etwas etepetete über die Hobelbank und setzte sich auf die gesäuberte Stelle.

»Sogar mit Gurken.« Lillis Vater spülte den Bissen mit einem Schluck Malzbier hinunter.

Sneaker leckte sich übers Maul. Dabei kitzelte seine Zunge Lilli am Hals.

Lillis Vater nahm einen weiteren Bissen. »Und kein Ring, an dem ich mir die Zähne ausbeißen könnte?«
Luisa lachte und Lillis Vater umarmte sie.
»Du machst mich ganz staubig«, beschwerte sie sich, schmiegte sich aber trotzdem an ihn. Ihr Blick wurde ernst. »Das mit der Hochzeit? Das ist doch das Richtige?«
»Du kriegst doch jetzt nicht kalte Füße?« Lillis Vater fasste Luisa an den Schultern und schaute ihr besorgt ins Gesicht.
Sie schüttelte den Kopf. »Und du?«
»Ich auch nicht.« Er legte den Arm um sie. »Ich frag sogar Nadja, ob sie meine Trauzeugin wird, also, wenn du das noch immer willst. Sonst frag ich ...« Er tat kurz so, als würde er krampfhaft überlegen. »Herrn Röhrich!«
Luisa lachte und küsste ihn gleichzeitig.
Sneaker nieste, sprang aus der Spänekiste und schüttelte sich mit schlackernden Ohren. Lillis Vater hob Lilli aus der Kiste. »Na, aufgewacht, mein Mahagonilöckchen.« Er setzte Lilli zwischen sich und Luisa auf die Werkbank. »Wen willst du denn eigentlich zu unserer Hochzeit einladen?«
»Meine Bande natürlich!« Lilli nahm sich das halbe Schinkenbrötchen und biss ab. Kauend blickte sie zum Werkstattfenster hinaus. An der Wäscheleine wehte das frisch gewaschene weiße Tischtuch von Oles Mutter in der Abendsonne.
»Und vielleicht auch die *Grottenolme*«, fügte Lilli hinzu und musste schmunzeln.

Müde tastete Lilli nach dem Schalter ihrer Sternlampe und knipste das Licht aus. Sie war so erschöpft, dass sie sofort einschlief, wachte aber schon bald wieder auf. Sie schwitzte und streckte zur Kühlung die Füße unter der Decke heraus. Schließlich stand sie im Dunkeln auf und kippte das Fenster.

Hatte Lilli sich vorhin dauernd herumgewälzt, lag sie jetzt ganz still. Dafür fanden ihre Gedanken keine Ruhe. Vor ein paar Tagen wäre sie fast überfahren worden. Sie hatte zwar ihren Fahrradhelm auf und hatte gerade noch rechtzeitig gebremst, aber wenn der Guru sie mit seinem Pick-up erwischt hätte … Lilli strich die Bettdecke über sich glatt. Schon seltsam. Erst fährt dieser Pick-up sie fast um, und dann findet sie das Hexenbrett. Erst funktioniert es nicht, aber als dem Höllenhund der Kopf abbricht, kennt es sogar die Farbe von Bobs Unterhose. Und Lillis eigener Hund? Der fischt ein halbes Gemälde aus dem Schlangenbach. Lilli presste sich Plüschka auf die Nase und sog den vertrauten Plüschkükengeruch ein. Da der Bach das Bild angeschwemmt hatte, musste es ja wohl von weiter bachaufwärts stammen. Und weiter bachaufwärts, verborgen im Wald, lag die geheimnisvolle Mühle. Lillis Gedanken drehten sich wie ein Mühlrad. Und wenn sie den *Grottenolmen* das Hexenbrett nicht wieder weggenommen hätten, was hätte Ole die Geister dann gefragt? Ob sie in ihn verliebt sei? Plüschka in Lillis Hand schüttelte den Kopf. Heute Nachmittag in dem Café, da war Lilli sich für einen wehmütigen Augenblick lang sicher gewesen, dass sie und Ole zusammengehörten. Aber jetzt? Ging es Luisa auch so mit Lillis Vater? In der Werkstatt hatte sie ge-

fragt, ob das mit der Hochzeit richtig sei. War es richtig? Lillis Gedanken verwirrten sich so, dass sie Kopfweh bekam und Herzweh gleich mit. Lilli strampelte ihre Decke von sich und trat ans Fenster. Das Gewächshaus, die Tannenbäume und ihre Hängematte waren nur schemenhaft zu unterscheiden, aber der Anblick war Lilli so vertraut, dass sie jeden Schatten in- und auswendig kannte.
Zu ihren Füßen lehnte das Hexenbrett am kalten Heizkörper. Einen Augenblick lang zögerte Lilli. Sollte sie den kopflosen Hund aus dem Geheimfach holen und das Brett befragen? »Ihr Wesenheiten aus dem Jenseits«, murmelte Lilli und bekam eine Gänsehaut. Nein, Lilli wollte heute nichts mehr fragen und nichts mehr wissen und zog mit Schwung die Gardine zu. Mit einem schabenden Geräusch glitt das Hexenbrett am Heizkörper entlang und landete mit dumpfem *Ploff* auf dem Boden. Der Luftstoß wirbelte eine Staubfluse aus der Nische.
Ohne darüber nachzudenken, griff Lilli sich den Rucksack und die Tasche mit ihren Tanzsachen, warf beides auf das Hexenbrett, sprang in ihr Bett und schlüpfte zurück unter die Decke.

Lilli saß neben Luisa auf dem Beifahrersitz und schaute den Scheibenwischern zu, wie sie im immergleichen Takt hin und her schwenkten. Luisa schaltete das Autoradio ein. Lilli kaute auf der Kordel ihrer gelben Regenjacke herum und bereute es inzwischen, mit Luisa mitgefahren zu sein. Die anderen *Wilden Küken* hockten jetzt im Kino. Luisa steuerte das Auto an Gut Feldberg vorbei, setzte den Blinker und bog dann rechts ab Richtung Cäcilienkapelle.

Bevor Luisa ausstieg, streckte sie die Hand aus dem Auto. »Ich glaub, es hat aufgehört.« Sie schnappte sich das Kurbelmaßband vom Rücksitz und stolzierte in ihren Stöckelschuhen über den nassen Kies in die Kapelle. Lilli folgte ihr.

Luisa setzte sich ganz am Rand in die erste Bank und klopfte neben sich. Lilli folgte der Aufforderung und ließ sich mit fragendem Gesichtsausdruck neben ihr nieder.

»Bleib du sitzen!«, befahl Luisa, stand auf und wechselte auf Lillis andere Seite. »Und jetzt bleib ich sitzen und du setzt dich hierhin!« Sie zog Lilli am Arm und drückte sie neben sich wieder auf die Bank. Dieses Spiel wiederholte sie noch zweimal. Das Ergebnis der ganzen Übung hörte sich an wie eine der

Matheaufgaben von Frau Schley. »Also, du und ich hätten hier viermal Platz, das wären also acht Personen pro Bankreihe.« Luisa holte ein Schulheft aus der Tasche. »Hm. Jetzt sind wir beide natürlich ziemlich schlank. Sagen wir also lieber sieben Personen pro Bank oder gleich bloß sechs, dann wären es zwölf pro Reihe.«

Lilli blickte zu dem Metalltisch. Alle Kerzen waren heruntergebrannt und erloschen. Das Fenster hinter der Statue der heiligen Cäcilie warf bei dem trüben Wetter heute kein buntes Licht in den Raum.

Während Luisa sich Zahlen notierte und rechnete, wie viele Klappstühle sich noch unterbringen ließen, schlich sich Lilli aus der Kapelle. Obwohl es nicht mehr regnete, tropfte noch immer Wasser aus den Bäumen. Mit den Händen in den Taschen schlenderte Lilli Richtung Bohlenbrücke. Schimmerte da nicht eine Münze im regennassen Gras? Lilli blieb stehen und bückte sich danach. Es war keine Münze, sondern eine tropfenförmige Scheibe aus bernsteinfarbenem Plastik. Auf einer Seite waren winzige chinesische Schriftzeichen eingeprägt.

»Lilli!«, rief Luisa von der Kapelle her. »Hilfst du mir mal?«

Lilli rieb den Bernsteintropfen an ihrer Jeans sauber, steckte ihn in die Tasche ihrer Regenjacke und lief zu Luisa.

Gemeinsam maßen sie den Vorplatz der Kapelle aus und Luisa zeichnete einen maßstabsgetreuen Lageplan in ihr Heft.

»Ich würde gerne noch eine Kerze anzünden!« Lilli kurbelte das Maßband zurück auf die Rolle.

Luisa nickte und folgte ihr in die Kapelle. Dort warf sie zwei

Münzen in den Opferstock, nahm zwei Kerzen aus dem Kerzenfach und reichte eine davon Lilli. Da keine andere Kerze mehr brannte, gab es keine Flamme mehr, an der sie die Dochte hätten anzünden können. Achselzuckend steckten sie die Kerzen so in die Halter und hingen beide kurz ihren Gedanken nach. Da knarrte die Kapellentür und der alte Küster kam herein. In der Hand trug er einen Werkzeugkoffer, in seinem Mundwinkel steckte ein erloschenes Zigarillo.

Luisa begrüßte ihn, stellte sich als die Braut vor, die hier bald heiraten würde, und bat ihn um Feuer für die Kerzen.

Der Küster gab Luisa eine Zündholzschachtel und machte sich dann mit seinem Werkzeug an den Türangeln zu schaffen.

Andächtig standen Luisa und Lilli vor ihren Kerzen. Die Flammen flackerten ein paar Mal unruhig, dann brannten sie gleichmäßig. Lilli fiel kein Gebet ein, also sprach sie in Gedanken einfach ihren Eierdank: Bussi, Birdie, Ines und Flocke, euch sei – gedankt fürs Ei! Und dann dachte sie an ihre Freundinnen, an ihren Vater, an ihre Mutter und an Sneaker und an Luisa natürlich auch. Und ein bisschen sogar an Ole.

Sie wollten die Kapelle eben verlassen, da entdeckte Lilli an der Rückwand ein kleines Landschaftsgemälde und blieb stehen, während Luisa schon ins Freie trat.

Auf dem Gemälde war ein Bachlauf abgebildet, ein Birkenhain und im Hintergrund eine Mühle mit Mühlrad. Links unten entdeckte Lilli eine Signatur. *R. Moosbacher* war in engen, eckigen Buchstaben zwischen die Birkenschösslinge gepinselt.

»Sind alle schon lange tot, die Leute von der Mühle!« Der Küster wischte sich die Hände an einem Lappen ab. »Vor mir hat mein Vater sich schon um die Kapelle gekümmert.« Lilli roch seinen Raucheratem. »Und vor meinem Vater war der Müller der alten Mühle hier der Küster.« Er warf den Lappen in den Werkzeugkoffer. »Hatte richtig Talent, der alte Moosbacher! Ist mehr als hundert Jahre her, dass er das Bild gemalt hat.« Der Küster packte sein Werkzeug zusammen und ging hinaus.

Lilli starrte wie gebannt auf das Gemälde, es kam ihr seltsam bekannt vor. Aber woher? Luisas Stimme, die nach ihr rief, riss sie aus ihren Grübeleien. Lilli drehte sich um und rannte nach draußen.

Im Auto erzählte Luisa, wie begeistert Kaplan Hoffmann von ihrer Idee gewesen sei, vor der Kapelle ein Gartenfest zu feiern, und redete dann die ganze Fahrt lang von der Hochzeit. Von weißen Tischtüchern und bunten Blumen.

Daheim hängte Lilli die Regenjacke an ihren Garderobenhaken im Flur und begrüßte dann Sneaker, der seltsamerweise in der Küche eingesperrt war.

»Lasst den Hund nicht ins Wohnzimmer.« Lillis Vater zog die Wohnzimmertür hinter sich zu. »Ich hab da drin einen kleinen Imbiss vorbereitet.«

»Mm. Ich bin am Verhungern, mein Schatz!« Luisa lief die Treppe hoch. »Ich zieh mich nur schnell um!«

Lillis Vater trug kein kariertes Hemd wie sonst, sondern ein weißes. Lilli zupfte ihm den Schreinerbleistift hinterm Ohr hervor und legte ihn auf die Ablage.

Schweigend standen sie im Flur und warteten auf Luisa. Von

oben im Bad hörte man kurz das Wasser laufen, aus der Küche schallte Sneakers beleidigtes Bellen. Dann heulte draußen in der Einfahrt plötzlich ein Motor auf und eine Fehlzündung knallte. Überrascht blickten Lilli und ihr Vater einander an und traten vor die Haustür.

Eine schlanke Gestalt in Motorradkleidung kam auf sie zu und nahm den Helm ab.

»Nadja?« Lillis Vater wirkte für einen Moment überfordert. »Ich dachte, du kommst erst kurz vor der Hochzeit?«

»Irgendwas stimmt mit der Zündanlage nicht.« Nadja deutete auf ihr Motorrad, das sie in der Einfahrt abgestellt hatte. »Ich hab mir gedacht, ich komme eine Woche eher und lasse die Maschine durchchecken.« Nadja knotete sich das Tuch vom Kopf, das unter dem Helm ihre Haare zusammengehalten hatte. »Lilli!« Sie schloss Lilli in die Arme, hob sie hoch und trug sie bis in den Flur.

Im Garderobenspiegel sah Lilli ihre eigenen Locken, die man kaum von Nadjas unterscheiden konnte.

»Wenn euch das ungelegen kommt, ich kann auch bei Katrin schlafen«, sagte Nadja zu Lillis Vater, während sie Lilli noch immer fest an sich drückte.

»Kommt gar nicht infrage, du wohnst natürlich bei uns!« Luisa kam die Treppe herunter, umarmte Nadja lächelnd, half ihr aus der Motorradjacke und öffnete die Wohnzimmertür. »Sicher hast du Hunger, nach der langen Fahrt!«

Lilli und ihr Vater folgten den beiden ins Wohnzimmer.

Auf dem Couchtisch stand ein großes silbernes Tablett, auf dem

verschiedenste Häppchen so angerichtet waren, dass sie zusammen ein großes Herz ergaben. Der Wohnzimmersessel stand nicht wie üblich der Couch gegenüber, sondern direkt unter dem Terrassenfenster, vor dem seltsamerweise der Vorhang halb zugezogen war.

»Sieht das appetitlich aus!« Luisa nahm auf der Couch Platz und zog Lilli neben sich.

»Nein!«, schrie Lillis Vater und versuchte, Nadja am Arm festzuhalten. Aber zu spät.

Nadja ließ sich bereits mit einer eleganten Drehung in den Sessel fallen. Gleichzeitig straffte sich hinter dem Vorhang eine Schnur und aus der Vorhangschiene regneten kleine goldene Sterne auf Nadja herab.

»Oje!« Verzweifelt schlug Lillis Vater die Hände über dem Kopf zusammen.

Die Sterne bedeckten Nadjas Haare und Schultern. Ein paar letzte schwebten links und rechts von ihr zu Boden.

Lillis Vater drehte sich auf dem Absatz herum und sank vor Luisa auf die Knie. »Luisa, ich hole dir die Sterne vom Himmel! Willst du meine Frau werden?«

»O-o!« Nadja zupfte sich einen Stern aus den Locken und gab ihn Luisa.

»Das ging jetzt gründlich schief, was?« Lillis Vater setzte sich neben Luisa und lächelte unglücklich.

Mit ernster Miene steckte Luisa eins der Häppchen in den Mund. »Die sind richtig lecker!« Noch während sie kaute, explodierte sie fast vor Lachen und hielt sich schnell eine Serviette vor den Mund. Luisa erzählte Nadja unter Kichern, dass es Stefan bisher nicht gelungen sei, ihr einen richtig romantischen Heiratsantrag zu machen. Lillis Vater lachte mit und Lilli sammelte die Sterne aus Goldfolie auf.

Beim Abendessen erzählte Luisa von der Lehrerkonferenz und Nadja von ihrer Reise nach Madagaskar. Während Lilli und ihr Vater gespannt Nadjas Erzählungen lauschten, räumte Luisa den Tisch ab und bat dann Lilli darum, Bettzeug zu holen und ihr zu helfen, die Wohnzimmercouch für Nadja herzurichten. Lilli warf das Bettzeug auf die Couch und rückte zusammen mit Luisa den schweren Wohnzimmertisch zur Seite. Auf dem Teppich lag noch ein letzter vergessener Stern.

Kaum hatte Lilli den Schnappverschluss der Plane gelöst, hopste Sneaker schon aus dem Fahrradanhänger und jagte ausgelassen über die Weiherwiese. Lilli nahm das Hexenbrett, hängte sich den Rucksack um und stieg die Leiter hoch an Bord.

Mit strahlendem Gesicht kam Bob aus der Kükenkajüte und verkündete: »Fünf Eier. Jedes eins und Bussi zwei!«

»Der rasende Hundekopf!« Very zeigte hinunter zur Weiherweise, wo man von dem durchs kniehohe Grasmeer pflügenden Sneaker nur noch die hochgereckte Schnauze sah.

»Gestern hat mein Vater angerufen.« Enya stellte die richtige Zahlenkombination am neuen Vorhängeschloss ein und öffnete die Luke. »Also nicht mich, sondern meine Mutter. Sie haben eine ganze Stunde geredet.«

Unwillkürlich musste Lilli an Enyas Zettel denken. *Hat vergangene Liebe eine neue Chance?* Enya hatte nicht sich und Fernando gemeint, sondern ihre Eltern.

»Denkst du, sie kommen wieder zusammen?« Bob legte die Hühnereier sorgfältig in ihren Korb.

»Das Hexenbrett hat Ja gesagt.« Lilli beugte sich in die Luke und warf es auf eine der Kojen im Bauch des Schiffes.

Enya blickte versonnen über den Weiher. »Ich glaub zwar nicht an den Spuk.« Sie hielt kurz die Luft an. »Aber ich wünsche es mir!«
Gemeinsam schafften die *Wilden Küken* ihre Hühner hinunter in den Hühnergarten. So nannten sie das eingezäunte Stück der Weiherwiese, auf dem Bussi, Birdie, Ines und Flocke nach Würmern scharren konnten, Grünzeug picken und sich Kuhlen graben. Wenn die Hühner in ihrem Garten waren, spielte Sneaker zwar immer den Wachhund und bezog im Schatten der Weide Position, aber so richtig Verlass war nicht auf ihn. Deshalb klappten die *Wilden Küken* immer noch ein stabiles Maschendrahtgitter über den gesamten Auslauf.

Lilli, Bob, Enya und Very misteten die Kükenkajüte aus. Bob holte ihre antike Feuerspritze aus der Deckelkiste, warf den Saugschlauch über die Reling und drückte Lilli die Spritzdüse in die Hand. Die Düse gurgelte anfangs nur, aber Bob pumpte immer kräftiger, und schließlich schoss ein fester Wasserstrahl über das Deck. Bobs Kopf glühte vor Stolz und Anstrengung. Sich an der Pumpe abwechselnd, spritzten die *Wilden Küken* erst den Hühnerstall sauber und wässerten dann die Planken. Zu guter Letzt waren Kajüte und Deck blitzblank, Lilli und ihre Freundinnen dafür patschnass.
Also legten sie sich nebeneinander aufs Dach der Kükenkajüte, cremten sich die Gesichter mit Verys Sonnencreme ein und sonnten sich eine Weile.

Lilli, die am leichtesten Sonnenbrand bekam, kletterte unter Deck und suchte nach einem geeigneten Aufbewahrungsort für das Hexenbrett. Nacheinander kamen auch Bob, Enya und Very die schmale Schiffstreppe herunter. Bob kniete sich auf den Boden und prüfte, ob die winzige Holzperle noch im Astloch lag. Wenn die Perle nicht mehr an Ort und Stelle war, wussten die *Wilden Küken*, dass ein Unbefugter die lose Bohle entdeckt und ihr Geheimfach geöffnet hatte. Bob nahm die Perle weg und hob die Bohle hoch. In dem Hohlraum darunter lag ihr Bandenbuch. Lilli probierte, auch das Hexenbrett darin unterzubringen, aber es war zu groß.

Sorgfältig passte Bob die Bohle wieder ein und legte die Perle zurück ins Astloch. Lilli blickte sich um. »Vielleicht tun wir es einfach in die Truhe!« Enya und Very klappten den Deckel hoch. Die Thermoskanne und ein Schmetterlingsnetz, eine Blumenpresse, Kerzenstumpen und selbst gestrickte Hüttenschuhe lagen kreuz und quer übereinander.

»Was ist das denn?« Enya hob ein abgebrochenes Stück Marmor aus der randvollen Truhe. Stirnrunzelnd legte sie es auf den Tisch.

Lilli öffnete die Werkzeugkiste. Aber auch darin war kein Platz für das Hexenbrett. Lilli stutzte. »Das ist doch keins von unseren Seilen.« Sie hielt einen Strick hoch, der zu einer Galgenschlinge verknotet war. Gleichzeitig fiel ihr Blick auf das Bullauge. Strahlenförmig angeordnet, steckten Federn in dem runden Holzrahmen und auf dem winzigen Fensterbrett darunter lag ein seltsames Knäuel.

Bob zog einige der Federn aus den Ritzen. »Das sind keine Hühnerfedern!«
Enya untersuchte das Knäuel. »Das ist ein Gewölle. Das haben wir doch in Bio gelernt. Die unverdaulichen Nahrungsreste, die Raubvögel auswürgen.« Sie hielt den Ballen näher ans Bullauge und jetzt konnten alle die Reste von Federn, Fell und winzigen Knochen erkennen.
»Igitt.« Very schüttelte sich angeekelt.
»Da stimmt doch was nicht.« Bob kratzte sich am Hinterkopf. »Hier kommt doch kein Raubvogel rein!«
»Das geht nicht mit rechten Dingen zu«, flüsterte Enya und legte das Gewölle auf das Marmorstück.
Immer panischer werdend, durchsuchten sie das ganze Unterdeck und schließlich lagen ein Gewölle, ein mottenzerfressener Sack, ein Galgenstrick, ein verbogener Löffel, eine verrostete Petroleumlampe und sieben Federn vor ihnen auf dem Tisch.
Enya sagte, was alle dachten: »Das stammt alles aus der alten Mühle.«
»Aber, das kann nicht sein!« Verwirrt versuchte Lilli, ihre Gedanken zu ordnen, und packte die Fundstücke hastig in den zerschlissenen Sack. »Los, kommt mit.«

An der Kapelle angekommen, warfen die *Wilden Küken* ihre Räder ins Gras, Lilli zerrte den Sack aus ihrem Gepäckkorb und rannte damit zur Mühle. Sie drückte die eiserne Klinke, scharrend fuhr die alte Tür über die Dielen. »Ist da wer?«
Aneinandergedrängt standen die Freundinnen neben Lilli in

dem kühlen Gemäuer und lauschten. Leise erklommen sie Stufe für Stufe, stiegen vorsichtig über die morsche Stelle und betraten den Dachboden. Eine Eule hockte im Gebälk und drehte langsam den Kopf. Riesige gelb umrandete Pupillen starrten Lilli an. Der große Vogel stieß ein heiseres Krächzen aus und flatterte durch das kaputte Giebelfenster.
Eine Feder schwebte schaukelnd zu Boden. Die Luft hier oben war stickig und heiß. Und obwohl sie vom Laufen erhitzt war, fror Lilli. Mit klammen Fingern zog sie die sieben Federn aus dem zerschlissenen Sack und verglich sie mit der Eulenfeder.
»Hier ist auch noch so ein Gewölle«, sagte Enya.
Lilli legte das Gewölle und die Federn auf den Boden.
Unten im Hauptraum der Mühle fanden sie auf dem Fensterbrett eine kreisrunde Stelle im Staub, auf die genau die Petroleumlampe passte. Sie warfen die Galgenschlinge auf einen Haufen mit alten Stricken und den Löffel zu dem restlichen Sperrmüll. Der Sack landete bei anderen zerschlissenen Säcken.
Jetzt hielt Lilli nur noch das Marmorstück in Händen. Sie ging nach nebenan und legte es wie ein fehlendes Puzzleteil auf den Waschtisch. Alles war wieder dort, wo es hingehörte. Jedes unheimliche Ding an seinem Platz.

Mit jedem Schritt, den sie sich von der Mühle entfernten, wurde ihnen leichter ums Herz. Lilli versuchte, das nagende Rätsel einfach zu vergessen – wie einen sinnlosen Traum. Aber als sie ihren Freundinnen das Gemälde in der Kapelle zeigte, überlief sie erneut ein kalter Schauer.

Bob trat einen Schritt näher. »Komisch. Irgendwie erinnert mich das an das Bild aus dem Schlangenbach.«

»Vielleicht hat dieser Moosbacher ja beide Bilder gemalt«, mutmaßte Enya.

»Das denke ich auch!« Lilli überlegte. »Der Küster hat gesagt, das Bild hier in der Kapelle ist mehr als hundert Jahre alt.« Sie strich sich nachdenklich übers Kinn. »Und auf dem Waldfriedhof gibt es jede Menge Grabsteine aus dieser Zeit.«

»Was haben denn die Bilder jetzt mit dem Friedhof zu tun?« Bob verdrehte genervt die Augen.

»Gut möglich, dass der Bilder malende Müller dort begraben liegt«, sagte Lilli leise.

»Was er wohl für ein Mensch war, dieser R. Moosbacher?« Enya berührte mit der Fingerspitze die Signatur auf dem Gemälde. »Auf seinem Grabstein steht sicher sein voller Name.«

Very nickte. »Vielleicht sollten wir sein Grab suchen und …« Sie senkte die Stimme. »… seinen Geist beschwören!«

Bob stieß die Kapellentür auf. »Ich hab die Schnauze voll von euren Spukgeschichten!«

Lilli packte Bob an den Schultern. »Du denkst doch nicht, dass wir den ganzen Krempel auf die *Mystery* gebracht haben?«

Bobs Kugelaugen funkelten Lilli an. »Wer denn sonst?«

Während Very und Enya schon hinter Bob herliefen, warf Lilli noch einen Blick zurück Richtung Friedhof. Zwischen den Büschen und Bäumen war der überwucherte gusseiserne Zaun nur zu erahnen.

Anders als auf dem Hinweg nahmen sie nicht die Straße, sondern schoben die Fahrräder über die Hahnenfußwiese. Lilli, Very und Enya versuchten aufs Neue, Bob davon zu überzeugen, dass keine von ihnen die Sachen auf der *Mystery* versteckt hatte.

»Vielleicht war es der Alte?«, überlegte Lilli laut. »Er will, dass wir uns von der Mühle fernhalten. Also jagt er uns einen gehörigen Schrecken ein, damit wir uns dran halten.«

Bob riss im Vorbeigehen ein paar Löwenzahnblätter ab. »Der weiß doch nichts von der *Mystery*.«

»Wieso nicht?«, fragte Very. »Alle Bauern hier in der Gegend kennen das Schiff.«

»Und wie sollte er das Zahlenschloss aufkriegen?« Enya stellte sich mit einem Bein aufs Pedal und rollte ein Stück.

»Und aus dem gleichen Grund kommen auch die *Grottenolme* nicht infrage.« Lilli blieb neben der Silberpappel stehen.

»Außerdem wissen die nix von der Mühle!«, sagte Bob.

Lilli kletterte in die Pappel und spähte Richtung Keltenwald. »Sie arbeiten schon wieder an ihrem Hochsitz!« Oben am Waldrand waren drei winzige Gestalten zu erkennen. Lilli bereute es, ihren Operngucker an Bord der *Mystery* gelassen zu haben.

Kaum hatten sie die Hügelkuppe erreicht, da ertönte aus dem Keltenwald auch schon Mitchs Stimme. »Keinen Schritt weiter!« Mit seiner neuen Wasserpistole im Anschlag stellte er sich den Mädchen in den Weg. Neben ihm kam Little aus dem Gebüsch. Ole hockte oben im Hochsitz und grinste frech. »Hi, Oberküken!«

Lilli ließ ihr Rad ins Gras fallen und strich sich die Locken aus

der Stirn. Oles Augen schimmerten so dunkelblau über ihr, dass Lilli am liebsten gar nicht aufgehört hätte, ihn anzusehen.
Little beschrieb mit ausgestrecktem Arm einen Bogen. »Die Weiherwiese gehört euch, aber das hier ist unser Territorium.«
»Genau!« Mitch warf sich die Wasserpistole über die Schulter und blickte zu Ole. »Gunnery Seargent Mitch erbittet Feuerbefehl für Bazooka!«
»Wir sind hier nicht in einem deiner beknackten Computerspiele!« Very zeigte auf Mitchs Fuß. »Außerdem ist dein Schnürsenkel offen.«
Während Mitch sich nach seinem Schuh bückte, riss Very ihm mit einer blitzschnellen Bewegung die Wasserpistole aus der Hand. »Reingefallen.«
Mitch glotzte auf seine Sandalen, die überhaupt keine Schnürsenkel hatten. »Mist!«
»Und jetzt: Flossen hoch!«, rief Very und fügte mit verächtlichem Lächeln hinzu: »Gunnery Seargent Mitch!«
Behände kletterte Ole die Leiter herunter und stellte sich neben Lilli. »Ihr habt uns mit der Liane reingelegt, wir euch mit dem Zehenkäse, also sind wir quitt!«
Lilli umklammerte mit einer Hand den Leiterholm. »Toller Hochsitz, übrigens!« Eben wollte sie ihren Fuß auf die unterste Sprosse setzen, da schob Ole sich zwischen sie und die Leiter. »Wie wär's mit einer kleinen Beatmung?« Ole grinste frech.
Und Mitch johlte: »Küssen, küssen!«
Lillis Wangen glühten vor Wut und Scham. Zugleich hörte sie hinter sich Very irgendetwas von Kontaktstufen faseln, Mitch

grölte erneut sein »Küssen, küssen!«, und Ole lehnte so unverschämt lässig an der Leiter … Lilli musste etwas tun. Ihn küssen oder … Oder ihn an den Schultern packen, ihr Bein vorstrecken und ihn zu Fall bringen.

Ole, der mit so einem Judogriff nicht gerechnet hatte, knickte sofort ein und rollte ins Gras. Triumphierend wollte Lilli schon die Leiter hoch, fühlte sich aber am Knöchel gepackt, torkelte und fiel rücklings ins Gras.

»Zweikampf der Giganten!«, schrie Mitch.

Lilli schnellte hoch, wich Oles Griff aus, schlang ihren Arm um seinen Hals und nahm ihn in den Schwitzkasten. Mit ganzer Kraft rang sie ihn nieder, aber Ole wuchtete sie zur Seite und presste sein Knie auf ihren Ellbogen. Lilli bäumte sich auf, konnte sich aber nicht befreien. Wie von weit her drang ein Motorengeräusch an ihr Ohr und das Rufen der *Küken*.

Ole ließ Lilli los. Über die Hügelkuppe näherte sich ein großer Traktor. In der Fahrerkabine erkannte Lilli Herrn Hallhuber, der im Auftrag von Verys Opa zweimal im Jahr die Weiherwiese mähte.

Eilig räumten Very, Bob und Enya die Fahrräder aus dem Weg. Very winkte grüßend zu Herrn Hallhuber, der mit einem Hupen zurückgrüßte. Lilli drehte sich um und blickte in Oles Gesicht. »Unentschieden?«, fragte sie.

»Unentschieden!«, bestätigte Ole. Er zupfte einen Grashalm aus Lillis Haaren und rannte hinter Mitch und seinem Bruder her in den Keltenwald.

Lilli und Enya verteilten frisches Stroh in der Kükenkajüte. Bob und Very fingen die Hühner ein und brachten sie an Bord. Lilli prüfte sorgfältig das Zahlenschloss vor der Luke, dann hockten sie sich zu viert auf die Reling und schauten zu, wie Herr Hallhuber die Weiherweise mähte. Wie ein Kamm fuhr der Mähbalken durchs Gras und hinterließ einen glatten Teppich aus silbergrünen Halmen.

Bob verteilte die letzten vier Flaschen Holunderlimonade. »Wenn der Traktor nicht gekommen wäre, hättest du Ole besiegt!«

»Und wie!«, sagte Enya voller Bewunderung. »Das war vielleicht ein Zweikampf!«

Very schraubte ihre Flasche auf. »Ich sage nur Kontaktstufe vier!«

»Was ist denn Kontaktstufe vier gleich wieder?«, fragte Bob.

»Die zufälligen Berührungen!« Very klimperte mit ihren blonden Wimpern.

»Ich hatte ihn jedenfalls ziemlich im Schwitzkasten!« Lilli erhob ihre Flasche. »Prost, *Küken*!«

Lachend stießen sie miteinander an.

Unten war oben. Lilli und Nadja lehnten im Kopfstand an der Wohnzimmerwand.

»Tut manchmal ganz gut, die Dinge aus einer neuen Perspektive zu betrachten.« Nadja senkte elegant die Beine, richtete sich tänzerisch auf und drehte eine Pirouette.

Lilli machte es ihr nach und gleichzeitig ließen sie sich rücklings auf die ausgezogene Schlafcouch fallen.

»All die Jahre war dein Vater böse auf mich.« Nadja verschränkte die Arme. »Aber ich glaub, inzwischen nicht mehr!«

Lilli pustete sich eine kitzelnde Locke von der Nase.

»Nach deiner Geburt …«, sagte Nadja. »Es ging mir damals nicht gut.«

Eine Weile lagen sie schweigend nebeneinander und starrten an die Decke.

»Willst du meinen Baumfrosch sehen?« Nadja richtete sich auf und kramte ein Fotobündel aus der Satteltasche ihres Motorrads. Sie machte den Haargummi, der den Stapel zusammenhielt, ab und durchsuchte die ungeordneten Bilder. Die meisten Aufnahmen zeigten Leute, die Lilli nicht kannte. Dann kam das Foto von ihr und Nadja auf dem Motorrad. »Wir zwei in Rocca-

mare!« Nadja blätterte weiter. »Hier. Das ist er. Mein Baumfrosch!«
Auf dem Foto waren ein Daumen zu sehen und ein winziger hellgrüner Frosch mit roten Augen.
»Was der für Saugnapffüße hat!«, sagte Lilli. »Und wieso ist das deiner?«
»Ich hab doch neulich von Madagaskar erzählt. Dort hab ich einen Freund besucht. Jean-Joseph. Der ist Ökobiologe. Der Mann hat insgesamt sieben neue Baumfroscharten entdeckt!« Sie zeigte auf das Foto. »Und den hier hat er nach mir benannt. Das ist der *Boophis nadjae*.« Sie machte ein Froschgesicht und ploppte mit den Lippen. »Heißt so was wie: Nadjas Baumfrosch!«
Lilli steckte das Foto zurück in den Stapel. »Und dieser Jean-Joseph? Bist du mit dem zusammen?«
»Nein.« Nadja lachte. »Ich bin solo!«
Weitere Aufnahmen zeigten Nadjas Tanzkompanie bei Proben, bei Aufführungen und bei Feiern. Von Nadja selbst gab es kaum Fotos. Eines der wenigen war ziemlich verwackelt. Aber Lilli erkannte die sehr junge Nadja, die in einem weißen Kostüm auf der Bühne stand und sich verneigte. Auf dem Foto, das Lilli und Nadja in Roccamare auf dem Motorrad zeigte, war ihre Verwandtschaft zwar gut zu erkennen. Aber hier, als ganz junge Frau, sah Nadja Lilli zum Verwechseln ähnlich.
»Das bin ich«, sagte Nadja. »Als Schneeflocke in Tschaikowskis Nussknacker-Ballett!« Sie nahm den Fotostapel und wickelte den Haargummi wieder darum.

»Gehst du heute zu Luisas Junggesellinnenabschied?«, fragte Lilli.
Nadja steckte die Fotos zurück in ihre Satteltasche und schüttelte den Kopf. »Ich denke, sie hat mehr Spaß ohne mich. Außerdem bin ich mit Katrin Röhrich verabredet.«
Katrin war die Tochter der Nachbarn. Sie und Nadja kannten sich noch von früher.
Nadja setzte sich wieder neben Lilli. »Dass Stefan nicht mehr böse auf mich ist, das hab ich Luisa zu verdanken!«
Lilli blickte auf die Uhr. »Wenn du nachher zu Katrin fährst, kannst du mich dann an der *Gelateria* rauslassen? Die *Küken* und ich, wir helfen erst bei der Feier und übernachten dann bei Bob.«

Die *Wilden Küken* hatten alle eine Servierschürze der *Gelateria* umgebunden und schenkten Orangensaft und Prosecco nach. Die Musikbox spielte heute nur Luisas Lieblingsmusik und vor der Tür der *Gelateria* hing ein Schild *Geschlossene Gesellschaft*.
Neben ein paar Freundinnen, von denen Lilli nur Oles Mutter Henriette kannte, hatte Luisa auch noch ihre beiden Kolleginnen Frau Schley und Frau Homolka eingeladen. Und Bobs Mutter und die Nonna Paola waren als Verwandte sowieso mit von der Partie. Anders als im Musikunterricht trug Frau Homolka nicht einen ihrer Hosenanzüge, sondern einen kurzen Rock, und ihre übliche Helmfrisur hatte sie in eine kunstvoll gestylte Mähne verwandelt.

Lilli spannte ein Papierschirmchen auf und steckte es in das gemischte Eis, das Bob daraufhin Frau Schley kredenzte.

Enya polierte einen Espressolöffel und zwinkerte Lilli und Very zu. »Die Homolka hat sich über Nacht die Haare wachsen lassen.«

»Das sind Extensions!« Very ließ kandierte Kirschen in Cocktailgläser plumpsen. »Künstliche Verlängerungen.«

Bobs Mutter und die Nonna balancierten zwei Kuchenbleche mit frisch zubereiteten italienischen Mandelkeksen herein.

Nonna Paola stellte ihr Blech auf der Theke ab »Amaretti passen hervorragend zum Espresso.« Sie löste den Siebträger von der Espressomaschine und klopfte das verbrauchte Kaffeemehl in den Ausklopfkasten.

Lilli goss Luisa Orangensaft nach, die sich gerade mit Henriette unterhielt.

»Ruf mich auf alle Fälle an, wenn du die Brautschuhe kaufst«, sagte Henriette gerade. »Ich steh total auf Schuhekaufen!«

Frau Homolka rückte ihren Barhocker näher heran. »Du musst Pimpernelle, Salz und Dill in die Brautschuhe tun, Luisa, das weißt du hoffentlich!«

»Gegen Fußschweiß, oder was?« Henriette bekam einen Lachanfall.

Frau Homolka neigte sich verschwörerisch zu Luisa. »Während der Trauung hältst du deinen Fuß über den von Stefan. Und sprichst leise …« Sie senkte die Stimme. »Ich trete auf Pimpernelle, Salz und Dill, wenn ich rede, bist du still.«

»Und wofür soll das gut sein?«, fragte Luisa.

Frau Homolka zupfte ihren Minirock zurecht. »Dann hast du das Sagen in der Ehe!«
Lilli drehte sich schnell weg, damit Luisa ihr finsteres Gesicht nicht sehen konnte. In ihrem Rücken hörte sie Luisa lachen und dann alle mit ihren Gläsern auf das Wohl der Braut anstoßen.
»Wenn die Braut die Herrschaft über den Mann will«, mischte sich jetzt Frau Schley ein, »dann betritt sie nach der Hochzeit als Erste das Haus und spricht dreimal hintereinander: *Ich bin der Wolf und du das Schaf!* Prost, Kollegin!«
»Lilli, holst du noch frische Gläser!«, rief Bob hinter der Theke.
Lilli lief in die Küche und holte Nachschub aus der Spülmaschine.
Bob füllte Mineralwasser in die Gläser und Lilli balancierte sie auf einem Tablett durch den Raum.
»Wenn du den Brautstrauß wirfst«, sagte Frau Homolka gerade, »dann darfst du ruhig auf mich zielen.«
»Du willst doch nicht als Nächste heiraten?«
»Ich würde schon gern, aber mein Freund …« Frau Homolka zuckte bedauernd mit den Schultern.
Bobs Mutter legte den Arm um ihre Schwägerin. »Auf alle Fälle brauchst du am Hochzeitstag etwas Altes, etwas Neues, etwas Geliehenes und etwas Blaues.«
»Ich weiß: *Something old, something new, something borrowed, something blue*«, sagte Luisa lachend.
Und Henriette ergänzte noch: »*And a lucky six-pence in your shoe.*«

»Ob da noch ein Glückspfennig Platz hat, wenn ich schon Pimpernelle, Dill und Salz drin hab!« Luisa verschluckte sich vor Lachen fast an ihrem Mandelkeks. Gleichzeitig entdeckte sie Lilli und winkte sie zu sich. »Lilli, ich hab dich noch gar nicht gefragt, ob du nicht meine Brautjungfer sein willst.«

»Was muss denn eine Brautjungfer tun?«, fragte Lilli unsicher.

Doch bevor Luisa antworten konnte, begann Frau Homolka schon zu erklären: »Ursprünglich waren die Brautjungfern dazu da, böse Geister von der Braut abzulenken. Also zogen sie sich schöne Kleider an, damit sie der Braut so ähnlich wie möglich sahen.« Sie unterdrückte einen Rülpser. »Damit sich die Dämonen die Falsche schnappten. Oje, ich muss eine Pause machen.« Sie stellte das leere Proseccoglas beiseite und griff sich stattdessen ein Mineralwasser von Lillis Tablett.

»Das mit den Dämonen ist Quatsch.« Luisa nahm Lillis freie Hand. »Eine Brautjungfer hilft bei den Hochzeitsvorbereitungen. Sie ist einfach die beste Freundin der Braut!«

Lilli hatte Mühe, das Tablett einhändig zu balancieren, und war erleichtert, als zwei Damen am Nebentisch nach Mineralwasser riefen.

Es war vereinbart, dass die *Wilden Küken* ihren Kellnerinnendienst um zehn Uhr beenden und dann ins Bett gehen sollten. Erst hatten sie sich darüber beschwert, dass sie nicht länger bleiben durften, aber als es zehn Uhr schlug, waren sie so erschöpft, dass sie ihre Schürzen gerne an den Haken hängten.

Lilli und Very legten ihre Schlafsäcke in die Hängematten. Enya hockte auf einer Klappmatratze und Bob räkelte sich in ihrem Himmelbett.

»Mein Vater hat angeboten, unser undichtes Garagendach zu reparieren.« Enya lächelte. »Mama war einverstanden.«

»Ich hab vorhin ganz vergessen, euch schöne Grüße von Nadja zu sagen!« Lilli nestelte an dem verklemmten Reißverschluss ihres Schlafsacks herum.

Enya half Lilli, indem sie den Stoff straffte. »Hast du dir nie gewünscht, dass dein Vater und Nadja wieder zusammenkommen?«

»Doch.« Lilli zog den Schieber in die andere Richtung, um den eingezwickten Stoff freizubekommen. »Ich glaube, ein ganz kleines bisschen liebt Papa sie auch noch immer. Aber Nadja ist zu spät wieder aufgetaucht. Da war er dann ja schon mit Luisa zusammen.«

Very kramte die in das rote Tuch gewickelte Planchette aus ihrem Rucksack. »Die haben wir neulich bei mir vergessen.« Sie schüttelte den geflügelten Höllenhund und den abgebrochenen Kopf aus dem Tuch.

»Das Hexenbrett ist auf der *Mystery*«, sagte Lilli und musste an den Zettel denken, den sie bei der letzten Geisterbeschwörung nicht vorgelesen hatte. *Ist Luisa die richtige Frau für Papa?*

Enya löste ihren Zopf auf. »Die Sachen aus der Mühle, meint ihr, das hat was mit dem Hexenbrett zu tun? Es heißt doch, Magie zieht Magie an.« Wie schwarzer Samt fielen Enyas Haare über ihre Schultern.

Very nahm ein Matheheft von Bob und legte die kopflose Planchette darauf. »Vielleicht ist ja gar nicht das Hexenbrett magisch, sondern der Hund!«

»Dann hätten die Sachen aus der Mühle ja in deinem Zimmer auftauchen müssen«, sagte Bob und tippte sich an die Stirn. »Außerdem bin ich dagegen, auf dem Waldfriedhof nach irgendwelchen Gräbern zu suchen.«

»Also bist du *No* und Lilli ist *Yes*.« Very legte den Zeigefinger auf die Planchette. Lilli berührte die Planchette ebenfalls. Enya folgte ihrem Beispiel, und schließlich streckte auch Bob ihren Finger aus, wenn auch etwas widerwillig.

»Ihr Wesenheiten aus dem Jenseits«, murmelte Lilli. »Werden wir das Moosbachergrab suchen?«

»Frag lieber, ob wir es finden«, sagte Enya, aber im gleichen Augenblick rutschte die Planchette über das Matheheft und zeigte auf Lilli.

»Also *Yes*!«, sagte Very und blinzelte zufrieden.

»Ihr wisst schon, dass das nur funktioniert, weil, sobald da jemand zuckt, machen alle unbewusst irgendwie mit.« Bob schüttelte ihr Kopfkissen auf.

Aus der Eisdiele herauf drang die laute Musik der Musikbox und immer wieder aufbrandendes Gelächter.

Vor lauter Angst, aus der schaukelnden Hängematte zu kippen, schreckte Lilli aus dem Schlaf hoch. Noch immer hörte man von unten Musik und Gelächter. Very, Bob und Enya schliefen tief und fest. Lilli wollte auf die Uhr sehen, angelte nach ihrer

Hose und tastet die Taschen nach ihrem Handy ab. Da fiel ihr ein, dass ihr Handy wohl noch immer unten in der Eisdiele hinter der Theke lag.
Lilli versuchte, wieder einzuschlafen, aber das mit dem Handy ließ ihr keine Ruhe. Also schlüpfte sie in ihre Hose und schlich sich aus Bobs Zimmer.

Die Musikbox dröhnte. Luisa und einige andere tanzten. Niemand schien Lilli zu bemerken. Sie fand ihr Handy hinter einem umgefallenen Stapel Servietten. Es war noch nicht mal Mitternacht. Lilli nahm sich den Eislöffel, schabte über das Pistazieneis und strich sich eine kleine Portion auf eine Waffel.
Frau Schley erzählte Frau Homolka gerade von der Hochzeit ihrer Schwester »Also, ich hab Anton ja von Anfang an nicht gemocht!«
»Wen?« Frau Homolka hielt sich die Hand hinters Ohr.
»Den Exmann meiner Schwester!«, versuchte Frau Schley, die Musikbox zu übertönen.
Lilli schleckte genüsslich das Eis und freute sich darüber, dass niemand sie ins Bett schickte.
Frau Schley beugte sich näher zu Frau Homolka. »Da gibt es doch diesen Satz: Wer etwas gegen diese Verbindung einzuwenden hat, der spreche jetzt oder schweige für immer!«
Frau Homolka nickte mit etwas glasigem Blick. »Und?«
»Ich hätte nicht schweigen sollen.« Frau Schley steckte sich eine Olive in den Mund. »Drei Jahre unglückliche Ehe, dann die Scheidung und jetzt steht sie da mit Kind und ohne Job!«

Diesen Satz hatte Lilli auch schon gehört. In irgendeinem Film. »Wer etwas gegen diese Verbindung einzuwenden hat, der spreche jetzt oder schweige für immer«, murmelte Lilli und aß die restliche Eiswaffel auf.
Die Küchentür stand einen Spaltbreit offen. Im Licht der Herdbeleuchtung sah Lilli ein Blech voller Amaretti. Mit geschlossenen Augen stand Bobs Nonna neben dem Herd. Lilli fragte sich, was die alte Frau hier ganz allein machte, aber dann erkannte sie es. Die Nonna lauschte der Musik und wiegte dazu den Kopf hin und her.
Lilli wollte schon davonschleichen, da sagte die Nonna erst etwas auf Italienisch und fragte dann: »Bist du das, Anna?«
»Nein, ich. Lilli.«
»Schön, die Musik!«, flüsterte die Nonna.
Vorher war Lilli die Musik nur laut vorgekommen, aber hier in der Küche hörte sie sich wirklich sehr schön an. Sogar das Lachen und die Stimmen von draußen schienen zur Melodie zu passen.
»Zu dem Lied haben Lorenzo und ich schon in Neapel getanzt.« Die Nonna nahm Lillis Hände und bewegte sie im Rhythmus. Die Finger der alten Frau fühlten sich überraschend weich an, als trüge sie sehr feine Handschuhe.
»Haben Sie von Anfang an gewusst, dass Sie ihn heiraten werden?«, fragte Lilli leise.
»Lorenzo?« Nonna Paola schüttelte den Kopf. »Nein. Ich habe es erst spät gemerkt.« Sie lachte. »Und er noch viel später!«
»Und wann haben Sie es gemerkt?«

»Wir haben einen Spaziergang am Hafen gemacht und haben uns einfach in eins der Boote dort gesetzt.« Die trüben Augen der Nonna schimmerten. »Ich hab seine Haare durcheinandergemacht und gesagt, dass er eine scheußliche Frisur hat. Da wusste ich es.«

Die Küchenuhr am Herd piepste.

»Und jetzt ins Bett mit dir!« Die Nonna stellte den Alarm ab und holte die Amaretti aus dem Rohr. »Willst du noch eins?«

Lilli schüttelte den Kopf und lief nach oben.

Es war ein grauer Samstagvormittag. Obwohl es inzwischen aufgehört hatte zu regnen, tropften vom Dach der Cäcilienkapelle noch immer einzelne Tropfen. Lilli schaute auf die Uhr. Sie hatte vorhin noch zwei letzte Einladungskarten für die Hochzeit ausgefahren und war jetzt viel zu früh dran. Hinter ihr bellte Sneaker im Fahrradanhänger. Sollte sie schon allein losgehen? Oder auf die anderen *Küken* warten? Hoffentlich würde Bob überhaupt kommen. Schließlich war sie bis zuletzt gegen die ganze Aktion gewesen. Kurz entschlossen kramte Lilli Sneakers Hundeleine aus dem linken Seitenfach des Fahrradanhängers und legte sie ihm um den Hals. »Ich weiß ja, dass du das nicht magst, aber ich will nicht, dass du auf dem Friedhof rumbuddelst oder sonst irgendwelchen Unfug machst.« Sie tätschelte ihm den Kopf. »Das verstehst du doch!«
Lilli hielt noch ein letztes Mal nach ihren Freundinnen Ausschau, dann marschierte sie los. Wenn Very, Bob und Enya zur Kapelle kämen, würden sie ihr Rad samt Anhänger sehen und sich denken können, dass Lilli schon vorausgegangen war.

Immer ungeduldiger wühlte Lilli zwischen Efeublättern, bog Ranken beiseite und versuchte, sich krampfhaft zu erinnern, an welcher Stelle des Zauns der Küster den Friedhofsschlüssel neulich wieder versteckt hatte. Endlich entdeckte sie den Schlüssel auf der lanzenförmigen Spitze eines verrosteten Gitterstabes, gut getarnt vom dichten Bewuchs des Zauns.
Lilli wickelte sich die Hundeleine fester ums Handgelenk und steckte den Schlüssel in das Tor. Das rostige Schloss knirschte. Lilli ließ den Schlüssel stecken und das Eisentor hinter sich offen.
Für einen Moment stand sie inmitten der verwitterten Grabsteine und lauschte in die Stille. Kein Vogel zwitscherte und keine Biene summte. Nur ab und zu hörte man letzte Regentropfen aus den Zweigen fallen.
»Wie ausgestorben.« Lilli kraulte Sneaker zwischen den Ohren. »Außer uns keine Lebenden weit und breit!« Nachdenklich schlenderte sie die überwucherten Grabreihen entlang. Namen, Geburts- und Sterbedaten, jede Inschrift ein Leben. Manchmal war auch der Beruf eingemeißelt. Es gab einen Schmetterlingsforscher, einen Bäcker, einen Hufschmied und einen Tagelöhner. Und eine Gärtnerin namens Rosa Blume. Es gab jede Menge Meiers, Hubers und Schröders. Natürlich auch Müllers. Aber ein Müller namens R. Moosbacher war nicht darunter.
Langsam wanderte Lilli weiter von Grab zu Grab, entzifferte verwaschene Inschriften und versuchte vergeblich, eine umgefallene Heiligenfigur aufzurichten. War ein verwester Mensch mehr als nur Kompost? Blieb von jedem eine Seele übrig? Auf

der ganzen Welt lebten ungefähr sieben Milliarden Menschen. Lebten! Die Toten waren ja weit in der Überzahl. Wie viele Verstorbene mochten allein hier begraben sein? Würde auch Lilli eines Tages irgendwo unter einem Grabstein liegen, der sich im Lauf der Jahrhunderte zu Staub verwandelte?

Wieder las Lilli die Namen von Verstorbenen, wieder war nirgends ein Moosbacher zu entdecken.

Hinter der letzten Grabreihe blieb sie vor einem Hügel aus Lehm stehen. Die Grube war wohl schon vor längerer Zeit ausgehoben worden, denn an ihrem Rand und auch auf dem Lehmhügel wuchs büschelweise Unkraut. Wie eine aufgerissene Wunde klaffte das Erdloch zwischen den Grabsteinen.

Sneaker bellte. Vor ihnen hüpfte ein Eichhörnchen über die Gräber. Wieder kläffte Sneaker und zerrte Lilli fast die Leine aus der Hand. Hinter dem buschigen Schwanz des flinken Tieres herjagend, sprang Sneaker über eine bemooste Grabplatte. Das Eichhörnchen verschwand hinter Sträuchern. Wenn Lilli die Leine nicht loslassen wollte, musste sie ebenfalls springen. Sneaker riss sie um den regennassen Erdhügel herum, Lilli glitt auf einem Lehmbrocken aus, ließ die Leine los und rutschte schreiend in die offene Grube.

Um sie herum war nur kalte nasse Erde und über ihr nichts als ein schmales Stück grauen Himmels. Lilli rappelte sich auf.

Verzweifelt versuchte sie, aus dem Loch zu klettern, fand aber nirgends Halt. Zu glatt und glitschig waren die senkrecht aufragenden Lehmwände. Durchatmen! Lilli schloss kurz die Augen. Sie musste sich beruhigen und mit klarem Kopf nachdenken.

Aber Lilli konnte die aufsteigende Panik kaum unterdrücken. »Keine Angst«, murmelte sie laut vor sich hin. »Nur keine Angst.«

Für den Bruchteil einer Sekunde dachte Lilli, der schauerliche Ton, der auf einmal zu hören war, käme direkt aus den Tiefen der Erde. Aber das traurige Winseln kam nicht von unten, sondern von oben. Sneakers Schnauze erschien am Rand der lehmigen Grube. Zwischen seinen Zähnen hing das Ende eines verblichenen, gelben Schlauchs. Halb sprang, halb rutschte Sneaker zu ihr in die Grube. Lilli fing ihn auf und fiel auf ihr Hinterteil.

»Kluger Hund!« Begeistert tätschelte Lilli seinen Kopf. Sie zog prüfend am Schlauch und spürte Widerstand. Offenbar war das andere Ende oben fest um einen Busch oder einen Grabstein geschlungen. Lilli ruckte zur Sicherheit ein paarmal, aber der Schlauch gab nicht nach.

»Erst kommst du dran, mein Braver!« Lilli stemmte den Hund hoch und schubste ihn nach oben. Kopf und Vorderpfoten schon über der Kante, hing sein Hinterteil kurz in der Luft.

Von oben hörte Lilli einen Aufschrei des Entsetzens. »Da, da, da, da, da … da kommt was aus dem Grab!«

»Very?!«, rief Lilli.

»Es kennt meinen Namen!«, ertönte es von oben. »Nichts wie weg hier!«

Sneaker strampelte mit den Hinterpfoten, schleuderte Lilli Lehmbrocken ins Gesicht und sprang aus dem Grab.

»Very, komm zu mir her!« Lilli versuchte, sich zugleich am

Schlauch hochzuziehen, rutschte aber mit ihren lehmigen Händen immer wieder ab.
»Das ist Sneaker!«, war jetzt Bobs Stimme zu vernehmen.
»Ich bin hier unten!«, schrie Lilli aus Leibeskräften.
Kurz darauf erschienen drei fassungslose Gesichter über Lilli.
»Was, um Himmels willen, machst du da unten?«, fragte Enya.
»Probewohnen!«, sagte Lilli. Sie knotete sich den Schlauch um den Leib. »Und jetzt holt mich endlich hier raus!«

Gnädig kam die Sonne hinter den Wolken hervor und schien Lilli angenehm warm auf den Rücken. Es gab nur noch wenige Grabreihen, die Lilli, Bob, Very und Enya noch nicht kontrolliert hatten, da beschleunigte Lilli ihre Schritte und deutete auf einen von Flechten und Efeu überwucherten Stein. Ganz oben war ein kleiner Engel eingemeißelt und darunter eine Inschrift: *In stiller Trauer gedenken Richard und Amalie Moosbacher ihrer geliebten Tochter.*
Lilli bückte sich und zupfte einige Efeuranken ab. Erst jetzt konnte man lesen, was noch in den Stein graviert war: *Lisbeth Moosbacher, ertrunken im Alter von fünf Jahren.*
Enya zeigte auf die zuunterst eingemeißelte Jahreszahl. »Ihr Tod ist genau hundert Jahre her!«
Lange standen die *Wilden Küken* schweigend vor dem Grab.
Sneaker schüttelte sein lehmverkrustetes Fell. In den Büschen zwitscherten Vögel. Von fern hörte man ein Flugzeug.
Lilli pflückte ein paar Ackerdisteln und legte sie auf das verwilderte Grab.

Wieder zurück an der Kapelle, klopfte Lilli ihre vor Dreck starrenden Hosenbeine aus. »Ich muss dringend unter die Dusche! Und der hier auch!« Sie setzte Sneaker in den Fahrradanhänger und wandte sich an die *Wilden Küken*. »Sehen wir uns heute trotzdem noch?«

»Klar, Bandentreffen auf der *Mystery*!«, sagten Very, Bob und Enya wie auf Kommando und schwangen sich auf ihre Räder.

Bis zum Stadtbrunnen fuhren sie gemeinsam, dann trennten sich ihre Wege.

»Vergiss die Planchette nicht!«, rief Lilli Very noch zu, gab Handzeichen und bog ab Richtung Nepomukbrücke.

Daheim verpasste sie erst Sneaker und dann sich selbst eine gründliche Dusche.

Lillis Vater arbeitete in der Werkstatt, Luisa hatte sich nach der langen Nacht in der *Gelateria* noch mal schlafen gelegt.

Nadja bestand darauf, Lilli bei ihren Hausaufgaben zu helfen, aber von Bruchgleichungen hatte sie definitiv keine Ahnung.

Das vom Regen feuchte Heu dampfte in der Sonne. Vier Fahrräder holperten über die frisch gemähte Weiherwiese.

Bob hatte auf dem für sie viel zu großen Lieferrad der *Gelateria* Mühe, die Balance zu halten. Verys Gangschaltung knackte, ihr Hinterrad schleuderte Grashalme durch die Luft. Enya bremste, ihr Vorderreifen rutschte seitlich weg, halb sprang, halb fiel Enya, stieg aber gleich wieder auf. »Nix passiert!«

Jede heftige Lenkbewegung vermeidend, beschrieb Lilli eine viel zu weite Kurve und erreichte als Letzte den Steg.

»Das ganze Rätsel ist wie eine Bruchgleichung.« Lilli lehnte ihr Rad gegen einen der Pfosten. »X durch kopfloser Hund ist gleich Hexenbrett durch kopfloser Hund.«
»Wieso zweimal kopfloser Hund?« Bob hob die Kühltasche mit den Resten des gestrigen Junggesellinnenabends aus dem breiten Gepäckgitter.
»Einmal dieser kopflose Hund!« Very holte das Tuch mit der Planchette aus ihrem Rucksack.
»Und einmal der kopflose Hund auf dem halben Gemälde«, ergänzte Enya.
Lilli tauchte den Finger in den Weiher und malte nasse Zeichen auf die Stegplanken. »X durch Hund ist gleich Hexenbrett durch Hund, wir kürzen den Hund, also bleibt X ist gleich Hexenbrett.«
»X ist gleich Hexenbrett?« Bob schielte gen Himmel. »Ich versteh den Kram bei Frau Schley schon nicht, aber bei dir klingt es noch komplizierter.«
»Überhaupt nicht.« Lilli kletterte hinter Very die Leiter hoch. »X ist die Frage und das Hexenbrett ist die Antwort.«
Very nahm Bob die Kühltasche ab. »Und die Frage ist: Woher kommen die Sachen aus der Mühle?«
»Die Sachen aus der Mühle kommen aus der Mühle«, sagte Bob trotzig und stieg ebenfalls die Leiter hoch.
»Dann fragen wir eben, welches okkulte Phänomen Gegenstände in geschlossene Räume teleportiert«, sagte Very im Tonfall ihrer Mutter. »Und jetzt zum Mitschreiben: Durch welchen Spuk landeten die Sachen aus der Mühle an Bord unseres

Bandenquartiers?!« Very kniete sich neben die Schiffsluke und drehte am Zahlenschloss.
Kopfschüttelnd warf Bob einen kurzen Kontrollblick in die Kükenkajüte. Sofort ertönte ein vierstimmiges Gackern. »Wenigstens sind die Hühner noch normal!«, sagte Bob und schob den Riegel wieder vor.
Seit die *Grottenolme* ihren Außenposten errichtet hatten, mussten die *Wilden Küken* jederzeit damit rechnen, beobachtet zu werden. Am Stellrad für die Schärfe drehend, nahm Lilli den Hochsitz der Jungs durch ihren Operngucker ins Visier. »Die Luft ist rein!«
Enya klappte die Luke auf.
»Passwort?«, fragte Lilli.
»Nervensäge!«, antwortete Very.
»Nein, *Poltergeist*!«, sagte Lilli spitz.
»Passwort *Poltergeist*!«, leierten Very, Enya und Bob.
Very deutete eine spöttische Verbeugung an. »Nach dir, Oberküken!«
Lilli stieg die Schiffstreppe hinunter und erklärte wieder einmal die enorme Bedeutung von Passwörtern. »Bei SMS-Nachrichten, bei Dunkelheit oder bei Briefbotschaften, da muss man das Passwort abfragen, um sicherzugehen, dass man es mit einem Bandenmitglied zu tun hat, sonst …« Lilli stockte der Atem, dann stieß sie einen lauten Schrei aus. Sie schnellte zurück, stieß mit dem Kopf an Verys Kinn, die schrie ebenfalls auf und rumpelte gegen Enya, die kreischend versuchte, sich an Bob festzuhalten, sie aber nur mit in die Tiefe riss.

Kurz wurde Lilli schwarz vor Augen. Sie lag zuunterst und bekam keine Luft mehr. Bob, die zuoberst lag, rollte sich von Enyas Rücken. Enya wälzte sich von Very und Very gab Lilli frei.
»Alles in Ordnung, Lilli?!«
Anstatt zu antworten, deutete Lilli zum Bullauge. Alle vier Mädchen ergriff das gleiche Entsetzen. In dem runden Fensterrahmen steckten strahlenförmig angeordnet sieben Eulenfedern.
Was auch immer die *Wilden Küken* später behaupten sollten, in diesem Augenblick glaubten sie alle vier wirklich an Gespenster. Mit zitternden Händen öffneten sie die Truhe und überprüften den Werkzeugkasten.
Schließlich standen sie um den Tisch und starrten auf ein Marmorstück, ein Gewölle, einen mottenzerfressenen Sack, einen Galgenstrick, einen verbogenen Löffel, eine verrostete Petroleumlampe und sieben Eulenfedern.
In der Totenstille unter Deck hätte man eine Stecknadel fallen hören können. Aber was man hörte, war ein leises metallisches Klicken. Verys Haarspange hatte sich gelöst, und wie in Zeitlupe schwang ein Vorhang aus blondem Haar vor ihr Gesicht, während die Spange von der Tischplatte abprallte und schließlich auf dem Boden landete. Lilli bückte sich mechanisch danach und entdeckte neben der Haarklemme einen mehrfach geknickten Zettel auf dem Boden. Sie hob beides auf, reichte Very die Spange und faltete den Zettel auseinander.
»Sonntagskonzerte der Städtischen Musikschule«, las Lilli halblaut.

»Ich glaub nicht, dass Geister die Sonntagskonzerte der Musikschule besuchen.« Bob studierte das Faltblatt genauer. »Hm. Drei Konzerte sind markiert …«, grübelte sie. »Kennt jemand eine Melissa-Marie Schwanthaler?«
Dieser Name tauchte als Einziger bei allen drei angestrichenen Konzerten auf.
»Geht die nicht in die Klasse über uns?« Very fixierte ihre blonden Strähnen wieder mit der Haarspange.
In diesem Moment fiel bei Lilli der Groschen. »Das gehört Little!«, rief sie begeistert. Endlich hatten sie eine Spur. »Little schwärmt doch schon seit letztem Schuljahr für Melissa-Marie!« Lilli wedelte triumphierend mit dem Faltblatt.
»Dann waren die *Grottenolme* also doch hier an Bord!«, sagte Very.
Enya zeigte auf das Sammelsurium auf dem Tisch, das jetzt schlagartig alles Furchteinflößende verloren hatte. »Wenn sie uns den Gruselkram hier angeschleppt haben, dann wissen sie auch von der Mühle!«
»Irgendwie müssen sie die Kombination geknackt haben.« Lilli kletterte an Deck und kontrollierte das Zahlenschloss, konnte aber keinerlei Spuren von Gewalteinwirkung erkennen.
Sie wandte den Kopf Richtung Hochsitz. »Die können doch von da oben unmöglich gesehen haben, welche Zahlen wir eingestellt haben. Nicht mal mit dem Fernglas.«
»Der Spuk ist vorbei!«, sagte Bob erleichtert.
»Und der Bandenkrieg beginnt!« Schwungvoll schloss Enya die Luke.

»Wir klauen ihnen die Leiter«, schlug Bob vor.
»Oder tun Chilipulver in ihre Pausenbrote!«, sagte Enya.
Very strich sich schmunzelnd über ihr schmales Kinn. »Wir könnten sie aber auch ins Schwimmbad einladen!«
»Tolle Rache!«, schnaubte Bob ironisch.
»Und ihnen die Klamotten klauen natürlich!«, fuhr Very fort.
Die Oberfläche des Weihers kräuselte sich leicht im Wind und Tausend Glitzerpunkte schaukelten auf den winzigen Wellen.
Lilli sprang so wagemutig hinunter auf den Steg wie neulich Ole. »Oder wir schlagen sie mit ihren eigenen Waffen!«
»Also mit Idiotie und Ignoranz?« Lachend beugte sich Enya über die Reling.
Lilli schüttelte den Kopf. »Nein, mit List und Tücke!«
Und dann saßen alle vier auf dem Steg, ließen ihre nackten Füße ins Wasser baumeln und schmiedeten Pläne.

Lilli stellte ihr Rad ab und flankte über das geschlossene Schiebetor. Sie lief zur Wand mit dem Knopf und drückte ihn. Der Antrieb surrte und quietschend schob sich das Tor auf. Luisas roter Kleinwagen und das Auto von Lillis Vater parkten in der Einfahrt. In jedem Auto lag eine Fernbedienung für das elektrische Tor. Eigentlich wäre so eine für ihr Fahrrad auch ganz praktisch, überlegte Lilli, holte ihr Fahrrad herein und wollte eben das Tor wieder schließen, da hörte sie ein Motorengeräusch. Ein Motorrad, das aber ganz anders klang als Nadjas Maschine. Nadja fuhr einen seltenen Oldtimer, auf den sie lange gespart hatte. Lilli hatte sich nicht geirrt. Statt Nadjas schwerem, chromglänzenden Motorrad bog nun ein anderes Gefährt in die Straße ein, das aber ebenfalls sehr ungewöhnlich aussah. Es war ein nigelnagelneues Motorrad mit Beiwagen. Gelbe Flammen zierten den schwarzen Lack der windschnittigen Maschine, der Beiwagen sah aus wie ein zu kurz geratenes Rennboot.

Vielleicht waren die beiden behelmten Menschen ja Freunde von Nadja, dachte Lilli gerade, aber an der Art, wie die Fahrerin jetzt abstieg, erkannte sie eindeutig Nadja.

Aus dem Haus hörte man Sneaker bellen. Mit umgebundener Schürze kam Luisa über die Terrasse gelaufen und stellte sich neben Lilli.

Nadja nahm den Helm ab. Sie hatte ihre Haare mit einem Tuch zusammengebunden und sah damit aus wie eine Piratin.

Am allermeisten aber versetzte der Beifahrer Lilli in Staunen. Wer sich nämlich jetzt den Helm vom Kopf zog, war niemand anderer als ihr Vater, der jetzt auf Luisa zustürzte und sie fest an sich drückte. »Wieso wolltest du nicht, es war klasse! Wow! Die meiste Zeit bin ich gefahren und Nadja saß im Beiwagen!«

Nadja hängte den Helm an den Lenker. »Das ist eine Leihmaschine. Ich hatte die zur Auswahl oder so ein langweiliges Quad. Klar, dass ich dieses irre Gespann hier genommen hab.«

»Und dein Motorrad?«, fragte Lilli.

»Steht in der Werkstatt und muss auf ein Ersatzteil aus dem Ausland warten. Das Modell ist inzwischen doch sehr selten. Meine Maschine steht sozusagen auf der Liste bedrohter Arten.«

Luisa nahm die Schürze ab. »Also, ich denke, nach eurem Ausflug seid ihr bestimmt hungrig.« Sie strubbelte Lilli durch die

Haare, wie es sonst eigentlich nur Lillis Vater manchmal tat.

»Und du sicher auch, mein Mahagonilöckchen!«

Mahagonilöckchen, das klang wirklich komisch aus Luisas Mund. Aber Lilli überging das und sagte nur: »Klar hab ich Hunger!«

Nach dem Abendessen machte Lilli es sich zusammen mit Plüschka noch eine Weile vor der Glotze bequem und ließ sich dann ohne Widerrede von ihrem Vater ins Bett schicken.

Lilli legte ihr Buch auf die Burgmauer und wollte eben die Sternlampe ausschalten, da klopfte es leise. Es war Nadja, die gerade aus dem Badezimmer kam. Sie trug ein langes T-Shirt und Leggins, unter der nassen Haarmähne lag ein Handtuch über ihren Schultern. »Ich wollte dir nur Gute Nacht sagen.«

Nadja umrundete das Burgbett und setzte sich mit angewinkelten Knien zwischen zwei Regalzinnen. »Echt ein tolles Bett, das Stefan dir da gebaut hat.«

Lillis Hand schlüpfte in die von Nadja. »Papa und du …«, fing sie an, sagte dann aber nicht das, was sie eigentlich hatte sagen wollen, sondern fragte: »Seid ihr früher oft Motorrad gefahren?«

»Stefan doch nicht, er wollte immer, dass ich meine Maschine verkaufe.« Sie ahmte die Stimme von Lillis Vater nach. »Für das Motorrad kriegen wir locker eine Furnierpresse und eine Bandsäge obendrauf.«

Lilli versuchte, sich ihren Vater und Luisa auf dem Motorradgespann vorzustellen. Aber es funktionierte nur mit ihm und

Nadja. Die Worte von Frau Schley kamen Lilli wieder in den Sinn. »Wer etwas gegen diese Verbindung einzuwenden hat, der spreche jetzt oder schweige für immer.« Lilli schloss müde die Augen. Sie hörte nur mehr mit halbem Ohr zu, was Nadja über die Reparatur ihres Motorrads erzählte, über wassergekühlte Boxer-Motoren und Zündanlagen. Lilli genügte es, einfach nur die Hand ihrer Mutter zu spüren.

Da klopfte es leise, und ohne ein Herein abzuwarten, kam Luisa ins Zimmer.

»Du hast jemanden vergessen!« Luisa legte Plüschka aufs Kissen. »Ohne dein Küken kannst du doch nicht …« Jetzt erst entdeckte sie Nadja und brach mitten im Satz ab. »Nadja, entschuldige, ich hab dich nicht gleich gesehen.«

Ohne Lillis Hand loszulassen, lächelte Nadja achselzuckend.

»Schlaf gut, Lilli!« Luisa drückte Lillis andere Hand.

All die Jahre hatte Lilli überhaupt keine Mutter gehabt. Da gab es nur sie und ihren Vater. Und jetzt hatte sie auf einmal zwei davon. Das war eindeutig zu viel. Lilli zog beide Hände zurück unter die Bettdecke und schloss einfach die Augen. Als würde sie schon schlafen, lag sie reglos da und hörte, wie Nadja von der Burgmauer rutschte, wie Luisa die Sternlampe ausknipste und wie beide leise das Zimmer verließen.

Enya und Very, die als Späher unterwegs waren, vermeldeten per Handy, dass die Luft rein war, also zogen Lilli und Bob den abgekoppelten Fahrradanhänger den Hügel hinauf. Bauer Hallhuber hatte auch die Hahnenfußwiese gemäht, hier aber, anders als bei der Weiherwiese, die Mahd abtransportiert. Wo sich vor Kurzem noch unzählige gelbe Blüten im Wind gewiegt hatten, erstreckte sich jetzt eine grüne Stoppelwüste. Die beiden Späher stießen wieder zu ihnen. Die *Wilden Küken* wanderten gemeinsam hinunter zum Bach und diskutierten dabei lautstark, wie sie die *Olme* am besten dazu bringen konnten, am nächsten Tag auch pünktlich in ihre Falle zu tappen.

Vor der Cäcilienkapelle parkten, außer Kaplan Hoffmanns Auto, noch zwei weitere Fahrzeuge. Aus dem Inneren der Kirche ertönte dünner Gesang. Nur wenige Gläubige hatten sich zur sonntäglichen Morgenandacht versammelt, aus deren Chorgesang der misstönende Bass des Küsters deutlich herauszuhören war.

Um unnötige Zeugen zu vermeiden, ließen die *Wilden Küken* die Kapelle links liegen, überquerten schnell die Bohlenbrücke und zogen den Anhänger über den niedergetretenen Maschendrahtzaun. Das Schild *Betreten verboten* lag nicht mehr am Boden, sondern war mit Draht an einem frisch eingeschlagenen Pflock befestigt. Ein schwarzer Totenkopf war jetzt zusätzlich auf das Schild gemalt.

Zögernd blieb Very stehen.

Lilli lachte. »Komm schon, Very, das waren die *Olme*, die sind doch auch hier an der Mühle gewesen!«

»Sogar zweimal!« Bob lief schon ein Stück voraus. Seit sich die ganzen Spuktheorien in Nichts aufgelöst hatten, war sie wieder mit viel mehr Eifer bei der Sache.

Den Anhänger vorne und hinten hochhebend, balancierten Lilli und Enya ihn über die Staumauer.

Der Bach gurgelte lustig und das Gemäuer der alten Mühle schien gar nicht mehr so abweisend und kalt wie bei ihrem letzten Besuch.

Kichernd suchten die *Wilden Küken* die Innenräume nach geeigneten Stellen für die fiesen kleinen Überraschungen ab, die sie den *Grottenolmen* bereiten wollten.

Über die Nachlässigkeit der Jungs den Kopf schüttelnd, zeigte Lilli auf einen Fußabdruck im Staub. Deutlich erkannte man ein Markenlogo. »Die sind sogar zu dumm, ihre Spuren zu verwischen!«

Bob und Very lachten, nur Enya legte die Stirn in Falten.

»Seid mal still!« Enya lauschte nach draußen. »Da war was!«

Lilli huschte zu dem zerbrochenen Fenster. Der Wind konnte es nicht sein, der die Wipfel der Birkenschösslinge und das Gebüsch darunter bewegte, als würde sich gerade ein Wildschwein den Weg durchs Gestrüpp bahnen.

»Die Jungs müssen uns gefolgt sein!«, zischte Lilli und sauste zur Tür. »Sie dürfen auf keinen Fall die Sachen sehen!« Eilig zog sie den Anhänger, den sie auf dem Vorplatz beim Wasserrad stehen gelassen hatten, in die Mühle.

Sie stopften ihre Geheimwaffen schnell in einen der alten Mehlsäcke und stapelten Gerümpel darüber.

»Perfekt!« Lilli besah sich ihr Werk. Niemand würde darunter einen Sack voller Überraschungen vermuten und morgen nach der Schule hätten sie die Sachen sofort griffbereit.

»Hoffentlich haben sie uns unterwegs nicht belauscht«, sagte Enya.

Lilli rief sich kurz in Erinnerung, was sie alles über ihren Plan besprochen hatten. »Wären die *Olme* in Hörweite gewesen, hätten wir sie sehen müssen. Auf der gemähten Wiese findet man nirgends Deckung.«

Wieder spähte Lilli aus einem der scheibenlosen Fenster. Draußen schien jetzt alles ruhig zu sein. Aber die Jungs konnten sich überall in dem Urwald um die Mühle herum versteckt haben oder sie hatten sich sogar schon durch eines der hinteren Fenster in die Mühle geschlichen.

Lilli winkte die *Küken* zu sich. Bob, Very und Enya stellten sich so um Lilli, dass kein Außenstehender auf Lillis Hände sehen konnte. Flink formten Lillis Finger Buchstaben. Und alle nickten. Sie würden so tun, als hätten sie nicht bemerkt, dass sie Besuch bekommen hatten.

»Lasst uns gehen, es ist so unheimlich hier!«, sagte Lilli besonders laut und deutlich und zwinkerte heimlich Very zu.
Die zwinkerte zurück und sagte mit leicht übertrieben zitternder Stimme: »Es gibt Orte auf der Welt, da bekommen Menschen vor Angst graue Haare. Von einem Tag auf den anderen!«
Auch Bob tat, als würde sie sich ganz schrecklich in der Mühle gruseln. »Ihr wisst, dass ich total an Geister glaube. Und an Werwölfe und Vampire. Und an Wesenheiten aus dem Jenseits natürlich. Mädels, lasst uns hier verschwinden, ich fürchte mich hier so, ich krieg gleich einen Herzstillstand.« Sie presste die Hand an ihre Brust, hatte in Wahrheit aber nicht mit einem Herzstillstand, sondern einem Lachanfall zu kämpfen.
Enya plärrte fast, um Bobs kaum unterdrücktes Japsen zu übertönen. »Kennt ihr die Geschichten, wo ein Grab geöffnet wird und dann finden sie eine Leiche mit nachgewachsenen langen Haaren und abgebrochenen Fingernägeln und innen am Sargdeckel sind Kratzspuren?«
Obwohl die *Wilden Küken* wussten, dass die *Grottenolme* hier waren, um ihnen einen Streich zu spielen, und obwohl Lilli eben noch gewispert hatte, dass sie freiwillig darauf hereinfallen und wie die schreckhaftesten Angsthäsinnen der Welt davonrennen sollten, erschraken sie jetzt wirklich.
Unheimliche Geräusche, die aus dem Innersten der Mühle zu kommen schienen, wurden immer lauter. Es war unmöglich, festzustellen, ob von links oder rechts, es ertönte von überall her: Ein elendes Weinen und schauriges Heulen, ein Klagen in fremden Sprachen, das Stöhnen gequälter Seelen.

Nicht zum Schein, sondern vor echter Angst kreischend, rannten die *Wilden Küken* panisch aus der Mühle. Sie stolperten über den leeren Fahrradanhänger und hätten ihn in der Aufregung fast zurückgelassen.
Erst weit jenseits der Staumauer blieben die *Wilden Küken* stehen.
»Gut gespielt!«, sagte Lilli außer Atem und die anderen nickten stumm.

»Wie haben sie das bloß gemacht?«, fragte Bob, als sie die Silberpappel erreichten.
»Hat sich irgendwie technisch angehört«, meinte Enya.
»Genau«, gab Lilli ihr recht. »Ich hab ein Hörspiel auf CD, da gibt's auch so Geräusche! Es geht um Doktor Jekyll und Mister Hyde. Da trinkt dieser Arzt immer so ein Elixier und verwandelt sich dann in ein …« Mitten im Satz hielt Lilli inne. Sie hatten die Hügelkuppe erreicht und hörten vom Waldrand her die Stimmen von Mitch und Ole.
Die beiden Jungs hatten die Karawane samt Anhänger offenbar noch gar nicht bemerkt, so vertieft waren sie in die Arbeit an ihrem Hochsitz.
»Sie können uns doch unmöglich überholt haben!«, flüsterte Enya.
Mit einem aufgerollten Tarnnetz über der Schulter kletterte Mitch eben die Leiter hoch. »Wie viele Kombinationen gibt es gleich wieder bei drei Zahlen? Dein Bruder hat das doch ausgerechnet.«

»Keine Ahnung. Er ist bei uns das Mathegenie.« Ole nahm Mitch die Rolle ab.
Als er sich wieder aufrichtete, streifte sein Blick Lillis Gesicht.
»Vorsicht, Oberküken!« Ole stand auf dem Hochsitz und zeigte mit einem Hammer auf die unsichtbare Grenze vor Lillis Füßen. »Noch einen Schritt weiter und du befindest dich auf Olmterritorium.«
Ole steckte eine Holzstange durch die Halteschlaufen der Tarnnetzrolle. Lilli marschierte unbeirrt weiter.
Mitch verzog das Gesicht zu einem breiten Grinsen. »Lilli ist total scharf drauf, sich wieder mit dir zu prügeln, Boss! Ich sage nur: vierte Kontaktstufe!«
Lilli drehte sich auf dem Absatz um und funkelte Very an. »Du hast ihm das erzählt?«
Very schüttelte den Kopf. »Eigentlich umgekehrt. Das mit den Kontaktstufen hab ich von ihm. Er hat mir das schon letzten Winter erzählt, als ich öfter mit ihm zusammen seinen Vater im Krankenhaus besucht hab.«
Lilli machte eine Geste, als wolle sie Very erwürgen.
»Es stimmt doch, oder?«, fragte Very. Und Enya und Bob grinsten nur allzu eindeutig.
Lilli gelang es nicht ganz, ihren Ärger zu unterdrücken, aber noch weniger die Bewunderung für den ausgebauten Hochsitz. Die Jungs hatten inzwischen unterhalb der Bank eine Plattform gezimmert, die von einer niedrigen Bretterwand eingefasst war.
Ole befestigte die Holzstange und Mitch löste die Kordel. Das

Tarnnetz entrollte sich und die beiden Jungs verschwanden hinter grünbraunen Flecken.

»Wo ist denn euer dritter Mann?«, fragte Lilli möglichst unschuldig.

»GOG!« Ole kletterte unter dem Tarnnetz die Leiter herunter.

»Also großes Olmgeheimnis?«, fragte Lilli mit extrem gelangweiltem Unterton.

Ole kam unter dem Netz heraus und grinste nur.

Achselzuckend wandte sich Lilli ab und schlenderte gemächlich den Hügel hinunter. Bob, Very und Enya folgten ihr mit dem Anhänger im Schlepptau.

»Also war Little allein an der Mühle«, kombinierte Lilli, kaum dass sie außer Hörweite waren.

Wie um sich zu vergewissern, blickte sie sich noch einmal um. Als wäre er mit dem Wald verwachsen, war der Hochsitz hinter dem Tarnnetz nur noch zu erahnen.

Am Montagmorgen blubberte Lilli mit dem Strohhalm in ihrem Frühstückskakao und wünschte sich, die vor ihr liegenden Schulstunden würden zerplatzen wie die Blasen in ihrer Tasse.

Der Nachrichtensprecher aus dem Küchenradio verkündete leider keinen Unterrichtsausfall, prophezeite aber immerhin einen heißen Sommertag.

»Ich esse heute mit den Mädels in der Mensa und dann fahren wir gleich raus zur Weiherwiese«, sagte Lilli möglichst nebenbei, um nicht wieder die üblichen Proteste auszulösen. Aber weder ihr Vater noch Luisa meckerten darüber, dass sie viel zu

viel Zeit mit ihrer *Küken*bande verbringen würde und viel zu wenig mit Büffeln. Lieber *Küken* als Büffel, dachte Lilli und musste schmunzeln.
Stefan, Luisa und Lilli waren schon fast mit dem Frühstück fertig, als Nadja in die Küche kam. Noch im Schlafgewand setzte sie sich auf den freien Platz und rekelte sich ausgiebig. »Was ist denn heute für ein Tag?«
»Montag!«, sagten Lilli, Luisa und Lillis Vater wie aus der Pistole geschossen.
Nadja gähnte und goss sich schwarzen Kaffee ein.
Luisa stellte ihr Geschirr in die Spülmaschine und wusch einen Apfel. Außer dem Wasserhahn war nur die Musik aus dem Radio zu hören.
Nadja wischte sich den Schlaf aus den Augen. »Weißt du noch, wie wir dazu getanzt haben, Stefan?«
Luisa wandte sich um, ohne den Wasserhahn abzudrehen.
Ratlos blickte Lillis Vater von Nadja zu Luisa.
Nadja stand auf und machte ein paar Tanzschritte auf ihn zu. »Du hast mich eine halbe Ewigkeit angestarrt, bevor du mich endlich aufgefordert hast!«
Noch immer lief der Wasserhahn hinter Luisa.
»Ich dachte, du kannst nicht tanzen, Stefan?« Luisa stellte das Wasser ab. »Zumindest hast du das gesagt.« Luisa gab Lilli den Apfel. »Dein Vater will nämlich auf unserer Hochzeit nicht mit mir den Tanz eröffnen.«
»Ich kann auch nicht tanzen, Luisa!«, verteidigte sich Lillis Vater. »Es ist nur so, dass …« Sein Schreinerbleistift rutschte ihm

hinterm Ohr herunter und er bückte sich umständlich danach. »Es ist nur so, mit Nadja, also, wenn sie mich führt, dann tanze ich sozusagen automatisch …«

»Das mit dem Lied hätte ich jetzt nicht sagen sollen …« Nadja biss sich auf die Lippe. »Eins steht fest, Luisa! Stefan ist ein miserabler Tänzer!«

Lilli steckte den Apfel zu ihrer Pausenbrotbüchse in den Schulrucksack und schaute auf die Uhr.

Luisa nahm Lillis Handgelenk und warf ebenfalls einen Blick auf Lillis Armbanduhr. »Also, wenn wir nicht zu spät in die Schule kommen wollen, müssen wir los!« Mit einem bemühten Lächeln griff Luisa nach ihrer Schultasche und ging. Lilli winkte ihren Eltern seufzend und folgte Luisa nach draußen.

»Drückst du, Lilli?« Luisa klemmte ihre Schultasche in den Gepäckträger und stieg auf ihr Damenrad.

Lilli drückte den Knopf und das elektrische Schiebetor öffnete sich. Dann warf sie ihren Schulrucksack in den Fahrradkorb und radelte hinter Luisa her.

Luisas Sommerkleid flatterte, Lilli konnte den Duft ihres Parfüms erahnen und trat im gleichen Rhythmus in die Pedale wie Luisa vor ihr. Bei dem Tempo, das Luisa heute vorlegte, hatte Lilli Mühe mitzuhalten.

Die ganze Fahrt lang musste sie über die Sache mit dem Tanzen nachdenken. Vielleicht gab es das ja, dass man bestimmte Dinge auf einmal miteinander konnte, wenn man den anderen wirklich liebte.

Nach Schulschluss standen Lilli, Bob und Enya wie die Orgelpfeifen auf den Stufen, die zum Notausgang der Turnhalle hinunterführten. Gut versteckt hinter der dichten Bepflanzung spähten sie über die Betoneinfassung und warteten auf Verys Auftritt.

Mitch, Ole und Little hockten am Rand des Schulhofes im Schatten einer Kastanie auf ihrer Leopardendecke. Die Jungs hatten in der siebten Stunde noch Basketballneigungsgruppe und vertrieben sich die Wartezeit mit ihren Monsterkarten.

Soviel Lilli wusste, ging es bei dem Spiel hauptsächlich darum, die Kreaturen der Gegenspieler an Schlagkraft, Magie oder in einer anderen Eigenschaft zu übertreffen. Tote Monster landeten auf einem Kartenstapel, den die Jungs »Friedhof« nannten.

Wie von den *Küken* geplant, erschien Very jetzt auf dem Schulhof und näherte sich den Kartenspielern.

Very machte ein sehr verkniffenes Gesicht und presste die Knie zusammen.

Als könnte sie jedes Wort von Verys Lippen lesen, sprach Lilli in ihrem Versteck den Text mit: »Ich muss dringend für kleine Mädchen, könnt ihr kurz auf meinen Rucksack aufpassen?«

»Das funktioniert nie!« Enya knabberte an ihrem Fingernagel.

»Bislang läuft doch alles nach Plan«, flüsterte Bob und tippte auf ihrem Handy herum.

Very bedankte sich bei den Jungs und rannte eilig Richtung Schuleingang.

Vor ihrem geistigen Auge sah Lilli, wie Very die Aula durchquerte, dann die Treppe zur Turnhalle hinuntersprang und an den Umkleideräumen vorbeilief.

Jetzt!, dachte Lilli, und wie auf Kommando öffnete sich hinter ihr die Tür mit der Aufschrift *Notausgang*.

»Habt ihr die Nachricht schon verschickt?« Very schob sich zwischen ihre Freundinnen.

»Bin gerade dabei!« Bob drückte die Sendentaste auf ihrem Handy.

Gebannt starrten alle *Küken* zur Kastanie.

Offensichtlich hatte das Handy im Seitenfach von Verys Rucksack soeben gesummt, denn alle drei *Olme* drehten den Kopf danach.

Die *Wilden Küken* beobachteten eine nicht sehr lange Diskussion, die damit endete, dass Mitch das Handy aus Verys Rucksack fischte.

»Sie haben angebissen!«, murmelte Lilli zufrieden.

Bob sprach lippensynchron mit, was der neugierige Mitch von Verys Handy ablas: »Bandentreffen heute 15 Uhr in der alten Mühle.«

»Aber wir werden schon um zwei dort sein!« Enya grinste vielsagend.

Bob schob ihr Handy zusammen und Lilli gab Very einen auffordernden Klaps.

Kurz darauf traf Very wieder bei den Jungs ein, bedankte sich artig fürs Aufpassen, zwinkerte unauffällig zum Notausgang der Turnhalle hinüber und schnallte sich ihren Rucksack auf den Rücken.

Pünktlich um zwei Uhr trafen die *Wilden Küken* an der alten Mühle ein. Wie verabredet, trugen sie alle ein schwarzes T-Shirt und eine schwarze Hose. Da die *Grottenolme* noch Basketball hatten, waren die *Wilden Küken* sicher vor unliebsamen Überraschungen. Lillis Fahrradanhänger war mindestens so voll wie bei der gestrigen Fuhre.
Sie hievten das Gefährt über die Staumauer und rollten es in die Mühle.
Lilli und Very zogen den Sack unter dem Gerümpel hervor und Bob und Enya sortierten die Sachen aus dem Anhänger.
Bob pfiff vor sich hin und Enya summte leise mit.
Lilli und Very wickelten Nylonschnur ab und zwinkerten sich zu. Dass Bob fröhlich vor sich hin pfiff, kam öfter vor. Aber Enya so unbeschwert zu sehen, tat richtig gut, nachdem sie in letzter Zeit oft ungewöhnlich still gewesen war.
»Die sind ja neu gekauft?!« Enya hielt Very zwei Fahrradrücklichter unter die Nase.
Kurz entbrannte eine Diskussion, weil Enya, Bob und Lilli sich gegen Verys Willen an den Kosten beteiligen wollten.
Bob stemmte die Hände in die Hüften. »Ich geb dir meinen

Anteil auf alle Fälle, Very.« Sie kratzte sich am Hinterkopf. »Es kann nur etwas dauern, ich war nämlich gestern auf dem Flohmarkt und bin total blank.«

Very riss die Verpackungen der Rücklichter auf. »Kleines Geschenk von mir. Und Ende der Debatte!«

Lilli schnitt einen Fledermausflügel aus schwarzer Folie aus und schmunzelte. »Kleine Geschenke? Ist das nicht die sechste Kontaktstufe?«

Very friemelte die Batterien in die Rücklichter und grinste. »Ich liebe euch eben!«

Bob öffnete eins der drei Plastikeimerchen und steckte den Finger in die grüne Götterspeise. »Waldmeister!« Genüsslich leckte sie ihren Finger ab.

Wie die Chefärztin bei einer Operation streckte Enya fordernd die Hand aus. »Klebeband!« Lilli reichte ihr die Rolle.

»Mein Vater hat angefangen, das Garagendach zu reparieren.« Enya klebte einen der Fledermausflügel an ein Rücklicht. »Und Mama hat ihm Kaffee gebracht.«

Lilli holte eine Packung Tackerklammern aus dem Anhänger.

»Als Papa ging, hat Mama ihn kurz umarmt«, sagte Enya. Sie hielt das Rücklicht hoch und ließ die Flügel flattern. »Hält!«

Zusammen mit Very tackerte Lilli einen der zerschlissenen Säcke vor das Fenster.

Bob legte die eingebrochene morsche Treppenstufe mit Folie aus und kippte den Inhalt von zweien ihrer drei Eimer in den Hohlraum. »Zwei reichen. Dann bleibt einer für unsere Siegesfeier!«

Enya und Lilli sägten ein Brett passend zu und legten es über die Stufe. Very verhängte ein weiteres Fenster. Immer düsterer wurde es in der Mühle und die letzten Handgriffe verrichteten sie im Licht ihrer Taschenlampen.

»Und jetzt zu den Außenarbeiten!«, sagte Very und holte ihren Schminkkoffer aus Lillis Fahrradanhänger.

Draußen empfing sie Sonnenlicht und frische würzige Waldluft.

Ein paar Minuten später glänzte Enyas Gesicht wie blauer Stahl. Very öffnete das Döschen mit grünem Lidschatten und fing an, Lillis Wangen damit einzufärben.

Bob zeigte Richtung Mühlrad. »Sieht man da noch was?«

Obwohl Very und Lilli den Kopf schüttelten, warf Bob noch ein paar dürre Tannenzweige zwischen Mauer und Mühlrad.

Während Bob geschminkt wurde, versteckte Lilli noch die beiden Dosen Sprühsahne unter dem Fenster. Durch den zerschlissenen Sackstoff, mit dem es verhängt war, drang der modrige Geruch der Mühle nach draußen. Sorgfältig beseitigte Lilli noch die Glasscherben, die auf der Fensterbank lagen.

Und nachdem Enya schließlich Very fertig geschminkt und den Kosmetikkoffer zugeklappt hatte, hieß es nur noch warten.

Die *Wilden Küken* hockten sich vor dem Mühlrad auf die Mauer. Alle vier hatten die Haare nach hinten gebunden und sahen sehr befremdlich aus. Enyas Gesicht war blau. Das von Lilli grün. Verys hellblaue Augen strahlten wie Edelsteine in ihrem bronzefarbenen Gesicht. Bob war rostbraun geschminkt und spielte Orang-Utan. Sie gab entsprechende Geräusche von

sich, kratzte sich mit beiden Händen affenartig unter den Achseln und kullerte mit ihren schwarzen Augen.
Über Bobs Vorstellung lachend, prüfte Lilli zum dritten Mal, ob sie auch wirklich den Klingelton ihres Handys abgeschaltet hatte.
»Was hast du dir eigentlich auf dem Flohmarkt gekauft?«, fragte Very.
Ein breites Lächeln malte sich auf das Äffchengesicht. »Das beste Fahrrad der Welt. Es hat genau die richtige Größe für mich. Ich will es noch frisch lackieren und dann …«
»Pscht!« Lilli richtete sich auf. »Sie kommen!«
Von jenseits der Schlehen- und Weißdornhecken hörte man Äste knacken und Blätter rascheln.
»Ruf jetzt mein Handy an!«, zischte Lilli zu Very und lief den anderen voraus in die Mühle. Lilli war schon auf der Treppe zum Dachboden hinauf und hielt wartend inne. Es schien eine halbe Ewigkeit zu dauern, bis ihr Handy endlich vibrierte. Sie nahm ab und stellte es auf laut. »Hörst du mich, Lilli?«, ertönte Verys Stimme aus dem Lautsprecher.
»Laut und deutlich!« Lilli blickte nach unten und sah, wie Bob, Enya und Very sich in den freigeräumten Spalt zwischen dem Gerümpel und dem kaputten Schrank zwängten. Sie schob die Tür zum Dachboden auf und blickte in die gelben Leuchtaugen der Eule. »Ganz ruhig!«, murmelte Lilli und legte ihr Handy hinter der Tür auf den Boden.
Die Eule blinzelte und drehte den Kopf, blieb aber auf ihrem Dachbalken sitzen. Langsam und vorsichtig zog Lilli die Tür

bis auf einen Spaltbreit zu und huschte dann wieder nach unten. Das Brett auf der morschen Stufe knarzte unter ihrem Tritt.

Gerade noch rechtzeitig schaffte sie es, in das Versteck hinter dem Gerümpel zu schlüpfen, und quetschte sich zwischen Very und Enya.

»Sogar die Eule spielt mit!«, flüsterte sie Very ins Ohr, da hörten sie auch schon Littles Stimme vor der Tür.

»Gespenster sind unkörperliche Wesen, die haben keine Kleider.«

»Haben sie doch!«, beharrte Mitch. »Nämlich Bettlaken! Und oft rostige Ketten.«

»Leise jetzt!«, zischte Oles Stimme.

Very beugte sich nah an Lillis Ohr und flüsterte. »Gleich sagt Mitch irgend so was wie: Zugriff, Männer!«

Aber von Mitch war nichts zu hören.

Die Tür öffnete sich langsam. Licht fiel in die Mühle. Drei Schatten überquerten die Schwelle.

Enya stieß Lilli rechts mit dem Ellbogen an und Lilli stieß mit ihrem linken Ellbogen Very in die Seite.

Very hielt Lilli ihr Handy vor den Mund und Lilli flüsterte: »Also ist unser geheimes Bandentreffen jetzt eröffnet!«

Ihr Flüstern übertönend, drangen Lillis Worte laut vom Dachboden herunter.

Durch das Gerümpel sah sie, wie die *Olme* ihre Köpfe nach oben drehten.

Lilli nahm das Handy und hielt es Enya an die Lippen und Enya flüsterte: »Ich bin gegen Bandentreffen in der alten Mühle. Mir ist es hier zu unheimlich.«

Lilli sah, wie Ole und Mitch sich Zeichen gaben.

Enya reichte das Handy an Bob weiter, aber die sagte nichts. Eine schreckliche Sekunde lang dachte Lilli, Bob bekäme wieder einen ihrer Lachanfälle oder Schluckauf und würde alles verderben. Aber weder lachte noch hickste sie, sondern spielte perfekt ihre Rolle. Bob wisperte in das Handy und gleichzeitig hörte man ihre Stimme vom Dachboden. »Ich krieg hier drin bei jedem Geräusch einen Herzstillstand!«

Auf ein Zeichen von Ole hin warfen sich die *Olme* jeder ein Bettlaken über den Kopf.

»Zugriff!«, hörte Lilli Mitchs Stimme unter seinem Laken murmeln, und sie überlegte schnell, ob es sich nicht auch um eine Kontaktstufe handelte, wenn man wusste, was der andere gleich sagen würde.

Ole hielt Mitch zurück und schlich sich als Erster auf die Treppe. Dann stießen die drei Gespenster heulend die Dachbodentür auf.

Lilli, Bob und Very wimmerten schaurig in das Handy.

Oben erschollen die Schreckensschreie von drei Gespenstern und das erboste Kreischen einer Eule.

Flink wie ein Wiesel sauste Enya währenddessen zur Treppe, nahm das Brett von der morschen Stufe und versteckte sich wieder neben Lilli.

»Hier liegt ein Handy!«, sagte Little auf dem Dachboden.

»Das ist eine Falle!«, schrie Ole.

»Das Biest hat mich vollgekackt!«, beschwerte sich Mitch.
Die drei Gespenster traten auf die Treppe.
»Tolle Nummer, Lilli!«, rief Ole auf Verdacht hinunter in den Raum.
»Kommt raus, damit ich euch zerquetsch… Äh, was ist das denn??!!« Mitch zog seinen Fuß aus der Götterspeise. »Ihhhh … das ist ja eklig!«
»Grünes Ektoplasma!«, sagte Little.
»Wahrscheinlich sind sie draußen!«, rief Ole.
Die *Olme* warfen ihre Bettlaken beiseite und kamen, vorsichtig Fuß vor Fuß setzend, die Treppe herunter.
»Jetzt!«, zischte Lilli und sprang zusammen mit Enya, Very und Bob nach vorne. Sie schalteten gleichzeitig die Taschenlampen ein und beleuchteten ihre geschminkten Gesichter.
Mit einem neuerlichen Aufschrei wichen die *Olme* zurück.
Die *Küken* rückten vor und, wie beabsichtigt, rannten die *Olme* durch die offene Tür in den dunklen Nebenraum.
Wie der Blitz warfen Enya und Bob sich gegen die Tür. Very und Lilli schlangen die vorbereitete Seilschlinge um die Klinke und zurrten sie fest.
Schon wollten die *Wilden Küken* zur Mühle hinaus, da fielen Lilli die Fledermäuse ein. Die durften sie natürlich nicht vergessen! Lilli griff nach dem Ende der Nylonschnur, die durch eine Ritze in den Nebenraum führte. Fast taten ihr die *Olme* leid. Die Armen standen jetzt im Dunkeln und gleich würden die Schachteln über ihnen vom Balken gleiten und vier Fledermäuse mit roten Rücklichteraugen durch den Raum schwirren.

Lilli riss an der Schnur und drin ertönte zum dritten Mal das Geheul der *Olme*.
»Mach schnell!« Very wartete in der Mühlentür. Lilli sauste hinaus, rannte am Mühlrad vorbei und sprang über den Saugschlauch von Bobs Feuerspritze.
Enya wartete mit den beiden Dosen Sprühsahne in der Hand schon unter dem Fenster, das für die *Olme* jetzt den einzigen Fluchtweg aus der Mühle bot.
Schnell warf sie Lilli eine der Dosen zu.
Von innen wurde an dem zerschlissenen Sack gezerrt und schon tauchten drei Köpfe im Fensterrahmen auf.
»Ektoplasma!«, riefen Enya und Lilli wie aus einem Mund und sprühten Sahne in die verdutzten Gesichter.
Very und Bob hatten inzwischen die Feuerspritze aus ihrem Versteck hinter dem Mühlrad geholt und pumpten bereits kräftig.
Noch eine letzte Salve Sahne versprühend, traten Lilli und Enya den Rückzug an. Der Saugschlauch, der über die Mauer in den aufgestauten Bach hing, füllte sich bereits.
Schimpfend und zeternd kletterten die sahneverschmierten Jungs aus dem Fenster, und wollten sich eben zu einem Angriff formieren, da traf sie auch schon ein Wasserschwall aus Bobs Feuerspritze.

»Stopp!« Lilli hob die Hand. »Sie haben genug!«
Enya und Very hörten auf zu pumpen, ein letztes Mal spuckte die Feuerspritze Wasser. Bob ließ die Düse sinken.
Lilli hielt die Hühnerfeder hoch, die sie um den Hals trug. Und

Enya, Bob und Very machten es ihr nach und zeigten ebenfalls ihre Bandenzeichen.
Oles Finger umklammerten das nasse Olmarmband an seinem Handgelenk, seine dunkelblauen Augen funkelten unberechenbar. Eine Mischung aus Wut und Stolz lag in seinem Blick. Lilli spürte ein Kribbeln in den Kniekehlen. Flucht oder Kampf? Oberküken und Olmboss standen sich gegenüber. Hinter Lilli gluckerte die Feuerspritze.
Alle warteten auf eine Reaktion.
Lilli machte den ersten Schritt. »Mit den Sachen aus der Mühle habt ihr *Olme* uns echt Angst eingejagt«, sagte sie respektvoll.
Ole nickte anerkennend. »Eure Show hier war aber auch nicht schlecht.«
Lilli schmunzelte über die verwässerte Sahne, die von Oles Kopf auf seine Schultern tropfte. »Du hast vor Schreck sogar graue Haare bekommen!«
»Rache-he-he-he-he!«, jammerte Mitch, der am meisten Wasser abgekriegt hatte.
»Also Patt?«, fragte Little und kam hinter den andern beiden aus der Deckung. Während Mitch wie ein begossener Pudel dastand und Ole sich Wasser aus den Hemdzipfeln wrang, hatte Little am wenigsten abbekommen. Ein völlig unversehrtes Sahnehäubchen thronte auf seinem Kopf. Er griff mit der Hand hinein und probierte. »Ist die bio?«
Hatte es vor wenigen Sekunden noch auf der Kippe gestanden, ob aus dem Spaß Ernst werden würde, jetzt war es entschieden. Was jetzt losbrach, war nämlich kein erbitterter Kampf, sondern

befreiendes Gelächter. Ole, Mitch, Lilli, Very, Bob und Enya bogen sich vor Lachen, während Little sich mit ernster Miene die Sahne von den Fingern schleckte.
»Waffenstillstand?«, fragte Ole und Lilli nickte.

Sie breiteten die beiden saubersten Gespensterlaken vor der Mühle aus und Bob stellte die restliche Götterspeise auf eine umgedrehte Schachtel. Verys Bronzegesicht, das stahlblaue von Enya und Bobs rostfarbenes glitzerten in der Sonne.
Die grün schillernde Lilli zeigte Ole stolz die von den Schnüren abgeschnittenen Fledermäuse. Die Rücklichter brannten noch immer.
Very zierte sich etwas, die Götterspeise mit dem Finger zu essen, da klappte Mitch auch schon einen winzigen Löffel aus seinem Campingmesser.
»Schöne Hubkolbenpumpe«, bewunderte Little Bobs Feuerspritze.
»Die hab ich vom Flohmarkt«, sagte Bob stolz.
Little studierte die Mechanik. »Beim Ansaugen verschiebt sich der Kolben, das Einlassventil öffnet sich, und das Wasser strömt in den Zylinder.«
»Stimmt das eigentlich, was die andern über dich und Melissa-Marie sagen?« Bob rieb sich versehentlich etwas Schminke von der Nase.
»Sie spielt sehr gut Geige«, antwortete Little. »Aber ich glaube nicht, dass stimmt, was die andern über mich und sie sagen.« Er drehte die Pumpe herum. »Im zweiten Takt fährt der Kolben

zurück. Das Einlassventil schließt und das Auslassventil wird geöffnet!«

Götterspeise löffelnd, setzte Very sich neben Mitch, der heldenhaft mit nacktem Oberkörper an der warmen Hauswand lehnte, während sein T-Shirt auf dem Mühlrad trocknete.

Lilli rückte näher zu Ole und sprühte einen Sahneklecks auf seine flache Hand.

»Süß!«, sagte Ole und lächelte.

Einen Moment lang war Lilli sich nicht sicher, ob er sie oder die Sahne meinte.

»Siehst in Grün echt heiß aus!«, fügte Ole hinzu, und Lilli musste lächeln und wurde rot. Aber diesmal konnte er es unter all der Schminke in ihrem Gesicht zum Glück nicht sehen.

Das Schöne an einem Waffenstillstand war, dass man in der Freistunde zusammen mit den Jungs unter der Kastanie Karten spielen konnte, man konnte sorglos in seine Schuhe schlüpfen, ohne auf Weichkäse zu stoßen, man konnte sich auf sein Rad schwingen, ohne am Sattel festzukleben – und wenn man ein Briefchen bekam, dann konnte man sich darauf verlassen, dass es ernst gemeint war. Oder? Lilli stand in der Fahrradhalle und starrte auf das aus einem Heft gerissene Stückchen Papier in ihren Händen. *WW, 16.00, O.R.* Ole hatte ihr den Zettel in dem Durcheinander nach dem Schlussgong heimlich zugesteckt und war mit den andern aus dem Schulhaus gelaufen.

»Hey, Lilli!« Enya wartete mit ihrem Rad vor der Fahrradhalle und winkte.

Möglichst unauffällig ließ Lilli den Zettel in der Hosentasche verschwinden und bemerkte im Näherkommen ein neues Paar Arbeitshandschuhe in Enyas Fahrradkorb.

Enya strahlte. »Ich helfe meinem Vater heute bei der Arbeit an unserem Garagendach!«

Lilli schloss ihr Rad auf. Die Räder der *Grottenolme* waren schon weg. Die Fahrräder von Very und Bob standen noch an ihrem Platz. Bob fuhr noch immer mit dem Rad der *Gelateria*. Sie hatte ihr Flohmarktrad inzwischen wohl frisch lackiert und der Lack musste noch trocknen.

»Könntest du heute für mich die Hühner versorgen?«, fragte Enya. »Bob hat doch Klarinettenstunde und Very Cheerleadertraining.«

»Klar!« Lilli schob ihr Rad aus der Fahrradhalle. Vorne an der Bushaltestelle stand Mark neben der Wartebank und redete mit Denise.

»Dein Bruder ist doch wohl nicht verknallt in die Zicke?«, fragte Lilli.

Enyas Augen verengten sich zu schmalen Schlitzen. »Keine Ahnung, was er an der findet!«

Enya stellte sich auf den Randstein. Durch die Büsche konnte man sie so von der Bushaltestelle aus nicht sehen.

Mark setzte sich neben Denise auf die Bank. »Also ich kann dich kostenlos reinlassen.« Er berührte sie an der Schulter und lachte. »Für irgendwas muss mein Job als Platzanweiser im Kino doch gut sein!«

Von der anderen Straßenseite her kamen Tjorben, Mareike und Arvin mit Fastfood in den Händen aus dem Imbiss.

»Hey, Mark, du gibst wohl nie auf!« Tjorben biss in seinen Hamburger.

Arvin quetschte einen Pappbecher zusammen. »Der gleiche Frauenheld wie sein Dad!« Er zielte und warf den Becher an Mark vorbei in den Papierkorb.

Lilli spürte Enyas plötzliche Anspannung.

»Cooler Wurf!«, sagte Mark bewundernd. »Aber mein Dad ist kein Frauenheld.«
»Sondern?«, fragte Mareike und trank einen Schluck Cola.
»Der totale Versager!« Mark fischte ein Kinoprogramm aus der Tasche und reichte es Denise. »Kannst es dir ja noch überlegen!«
Der Bus kam. Tjorben, Arvin, Denise und Mareike stiegen ein. Kaum war der Bus losgefahren, trat Mark wütend gegen den Papierkorb.
Ohne sich bei ihrem Bruder bemerkbar zu machen, kehrte Enya um. »Komm, wir nehmen die Abkürzung über den Schulhof.«
Ein Stück weit fuhren Lilli und Enya nebeneinanderher. Dann verabschiedete sich Enya und bog ab.
Lilli blickte auf die Uhr und beschleunigte. *WW* hieß sicher Weiherwiese. *O.R.* war die Abkürzung für Ole Roland und es war bereits kurz vor vier.

Ole rechte das Heu auf der Weiherwiese zusammen, und als er Lilli entdeckte, hob er grüßend den Rechen.
Zwischen zwei Heubahnen fuhr sie auf ihn zu, scherzhaft tat Ole so, als wollte er sie mit seinem Rechen attackieren. Lilli wich ihm aus, radelte bis zum Steg und stellte dort ihr Rad ab. Auf dem Stegpfosten lag ein flaches Paket. Eingewickelt in Packpapier mit einer Schnur darum.
»Das Heu könnt ihr doch für eure Hühner brauchen!« Ole zeigte mit dem Rechenstiel über die Wiese.
Geflissentlich übersah Lilli das Päckchen. Was hatte das alles

zu bedeuten? Ole rechte hier für sie Heu und hinter ihr thronte ein Geschenk auf dem Pfosten. Kleine Geschenke, dachte sie. Sechste Kontaktstufe. Lillis Herz klopfte. Es gelang ihr nicht, das Paket länger zu ignorieren. »Ist das für mich?«

Ole nickte. Lilli nahm es vom Pfosten und nestelte an der Schnur herum. »Ich hab doch gar nicht Geburtstag!«

»Das ist auch kein Geschenk!« Ohne um Erlaubnis zu fragen, kletterte Ole die Leiter hoch an Bord der *Mystery*.

Lilli folgte ihm mit dem Paket in der Hand.

Er klappte sein Taschenmesser auf und durchschnitt die Schnur. »Ich wollte, dass du das siehst. Von Olmboss zu Oberküken.«

Lilli stockte der Atem, das Papier fiel zu Boden. Was sie in den Händen hielt, war die Hälfte eines Gemäldes.

»Das haben wir neulich im Schlangenbach gefunden«, sagte Ole. Er zögerte kurz. »Ihr habt doch auch so ein Ding.«

»Woher willst du das wissen?«, fragte Lilli argwöhnisch.

Ole zuckte mit den Schultern, warf aber einen verräterischen Blick Richtung Hochsitz.

»Ich hol unser Teil.« Lilli drückte ihm das halbe Bild in die Hände, kniete sich neben die Luke und ergriff das Zahlenschloss. »Guck weg!«

»Wir kennen die Kombination!« Er grinste, folgte ihrer Aufforderung aber und drehte sich um. »Little hat keine zwei Minuten gebraucht, um das Ding zu knacken.«

Lilli holte ihre Bildhälfte aus dem Schiffsbauch. Sie klappte die Luke wieder zu und verdrehte gewohnheitsmäßig sofort die Zahlenräder des Vorhängeschlosses.

Ihre Aufregung unterdrückend, legte Lilli ihre Bildhälfte auf die Luke.
Ole legte seine daneben. »Passt!«
Die Bruchstellen waren zwar sehr verwittert, aber es gab keinen Zweifel, dass die beiden Hälften zusammengehörten.
»Du hast ja eine Gänsehaut, Oberküken!« Ole lachte über seinen Witz.
Lilli hörte gar nicht zu. Nach Luft ringend, starrte sie auf das zusammengesetzte Bild. Eindeutig war jetzt eine Mühle mit Wasserrad zu erkennen. Aber das, was Lilli eigentlich den Atem raubte, war der in verblichenen Farben abgebildete Hund. Sein Hals endete gleich nach der Bruchstelle. Der Kopf hingegen war in die Mitte der zweiten Bildhälfte gemalt. Abgetrennt vom Rumpf lag er dort in einer Blutlache. Rechts oben neben der Mühle schwebte ein kleiner Engel, der genauso aussah wie der Engel auf dem Moosbacher-Grabstein.
Lilli nahm die beiden Bildhälften und kletterte von Bord. »Komm mit, Ole. Ich muss dir auch was zeigen.«

Erhitzt vom Laufen, drückte Lilli die Tür der Kapelle auf. Angenehme Kühle umfing sie. Sie hielt die Bildhälften neben das Gemälde an der Kapellenwand. Unterwegs hatte sie Ole schon von dem Grabstein und was darauf zu lesen war, erzählt.
Ole kratzte sich hinterm Ohr. »Es ist eindeutig die gleiche Mühle.«
Lilli gab Ole die beiden Bildhälften. »Das habt doch nicht ihr gemalt, oder?«

»Wieso sollten wir so was machen?«

Lilli setzte sich in die letzte Bank. »Aus dem gleichen Grund, aus dem Little am Sonntag um die Mühle geschlichen ist und uns mit irgendeinem technischen Geräusch erschreckt hat?!«

»Das kann nicht sein.« Ole setzte sich neben Lilli. »Keiner von uns war letzten Sonntag an der Mühle. Mitch und ich haben an unserem Hochsitz gearbeitet und Little war in dem Konzert von Melissa-Marie.« Er legte die Bildhälften auf die Bank vor ihnen. »Großes Olmehrenwort!«

Lilli glaubte ihm. Nur, wenn es nicht Little gewesen war, wer oder was hatte dann am Sonntag so schaurig in der Mühle geheult? Ein Streich der *Olme* wäre ihr jetzt viel lieber gewesen als ungeklärte Fragen.

»Mir ist kalt!«, murmelte sie und rutschte ein wenig näher zu ihm.

Wie zufällig legte Ole den Arm hinter ihr auf die Lehne.

Lilli spürte, wie er ihre Haare berührte.

Und dann gab es einen lauten Knall. Erschrocken sprangen Lilli und Ole gleichzeitig in die Höhe.

Wieder und wieder knallte es. Jemand hämmerte an die Kapellentür.

Unsicher blickten Lilli und Ole sich an. Ole gab sich einen Ruck und zog den Türflügel auf. Wieder ertönte ein Hammerschlag.

Der Küster stand neben seinem Werkzeugkoffer und nagelte eine kleine schwarze Tafel an den Türrahmen.

Lilli wiedererkennend, ließ der Alte den Hammer sinken, aber seine kleinen Augen musterten Ole misstrauisch. Dann murmelte er einen unverständlichen Gruß, bückte sich nach einer Kreide und kritzelte *Sonntagsandacht entfällt* auf die Tafel.
»Wenn ihr schon hier seid, könnt ihr mir auch helfen!« Grinsend zeigte der Küster seine nikotingelben Zähne. »Holt die beiden Vasen aus dem Altarraum.«
Lilli und Ole gehorchten und schleppten die beiden Bodenvasen ins Freie. Sie warfen die verblühten Blumen auf einen kleinen Komposthaufen hinter den Büschen und gossen das faulige Wasser weg.
Der rostige Wasserhahn an der Rückseite der Kapelle war inzwischen durch einen neuen ersetzt worden. Dort wuschen sie die Vasen gründlich aus. Auf der frisch getünchten Wand prangten schon wieder neue Graffiti.
Lilli und Ole trugen die Vasen zurück in die Kapelle.
Kopfschüttelnd hielt der Küster die beiden Bildhälften in der Hand und verglich sie mit dem Gemälde an der Wand. »Wo habt ihr das her? Hab ich nicht gesagt, ihr sollt euch von der Mühle fernhalten?!«
»Das haben wir im Bach gefunden.« Lilli stellte die Vase ab.
Ole nickte. »Beide Hälften. Sozusagen angeschwemmt!«
Der Küster tastete seine Taschen ab und fand erst ein Brillenetui und dann ein Zigarillo.
Lilli und Ole folgten ihm ins Freie. Das Zigarillo im Mund und die Brille auf der Nase, studierte der alte Mann die Bildhälften im Tageslicht.

Lilli trat neben ihn. »Sie haben doch gesagt: Wer die alten Geschichten erzählt, der weckt auch die alten Geister …« Lilli überlegte kurz. »Vielleicht vertreibt man die Geister aber auch, indem man ihre Geschichten erzählt!«

Der Küster lehnte die Bildtafeln an die Kapellenwand, hockte sich auf einen Bretterstapel und fingerte eine Zündholzschachtel aus der Tasche.

Unsicher, ob er sie überhaupt gehört hatte, wartete Lilli auf eine Reaktion.

Ohne Hast rieb der alte Mann ein Zündholz an und sog an seinem Zigarillo. »Es gibt keine Geister.« Mit Rauchatem blies er die Flamme aus und schnippte das verkohlte Hölzchen über den Zaun.

Lilli und Ole setzten sich auf einen Mauervorsprung und warteten gespannt auf eine Fortsetzung.

»Es ist so.« Er blies eine Wolke gen Himmel und deutete mit dem Zigarillo hinter sich in den Wald. »Vor hundert Jahren gab es einen Unfall in der Moosbacher-Mühle.« Er machte eine Pause, lüftete kurz die blaue Kappe und kratzte sich die wenigen grauen Haare. »Lisbeth, die einzige Tochter, fiel in den Bach und der Hund der Müllersleute, der sprang ihr nach und wollte sie retten.«

Lilli sah wieder den verwitterten Grabstein auf dem Waldfriedhof vor sich. Noch einmal zupfte sie die Efeuranken weg und las das Wort *ertrunken*.

Der Küster klopfte Asche von seinem Zigarillo. »Der Hund geriet unters Mühlrad.« Er atmete schwer. »Es quetschte ihm den

Kopf ab.« Der Küster wies auf die beiden Bildhälften. »Genau das hat der alte Moosbacher hier gemalt: den geköpften Hund und seine ertrunkene Lisbeth als Engelchen.«
Eine Weile hingen der alte Mann, Lilli und Ole ihren Gedanken nach. Der Wind hatte gedreht. Vereinzelt hörte man ein paar Vögel zwitschern. Lilli horchte nach dem Murmeln des Baches. Aber er schwieg.

Auf einer kleinen Trittleiter stehend, schlug der Küster neben dem Gemälde der Mühle zwei Haken in die Kapellenwand. Ole drückte mit einem Stichel aus dem Werkzeugkoffer des Küsters ein Loch in die Rückseite der Bildhälften und Lilli drehte eine Ringschraube in jedes Loch. Daran hängten sie die beiden Bildhälften nebeneinander an die zwei Haken.
Danach warf Lilli noch schnell eine Münze in den Opferstock, stellte eine Kerze auf das Metalltischchen neben der heiligen Cäcilie und bat den Küster um ein Zündholz.
Kurz blickten sie alle in die Kerzenflamme.
»Jetzt ab mit euch nach Hause!« Der Küster richtete den Hammerstiel auf Ole. »Pass gut auf deine Freundin auf, junger Mann!«
Ole nickte.
Der Alte warf den Hammer in den Werkzeugkoffer und klappte die Leiter zusammen.

Wieder an der *Mystery*, half Ole Lilli noch schnell die Hühner zu versorgen. Lilli schob den Riegel vor die Kükenkajütentür, holte das Hexenbrett von unter Deck und verschloss die Luke.

Unten auf dem Steg zeigte sie Ole die Planchette, wickelte Hund und Kopf wieder in das Tuch und verstaute es im Geheimfach des Hexenbretts. Wieder erfasste sie ein Schauder.

Lilli gab sich einen Ruck und klemmte das Hexenbrett in ihren Gepäckträger.

»Was hast du damit vor?«, fragte Ole.

Lilli blickte ihn offen an. »Was würdest du denn damit tun?«

Ole grinste. »Es nach den Lottozahlen fragen und ein paar Millionen kassieren!«

Lilli schob ihr Rad schweigend neben ihm her über das Gras. Mitten auf der Wiese blieb Ole stehen. »Du willst das Ding loswerden, hab ich recht?«

»Mir wird das zu unheimlich«, sagte Lilli heiser. »Der Planchettenhund mit dem abgebrochenen Kopf und der geköpfte Müllershund …« Lilli starrte auf das wunderschöne Hexenbrett. »Bisher war das Ganze ein Spiel! Aber die kleine Lisbeth, die ist echt ertrunken.«

Einen Moment lang befürchtete Lilli, Ole würde sie auslachen. Aber Ole überlegte laut, auf welche Weise sie sich das Hexenbrett vom Hals schaffen könnte. »Du könntest es auf dem Flohmarkt verkaufen. Oder übers Internet verticken. Oder verschenken. Oder du verbrennst es.«

Egal, was Ole vorschlug, Lilli war einfach froh, seine Stimme zu hören.

Als sie sich oben am Feldweg verabschiedeten, schüttelten sie sich nur kurz die Hände wie Erwachsene.

Die ganze Fahrt lang überlegte Lilli hin und her. Sollte sie das Hexenbrett verschenken oder verkaufen oder einfach auf irgendeine Parkbank legen? Morgen war Müllabfuhrtag und wie dicke graue Soldaten standen die Tonnen an den Straßenrändern Spalier. Lilli hätte jederzeit anhalten können, das Hexenbrett in eine Tonne stecken und weiterfahren. Aber stattdessen überquerte sie erst mal die Nepomukbrücke und fuhr in den Eichenweg. Die Mülltonne der Röhrichs umrundend, wollte sie eben in den schmalen Fußweg einbiegen, da plumpste ihr das Hexenbrett vom Gepäckträger.

Lilli bremste. Aus ihrem Garten drang schon das freudige Bellen von Sneaker herüber. Lilli bückte sich, hob das Hexenbrett auf und steckte es kurzerhand in Röhrichs Mülltonne.

Mit dem Gefühl unbeschreiblicher Erleichterung radelte Lilli nach Hause.

Hinter dem Handwerkerauto von Lillis Vater parkte nur das Motorradgespann. Luisa war wohl immer noch in der Elternsprechstunde. Sneaker sprang Lilli schwanzwedelnd um die Beine, sie stellte ihr Rad ab und umarmte den Hund, damit er endlich Ruhe gab. Über Sneakers Schulter hinweg betrachtete sie ihr verdrecktes Fahrrad. Ölverschmierte Grashalme hatten sich um die Naben gewickelt, Lehm klebte an den Pedalen und anstatt zu glänzen, strotzten die Felgen nur so vor Schmutz. Lilli tätschelte Sneaker, erhob sich ächzend und wandte sich Richtung Haustür. Heute jedenfalls war sie viel zu erschöpft für eine Fahrradwäsche. Lilli stutzte. Leise Musik war zu hören. Sie machte einen Schritt rückwärts und blickte um den Sommerflieder herum. Das war Walzermusik. Die Terrasse lag schon im Schatten, aber durch das Westfenster fiel noch schräges Sonnenlicht ins Wohnzimmer. Lilli starrte zur Terrassentür. Hinter der Scheibe tanzte Lillis Vater Walzer. Er drehte sich sehr elegant im Dreivierteltakt. Seine zum Zopf gebundenen Haare schwangen im Takt mit. Und noch eleganter bewegte sich die Frau in seinen Armen. Nadja!

Lillis Herz klopfte, als würde sie bei etwas Verbotenem zusehen. Es klopfte aber auch, weil sie genau das sah, was sie sich so oft gewünscht und vorgestellt hatte. Ihre Eltern als Paar.

Lilli wich zurück hinter den Flieder. »Pscht, Sneaker!«, flüsterte sie, streichelte ihn und zog ihn mit sich Richtung Werkstatt. »Pscht. Wir bleiben hier draußen!«

Lilli rollte den Gartenschlauch ab, gab in der Werkstatt einen Schuss Neutralseife in einen Eimer und füllte ihn vor dem Holzlager mit Wasser. Eine Schaumhaube bildete sich und schwappte über. Lilli fuhr erst noch ihren Fahrradanhänger hinter einen Holzstapel und spritzte mit dem Schlauch den gröbsten Schmutz von ihrem Fahrrad. Dann tauchte sie den Schwamm in den Eimer und reinigte die Speichen. Lilli schrubbte, wusch und putzte, und gleichzeitig tanzten ihre Gedanken, bis ein Motorengeräusch sie total aus dem Takt brachte. Mit dem Schwamm in der Hand schnellte sie hoch. Luisas rotes Auto rollte in die Einfahrt. Sie stellte den Motor ab und bückte sich nach ihrer Schultasche. Lilli unterdrückte eine kurze Panik. Von Luisas Parkplatz aus hatte man freie Sicht auf die Terrasse.

Gleich würde sie aussteigen, unweigerlich den Blick heben und die Tanzenden entdecken. Kurz entschlossen schnappte sich Lilli den Eimer und kippte die schäumende Lauge über das Auto. Sie ließ den leeren Eimer fallen, griff nach der Spritzdüse, richtete sie auf das Terrassenfenster und drückte. Ein harter Wasserstrahl schoss gegen die Fensterscheibe. Flink drehte Lilli sich herum und sprühte den Schaum von Luisas Auto. Hinter der Fahrertür gestikulierte Luisa. Lilli stoppte das Wasser, die Autotür ging auf.

»Lilli, was sollte das denn?«

»Kleine Autowäsche?« Lilli versuchte, möglichst fröhlich zu grinsen.

»Ich komm grad aus der Waschanlage!« Kopfschüttelnd warf Luisa die Fahrertür zu und wies auf ihr tropfendes Auto. »Und jetzt sieh dir das an!«

Lilli blickte scheinbar zerknirscht auf das Auto. In Wahrheit aber lauschte sie erleichtert Richtung Wohnzimmer. Die Walzermusik war verstummt.

Lilli träumte wirres Zeug von zwei Bildhälften, die sie zusammenkleben wollte, aber der Leim war dünn wie Wasser, und die Schraubzwingen waren entweder zu groß oder zu klein. Lilli blinzelte. Die Sonne schien in ihr Zimmer. Nur schleppend verflüchtigte sich die Realität des Geträumten. Lilli tastete nach ihrem Wecker, fand ihn erst nicht, entdeckte ihn dann aber auf dem Boden liegend. Sie musste ihn im Schlaf vom Regal gestoßen haben. Es klopfte und gleichzeitig kam Luisa zur Tür herein. Sie hatte ihre Schultasche in der Hand und trug eine bunte Sommerbluse. »Du hast heute zwar erst ab der dritten Stunde Unterricht, aber wenn du schon mitfahren willst, ich fahr mit dem Auto.« Luisas Geruch, halb Schule, halb Parfüm erreichte Lillis Nase.

Manchmal verbrachte Lilli ihre Freistunden in der Schulbibliothek, aber jetzt schüttelte sie nur den Kopf. Luisa trat kurz an ihr Bett. »Heute werden unsere Kleider für die Hochzeit geliefert und ich hab bis abends Seminarlehrersitzung.« Sie strich Lilli über die Haare. »Der Bräutigam darf das Brautkleid vor der Hochzeit nicht sehen, also musst du darauf achten, dass Stefan das Paket nicht aufmacht. Das ist Brautjungfernjob!«

Wer etwas gegen diese Verbindung einzuwenden hat, der spreche jetzt oder schweige für immer, dachte Lilli verwirrt. Aber weder sprach sie jetzt noch schwieg sie für immer. Sie nickte nur.

Gleich nachdem Luisa weg war, zog Lilli sich an. Von draußen hörte man das Motorengeräusch des Müllautos und das Klappern der Tonnen. Noch immer war Lilli erleichtert, sich des Hexenbretts entledigt zu haben.

In der Küche empfing sie der Duft von Zimt, als wäre Weihnachten. Nadja und Lillis Vater standen am Herd. Nadja schnitt Weißbrotscheiben, Lillis Vater verrührte Eier. In der Pfanne brutzelten bereits Arme Ritter.

Die Morgensonne ließ die Kristallvase auf dem Fensterbrett Funken sprühen. Ein bunter Lichtfleck leuchtete auf der Tischplatte. Lilli setzte sich und versuchte, den kleinen Regenbogen mit der Hand zu fangen.

Sie schloss die Augen, Lichtpunkte glühten hinter ihren Lidern. Und als Lilli die Augen wieder öffnete, standen ihr Vater und Nadja noch immer in der Küche. Sie redeten und lachten und streuten gleichzeitig Zimt und Zucker über Lillis Arme Ritter.

Aus der Werkstatt hörte Lilli das Dröhnen der Hobelmaschine. Sie lief an der geschlossenen Werkstatttür vorbei und holte die geleerte Mülltonne von der Straße herein.

Ein Lieferwagen hielt vor der Einfahrt, der Fahrer stieg aus und

tippte auf seinem Handscanner herum. »Ich hab ein Paket für Luisa Wilhelms. Ist das deine Mutter?«
Lilli nickte und malte eine unleserliche Unterschrift auf den hingehaltenen Handscanner. Der Fahrer wuchtete das Paket aus dem Transporter, stellte es Lilli vor die Füße und warf die Autotür wieder zu. Er fasste sich grüßend an sein Käppi und fuhr davon.
Lilli trug das Paket ins Haus, durch den Flur und die Treppe hinauf. Sie öffnete die Tür, blieb dann aber vor ihrem Zimmer stehen und betrachtete nachdenklich die Aufschrift auf der Schachtel. *Brautmoden*.
Lilli griff sich den Haken aus der Ecke, angelte damit nach der von der Decke baumelnden Schlaufe und klappte die ausziehbare Dachbodentreppe herunter. Dann fasste sie unter das Paketband und schleppte die Schachtel auf den Dachboden. Oben schob sie ihr ausrangiertes Kinderfahrrad beiseite. Dahinter stand ihre alte Sandkiste, die die Form einer Muschel hatte und mittlerweile ganz verblichen war. Lilli hob den Deckel der Sandmuschel hoch und legte die Schachtel hinein. Es war heiß und stickig auf dem Dachboden. Lilli wischte sich den Schweiß von der Stirn und klappte den muschelförmigen Deckel aus blauem Plastik wieder über den Sandkasten. Kurz öffnete sie das Dachfenster, von hier aus konnte sie über die Dächer bis zur Turmuhr sehen. Wenn sie nicht zu spät in die Schule kommen wollte, musste sie sich nun beeilen.
Lilli rief noch ein »Tschüs, muss zur Schule« zu Nadja ins Wohnzimmer und lief aus dem Haus. Von ihrem Vater, der noch im-

mer mit Ohrschützern an der Hobelmaschine stand, verabschiedete sie sich mit einem Winken.
Dann stieg sie auf ihr blitzblankes Fahrrad und radelte durch den schmalen Fußweg. Hier hätte sie eigentlich schieben müssen, aber sie hielt sich nicht daran, schließlich hatte sie es eilig. Lilli trat in die Pedale, legte sich in die Kurve und sauste auf den Eichenweg. Im Vorbeifahren erhaschte sie noch einen Blick auf die Mülltonne der Nachbarn. Kopfüber stand sie zum Trocknen im Garten. Die Nachbarn mochten es gern keimfrei, deshalb brachte Herr Röhrich sofort nach der Leerung seinen Hochdruckreiniger zum Einsatz.
Lilli hielt weder auf der Nepomukbrücke noch am Stadtbrunnen an und schaffte es gerade noch pünktlich zum Stundengong ins Klassenzimmer.
In der großen Pause hockten die *Wilden Küken* wieder mit den *Grottenolmen* zusammen unter der Kastanie. Lilli erzählte, dass sie das Hexenbrett weggeworfen hatte, und berichtete von ihrer gestrigen Begegnung mit dem Küster. Oles Briefchen erwähnte sie nicht und stellte ihr Treffen als rein zufällig dar. Ole war das offensichtlich ganz recht, denn er machte keine Anstalten, Lillis Ausführungen zu ergänzen oder richtigzustellen. Erleichtert, sich nicht vor den anderen für ihr heimliches Treffen mit ihm rechtfertigen zu müssen, schloss Lilli ihren Bericht. »Alles passt zusammen. Der geköpfte Hund auf den Bildhälften, das Gemälde in der Kapelle und das Grab auf dem Waldfriedhof.«
Bob schluckte. »Diese Lisbeth ist also vor hundert Jahren im Schlangenbach ertrunken.«

»Es war richtig, das Hexenbrett wegzuwerfen«, murmelte Enya und Very nickte.

Little strich seine Haare glatt. »Ersticken durch Einatmen von Wasser: Ertrinken gehört bei Kleinkindern zu den häufigsten Todesursachen.«

In dem Pausenlärm saßen alle sieben schweigend auf der Leopardendecke wie auf einer Insel der Stille. Sogar Mitch hielt die Klappe.

Nach der Schule wollte Lilli Nadja fragen, ob sie nicht Lust hätte, mit ihr ins Schwimmbad zu fahren, aber Nadja war gar nicht da.

»Sie ist mit einer Choreografin verabredet, die hier fürs Stadttheater arbeitet«, sagte Lillis Vater und goss die Nudeln ab. »Es gibt Schinkennudeln. Nur für uns zwei, wie früher.«

Nach dem Essen machte Lilli Hausaufgaben und danach staubsaugte sie freiwillig das Wohnzimmer. Sie schaltete die Stereoanlage ein, Walzermusik ertönte, und Lilli saugte im Dreivierteltakt.

Auf der Suche nach ihrem Indianerbuch lief Lilli in die Küche. Ihr Vater saß am Tisch und telefonierte.

Lilli fand ihr Buch auf der Fensterbank und wollte schon wieder in ihr Zimmer, da kam Luisa herein.

Lillis Vater legte auf. »Das mit dem Partyservice geht klar, Luisa!« Er strich einen Punkt auf der vor ihm liegenden Liste.

»Wie schön, wenn wenigstens überhaupt noch was funktioniert!«, sagte Luisa und knallte ihre Schulmappe auf den Tisch. »Voraussetzung für das Verfassen eines Lehrplans ist scheinbar absolute Ahnungslosigkeit.« Wie immer, wenn Luisa von einer Seminarlehrersitzung zurückkam, war sie sauer auf das Schulsystem. »Wer Richtlinien aufstellen will, sollte doch wenigstens mit der fachlichen Diskussion der letzten Jahre vertraut sein.« Sie strich das Tischtuch glatt. »Und dann ist auch noch mein Auto ewig nicht angesprungen.«

Lillis Vater umarmte Luisa tröstend.

Lilli wollte sich eben verdrücken, aber Luisa folgte ihr in den Flur und flüsterte heimlichtuerisch: »Ist es gekommen?« Sie zwinkerte. »Du weißt schon?«

Lilli schüttelte den Kopf und lief mit schlechtem Gewissen hinauf in ihr Zimmer. Dort legte sie sich auf ihr Bett und las das ganze Indianerbuch zu Ende.

Es wurde schon dunkel, als Lilli ins Wohnzimmer hinunterlief. Sneaker döste unter dem Couchtisch. Nadja war offensichtlich noch immer nicht zurück und Luisa war auch nirgends zu sehen. Das ganze Haus schien still und verlassen. Nur aus der Werkstatt drang noch Maschinenlärm.

Leise drückte Lilli die Werkstatttür auf. Ihr Vater stand an der Bandschleifmaschine. Er trug seine Arbeitsbrille und die Ohrschützer. Aus der kaputten Absaugung der Maschine wirbelte Staub.

Wie von allein wanderten Lillis Füße zu ihrer Kiste. Alles schien wie immer, gleich würde Lilli es sich in den Hobelspänen gemüt-

lich machen und ihrem Vater bei der Arbeit zusehen. Aber was war das? Lilli blinzelte verwirrt. In der Kiste lag schon jemand! Luisa hatte ihre Arme um die angezogenen Knie geschlungen und schlief mit halb offenem Mund. Ihr Jogginganzug war voller Sägemehl und in ihren Haaren zitterte ein Holzspan.
Lillis Vater schaltete die Schleifmaschine ab.
Jetzt hörte Lilli Luisa leise schnarchen.
»Jetzt macht sie es schon wie du!« Ihr Vater legte seine Hand sanft auf Lillis Schulter. »Kuschelt sich in die Späne und vergisst ihre Sorgen.«
Lilli betrachtete die schlafende Luisa und wusste, was sie zu tun hatte. Sie musste nicht sprechen und auch nicht schweigen. Sie musste handeln!
»Eigentlich ist das dein Platz!« Ihr Vater ließ Lillis Schulter los. »Soll ich sie wecken?«
»Lass sie ruhig noch ein bisschen schlafen!«, sagte Lilli und lief zurück ins Haus, klappte die Dachbodentreppe herunter und kletterte nach oben.
Sie stolperte über eine kleine Kiste, stieß ihr altes Kinderfahrrad beiseite und holte die Schachtel aus der Sandmuschel.
In diesem Moment knarzte die Ausziehtreppe.
Lilli fuhr herum.
»Lilli, bist du das?« Nadjas Gesicht erschien in der Bodenluke. »Was tust du denn hier oben?«
Lilli hielt das Brautmodenpaket umklammert und wusste nicht, was sie sagen sollte.
Nadja las die Aufschrift auf der Schachtel, kratzte sich mit dem

Zeigefinger an der Nase und hockte sich dann auf einen umgedrehten Blumentopf. Sie stellte Lillis wackligen Kinderstuhl neben sich und klopfte auffordernd auf die Sitzfläche. Lilli nahm auf dem viel zu kleinen Stuhl Platz. Die Schachtel stand wie eine Mauer zwischen ihnen.

»Versteckst du die vor Stefan oder vor Luisa?«, fragte Nadja. Lillis Hände strichen über die Armlehnen ihres Kinderstuhls. »Ich hab euch tanzen gesehen«, sagte sie mit belegter Stimme. »Gestern im Wohnzimmer.«

»Ich bringe Stefan Walzer bei, damit er auf der Hochzeit mit der Braut den Tanz eröffnen kann!« Nadja lachte. »Aber kein Wort zu Luisa, das soll eine Überraschung sein.«

Lilli nickte. »Ich dachte, dass du und Papa, dass ihr vielleicht wieder verliebt seid, und deshalb hab ich Luisas Brautkleid hier oben versteckt …«

Nadja strich ihr über die Locken.

»Ich dachte, ohne Brautkleid keine Hochzeit.« Lilli wischte sich über die Augen und schniefte. »Dabei muss ich die Braut doch unterstützen.« Sie stand auf. »Ich bin schließlich Brautjungfer.«

»Und ich Trauzeugin!«, sagte Nadja verschwörerisch. Sie nahm die Brautmodenschachtel und verließ damit den Dachboden. Als Lilli die Treppe hochklappte, sauste Nadja bereits zur Haustür hinaus.

Keine drei Minuten später kamen Luisa und Lillis Vater aus der Werkstatt. Lillis Vater ging unter die Dusche und Luisa wusch in der Küche Tomaten fürs Abendessen. Da klingelte es auch schon.

»Wer kann das jetzt so spät noch sein?« Luisa griff nach dem Küchenhandtuch. Der Holzspan hing noch immer in ihren Haaren.

»Ich geh schon!«, rief Lilli.

Draußen drückte ihr Nadja augenzwinkernd die Schachtel in die Hand und huschte um den Flieder herum Richtung Terrasse.

Sich die nassen Hände abtrocknend, erschien Luisa in der Haustür.

»Expresslieferung!«, sagte Lilli und schleppte das Paket ins Haus.

Gleichzeitig witschte Nadja durch die offene Terrassentür ins Wohnzimmer.

Luisa und Lilli trugen die Schachtel hinauf in Lillis Zimmer. Dort raschelten sie mit dem Seidenpapier und halfen sich gegenseitig mit Knöpfen und Reißverschlüssen.

Beide Kleider passten wie angegossen. Luisa strahlte wie eine glückliche Braut und Lilli strahlte auch.

Lilli und Luisa schaukelten in der Hängematte hin und her. Luisa probierte verschiedene Frisuren aus, und Lilli sollte sagen, welche Art ihr besser gefiel. Mal türmte Luisa sich die Haare hoch, mal hielt sie sie streng nach hinten. »Oder besser so seitlich über die Schulter?«

Das Tor der Einfahrt quietschte, eine Autotür wurde zugeschlagen, und Lillis Vater stapfte entschlossen durch den Garten.

»Papa?!«, rief Lilli. »Wie siehst du denn aus?«

Luisa hielt sich entsetzt die Hand vor den Mund und wäre fast aus der Hängematte gekippt.

Die Haare von Lillis Vater hingen ihm weder ins Gesicht, noch waren sie im Nacken zu einem Zopf zusammengebunden. Sie waren abgeschnitten! Er hatte einen feschen Kurzhaarschnitt und sah damit so fremd aus, dass Lilli immer wieder hinschauen musste und es doch nicht glauben konnte.

Ihn selbst schien seine neue Frisur wenig zu kümmern. Luisas entsetzten Blick ignorierend, eilte er mit vorgeschobenem Kinn auf die Hängematte zu. »Luisa Maria Friederike Wilhelms …«

Er fiel auf die Knie. »Du bist der Mensch, mit dem ich alt werden will, dein Gesicht will ich als Letztes sehen, wenn ich einschlafe, und als Erstes beim Aufwachen, und ich liebe dich dafür, dass du bist, wie du bist und deshalb möchte ich den Rest meines Lebens …«

Luisa sprang aus der Hängematte. »Was hast du nur mit deinen schönen Haaren gemacht, du, du, du …«

Ohne zu sagen, wofür sie ihn hielt, boxte sie ihn nur auf den Oberarm und rannte Richtung Terrasse.

Lilli verzog das Gesicht zu einem schiefen Grinsen. »Na, das war ja mal voll romantisch, Papa!«

»Das hab ich beim Friseur in so einer Zeitschrift gelesen!« Er stand auf, rieb sich den Oberarm und schaute schmollend hinter Luisa her.

»Seh ich wirklich so schlimm aus?« Seufzend setzte er sich zu Lilli in die Hängematte.

»Nein!« Lilli versuchte, ernst zu bleiben.

Ihr Vater seufzte noch mal. »Luisa sieht sicher toll aus in ihrem Hochzeitskleid, oder?«

»Guter Versuch!« Lilli stemmte sich aus der Hängematte.

»Jetzt sag schon!«

»Brautjungferngeheimnis!«, sagte Lilli und lief zu ihrem Fahrrad.

Ihr Vater kratzte sich am kurz geschorenen Hinterkopf und folgte Luisa ins Haus.

»Ich fahr noch zur Weiherwiese!«, rief Lilli ihm nach.

»Ist gut«, ertönte die Stimme ihres Vaters aus dem Wohnzimmer. »Nimm Sneaker mit!«

Lilli montierte die Deichsel ihres Fahrradanhängers an den Ge-

päckträger und pfiff einmal laut auf den Fingern. Sofort kam Sneaker angewetzt. Lilli schlug die Plane hoch und starrte voller Entsetzen in den Anhänger.
Als hätte man ihr in die Magengrube geschlagen, blieb ihr die Luft weg. Immer schneller toste der Herzschlag in ihren Ohren. Auf der Hundedecke lag das Hexenbrett.
Sneaker sprang in den Anhänger und blickte Lilli abwartend an. Vor Aufregung zitternd, zog Lilli ihr Handy aus der Tasche und tippte das Wort *Schiffsalarm*. Sie schickte die SMS an ihre Freundinnen, zögerte kurz und verschickte danach noch eine weitere Nachricht.

Im Bandenbuch der *Wilden Küken* waren verschiedene Arten von Alarm verzeichnet. Es gab Bobalarm, Lillialarm, Enyaalarm und Veryalarm. Es gab auch einen Eisalarm und in den letzten Ferien hatte Very sogar mal einen Bikinialarm ausgelöst.
Wenn man aber unter *Schiffsalarm* nachschlug, dann stand da in Geheimschrift: *Alle Wilden Küken sofort zur Mystery kommen.*
Als Lilli an der *Mystery* ankam, warteten Enya und Very gemeinsam mit den *Grottenolmen* schon auf dem Steg. Bob stellte soeben das alte Fahrrad der *Gelateria* ab, scheinbar war ihr frisch lackiertes Flohmarktrad noch immer nicht trocken.
Die Nachmittagshitze flirrte über dem Weiher, absterbende Algen und Schlamm klebten an den Schilfhalmen. Der Wind wehte einen leicht fauligen Geruch über die Wiese.
Nicht nur die *Wilden Küken*, sondern auch die *Grottenolme* bestürmten Lilli mit Fragen.

Anstatt zu antworten, holte Lilli das Hexenbrett aus dem Anhänger. »Es ist wieder da!« Noch während sie es sagte, bekam sie eine Gänsehaut.

Sneaker döste in der Sonne. Die beiden Banden aber hatten sich in den Schatten der Weide zurückgezogen. Zu siebt hockten sie auf der Leopardendecke der Jungs um das Hexenbrett herum und beratschlagten.

»Wir packen eine Ladung Silvesterböller drum herum, kippen Benzin drüber ...« Mitch tat, als würde er an einer Zigarette ziehen und sie auf das Hexenbrett werfen. »Und Krawumm!«

»Krawumm«, wiederholte Very und gab Mitch eine Kopfnuss.

»Wir könnten es vergraben!«, schlug Enya vor. »Sozusagen beerdigen.«

»Das ist logisch nicht zu erklären, nicht logisch«, murmelte Little mehrmals halblaut vor sich hin. »Das ist nicht logisch.«

Bob blickte sorgenvoll zu ihm. Er lehnte am Stamm der Weide und stierte mit bleichem Gesicht auf das Brett. »Nicht logisch.«

»Little!« Bob rüttelte ihn am Arm. »Was hast du denn?«

Little konzentrierte sich. »Ich hab geweitete Pupillen, eine beschleunigte Herzfrequenz und eine erhöhte Reaktionsgeschwindigkeit.«

»Das heißt, er hat Angst!«, übersetzte Ole.

Little presste sich noch fester gegen den Stamm der Weide und sah nicht gerade nach erhöhter Reaktionsgeschwindigkeit aus.

Lilli wandte sich an Ole und bemühte sich, sachlich und erwachsen zu klingen. »Und was hältst du von der Sache?«

»Wenn das ganze kein neuer Trick von euch ist, dann ist das wirklich unheimlich.« Ole dachte kurz nach. »Wenn wir wissen wollen, weshalb das Hexenbrett wieder aufgetaucht ist, gibt es nur einen Weg, das herauszufinden.«

Lilli wusste, was er meinte. Sie fuhr sich über den verschwitzten Nacken unter ihren Locken. Trotz der drückenden Hitze, die den ganzen Nachmittag schon herrschte, hatte Lilli eiskalte Finger. »Also gut, wir befragen es! Einverstanden?«

Alle nickten. Auch Little.

Lilli holte das Tuch aus dem Geheimfach und wickelte die Planchette aus. Den abgetrennten Kopf legte sie auf die Leopardendecke, den geflügelten Rumpf auf das Hexenbrett.

Very verschob den Höllenhund, sodass seine ausgestreckte Kralle auf *Hello* zeigte.

»Da ist Norden!« Enya drehte das Brett, bis die Nordspitze der Windrose in die richtige Richtung wies.

Lillis Mund wurde ganz trocken. »Welchen Verstorbenen soll ich anrufen?«

Fast hoffte Lilli darauf, dass jemand einen Witz machen würde, aber niemand sagte »Großonkel Heribert« oder »Schwester Gertrudis«. Alle schwiegen.

Und Lilli wusste, was das bedeutete. Alle dachten den gleichen Namen wie sie. Lisbeth.

Ole setzte seinen Finger auf die Planchette. Auch Mitch, Very und Enya berührten den Höllenhund. Lilli legte ihren Finger neben den von Ole und fühlte sich wie elektrisiert. Zuletzt folgten die Finger von Bob und Little.

Lilli schluckte und sprach dann mit heiserer Stimme: »Lisbeth, ich rufe dich.«

Ein Windstoß fuhr rauschend in die Weide. Über dem Keltenwald türmten sich dunkle Wolken auf. Und, als würden sich auch in ihrem Kopf dichte Nebel ballen, fiel Lilli nicht mehr ein, was sie fragen wollte. Sie sammelte sich kurz und murmelte: »Lisbeth, was willst du von uns?«

Lilli fühlte Oles Finger zucken, dann bewegte sich die Planchette. Als Lilli versuchte, sie mit dem Finger in eine bestimmte Richtung zu lenken, spürte sie einen kräftigen Widerstand. Wie vom Mehrheitswillen dazu gezwungen, nahm die Planchette immer wieder einen anderen Kurs und fuhr unkoordiniert herum. Aber ganz allmählich wurde aus dem Zucken ein Gleiten. Lillis Finger fühlte sich vor Anspannung schon ganz taub an.

Mit allen sieben Fingern auf dem Rücken steuerte der Höllenhund nacheinander drei Buchstaben an. *M*, *O*, *L*. Dann rutschte er noch einmal über das Brett und blieb, die Kralle auf das *A* gerichtet, stehen.

Plötzlich zuckte ein Blitz über den Himmel, und alle sieben Geisterbeschwörer fuhren erschrocken hoch und zogen ängstlich die Köpfe ein, als kurz darauf der Donner folgte. Einzelne schwere Tropfen platschten ins Gras.

Ole, Bob, Very und Mitch packten schnell das Hexenbrett und alle anderen Sachen zusammen. Winselnd sprang Sneaker in die Mitte der Decke und ließ die Ohren hängen. Wie in einem Sack schleppten Ole und Mitch ihn in der Decke an Bord der *Mystery*.

Olme, *Küken* und Hund hockten im Bauch des Schiffes, während der Regen über ihnen auf die Planken prasselte.
»Schon komisch.« Enya schaute durchs Bullauge. »Es hat nur einmal geblitzt und gedonnert.«
»Das ist eben kein richtiges Gewitter, sondern nur ein Wolkenbruch!«, sagte Bob.
Little hüllte sich in eine Decke. »Oder es war Lisbeth!«
Lilli zündete eine Kerze an.
»Was könnte das denn heißen?« Very wickelte die Planchette wieder in das Tuch. »M, O, L, A?«
»Ich weiß es!« Mitch machte ein Gesicht, als würde er in Mathe ausgefragt. »Es heißt: *M*öchte *O*le *L*illi *a*bknutschen?«
»Depp«, sagte Ole. »Will ich nicht!«
Einen Moment lang ärgerte sich Lilli mehr über Oles Antwort als über Mitchs Anspielung.
Very warf ein Bonbonpapier nach Mitch. »M, O, L, A ist die internationale Abkürzung für *M*itch *o*berster *L*iebes-*A*ffe!«
Alle lachten, sogar Mitch.
Nur Little blieb ernst. »Im Lateinischen bedeutet es Mühlstein.« Er zog die Decke noch fester um sich. »*Mola* der Mühlstein und *molae* die Mühle.«
Alle starrten Little an.
»Du meinst, Lisbeth will, dass wir …« Ohne den Satz zu vollenden, blickte Bob in die Runde, als hätte sie lauter Irre vor sich.
»Ihr wollt doch jetzt nicht zur alten Mühle?«
»Bei dem Sauwetter macht das echt keinen Spaß!« Mitch verschränkte die Arme.

Lilli war sich nicht sicher, ob es nur das Wetter war, was den obersten Liebes-Affen abhielt.
Ole wandte sich an Lilli. Wie sie vorhin unter der Weide, war auch er jetzt um einen sachlichen Ton bemüht. »Und was hältst du von der Sache, Lilli?«
»Bei dem Wetter hat es tatsächlich keinen Sinn«, entschied Lilli. »Aber, wenn es morgen nicht regnet, geh ich auf alle Fälle noch mal hin. Wer geht mit?«
Ole hob die Hand fast gleichzeitig mit Very und Enya. Mitch und Little folgten. Bob schüttelte den Kopf, meldete sich aber ebenfalls.
»Passwort *Mühlstein*!«, sagte Lilli, und niemand protestierte.

So plötzlich es angefangen hatte zu regnen, so plötzlich hörte es auch wieder auf.
Ole und Little verabschiedeten sich als Erste, sie mussten schließlich nur das kurze Stück bis Gut Feldberg fahren.
Die *Wilden Küken* begleiteten erst Mitch und dann Enya, die beide am Stadtrand wohnten.

Lilli, Bob und Very brachten Enya bis ans Gartentor.
»Hallo, Enya! Hallo, Freundinnen von Enya!« Enyas Vater kniete mit einer Bohrmaschine in der Hand auf dem Garagendach. »Was für ein Wolkenbruch!« Herr Morawski warf ein Stück alte Dachpappe ins Gras. »Die ganze Garage ist überschwemmt.«
Frau Morawski kam soeben aus dem Haus und zerrte Mark hinter sich her. »Keine Widerrede, du hilfst deinem Vater jetzt!«

»Hi, Mark!«, rief Herr Morawski erfreut.
Mark reagierte nicht.
»Wir können auch helfen!«, sagte Bob.
»Vielen Dank, aber wir schaffen das schon!« Frau Morawski griff sich Eimer und Putzlappen und verschwand in der Garage.
Gespannt beobachtete Enya ihren Bruder und flüsterte Lilli zu: »Mark hat bisher kein Wort mit Papa gesprochen!«
Herr Morawski zeigte auf die Werkzeugbox am Fuße seiner Leiter. »Gibst du mir mal einen achter Bohrer, Mark!«
Mark tat, als hätte er ihn nicht gehört.
»Mark!« Herr Morawski kletterte bis vor zur Regenrinne. »Die Bohrer stecken da seitlich.«
Lilli, Bob und Very wollten sich eben von Enya verabschieden, aber die lief zu der Box, holte einen Bohrer raus und reichte ihn hinauf zu ihrem Vater. Herr Morawski legte den Bohrer neben die Bohrmaschine und richtete sich auf.
»Hey, Mark, weißt du noch?!« Oben auf dem Garagendach fing Herr Morawski jetzt plötzlich an, Luftgitarre zu spielen. »Jetzt du!« Er tat, als würde er die unsichtbare Gitarre zu seinem Sohn hinunterreichen, aber Mark kickte nur verächtlich gegen die Werkzeugbox.
Herr Morawski kletterte die Leiter herunter. »Bist du eigentlich in einer Band?«
Mark wollte abhauen, aber Herr Morawski hielt ihn zurück.
»Mark, hör mal, es tut mir weh, dass ich nur noch so wenig von dir weiß.« Er suchte nach Worten. »Ich war lange weg, aber ich bin immer noch dein Vater und …«

»Ich brauch keinen Scheißvater!« Mark riss sich los. »Hau bloß ab!« Mark packte die Jacke seines Vaters, die über einem Gartenstuhl hing, und warf sie ihm vor die Füße. »Wir wollen dich hier nicht, geh zurück zu deiner Schlampe, los, verschwinde und hör auf, hier den …!«
Weiter kam er nicht, weil Enya ihrem Bruder jetzt eine schallende Ohrfeige gab.
»Enya! Was fällt dir ein?« Frau Morawski stand in der Garagentür. »Du hast ab sofort Hausarrest! Ab mit dir!«
Enya blickte verzweifelt ihrem Bruder nach, der zu seinem Rad lief.
»Und du bleibst hier, Mark!«, schrie Frau Morawski.
Aber Mark sprang auf sein Rad, rief seiner Mutter noch zu: »Ich treffe mich mit Arvin und Tjorben!« Und fuhr davon.
»Hausarrest?« Herr Morawski hob seine Jacke auf und blickte unsicher zu Enyas Mutter. »Meinst du nicht, wir sollten da alle noch mal drüber reden, Manuela?«
»Du hast hier gar nichts zu sagen!« Frau Morawski trocknete sich die Hände an ihrer Schürze ab. »Das ist meine Sache!«
Enya verschwand wortlos im Haus.
»Enya, warte …!« Frau Morawski lief Enya hinterher. Von drinnen hörte man eine Tür schlagen.
Herr Morawski lächelte verloren zu Lilli, Bob und Very, von denen in der Aufregung niemand mehr Notiz genommen hatte. Betroffen machten sich die Freundinnen auf den Heimweg.

Lilli und Very trafen sich am Stadtbrunnen und radelten dann gemeinsam weiter zur *Gelateria*, um Bob abzuholen. In der Schule hatte Enya ihren Freundinnen versichert, dass sie sich keine Sorgen machen müssten. Sie fände es zwar doof, dass sie nicht zum Bandentreffen kommen könnte, aber ihr Vater würde am Garagendach weiterarbeiten, und ihre Mutter hätte ihr, trotz Hausarrest, erlaubt, ihm dabei zu helfen. »Irgendwie gehört die Garage ja zum Haus«, hatte Enya gesagt und gelacht.
Es war ein strahlend schöner Sommertag und viele der Tische vor und in der Eisdiele waren besetzt. Und obwohl Lilli vom Mittagessen noch satt war, überlegte sie kurz, ob sie sich nicht doch noch ein kleines Pistazieneis gönnen sollte. Aber da kam Bob auch schon neben der Eisdiele aus der Durchfahrt. Sie hatte einen bunten Sommerhut auf dem Kopf, trug eine Sonnenbrille auf der Nase und schob das schönste Fahrrad der Welt auf den Bürgersteig.
Es hatte große Reifen, einen breiten Lenker und einen niedrigen Sattel, und es passte zu Bob, als wäre dieses Rad eigens für sie gemacht worden. Der Rahmen war grün grundiert, aber bei näherem Hinsehen konnte man eine Wiese aus den verschie-

densten Grüntönen erkennen. Eine Wiese, auf der sich lauter kleine gelbe Küken tummelten. Manche hatten einen Schal um und steckten in Schlittschuhen, andere hatten Badeanzüge an oder trugen Taucherbrillen auf dem Kopf. Ein Küken sah aus wie ein Cheerleaderküken, ein anderes hielt ein Strickzeug zwischen den Flügelchen und eines mit gelockten Federn tanzte. Und vorne auf den Lenkstangenschaft waren vier ganz winzige Küken gemalt, die zusammen in einem Boot saßen.
»*Avanti!*«, rief Bob. »Worauf warten wir noch?!« Sie trat in die Pedale und fuhr so schnell stadtauswärts, dass Lilli und Very kaum mithalten konnten.

Wie verabredet, erwarteten die *Grottenolme* die *Wilden Küken* auf der Landstraße hinter Gut Feldberg.
»Hast du es dabei?«, fragte Ole.
Lilli öffnete kurz die Plastiktüte in ihrem Fahrradkorb, sodass Ole einen Blick auf das Hexenbrett werfen konnte.
Er und Little sahen aus wie immer, aber Mitch hatte sich voll als Geisterjäger ausstaffiert. Er trug eine Stirnlampe, hatte seine Wasserpistole umhängen und steckte in einem goldenen Umhang aus Metallfolie. Stolz ragte sein Kopf aus dem Schlitz, den er in die dünne Rettungsdecke geschnitten hatte. Mitch machte sein Heldengesicht und klopfte auf seine Waffe. »Kein Monster aus irgendeiner Paralleldimension wird einen Ghostbuster vollschleimen, der einen Positronen-Kollidierer hat!«
»Schicker Poncho!«, Very zupfte lächelnd an der glitzernden Metallfolie.

»Das schirmt die ektoplasmatische Strahlung ab!« Mitch holte eine noch verpackte Rettungsdecke aus der Tasche und drückte sie Very in die Hand. »Für dich hab ich auch eine!«
»Kleine Gescheeeenke!«, leierten Lilli und Bob wie aus einem Mund.
Very streckte den Freundinnen scherzhaft ihre spitze Zunge heraus und schob die Rettungsdecke in die Tasche. Ihre Wangen sahen fast ein bisschen rot aus.
»Passwort *Mühlstein*«, sagte Ole und lächelte Lilli zu.
Lilli lächelte zurück und schwang sich auf ihr Fahrrad.

Vor der Kapelle parkten drei Lieferwagen vom Partyservice und mehrere Leute in Overalls bauten auf dem Vorplatz Tische und Bänke auf.
Insgeheim war Lilli ganz froh, dass hier außer ihnen noch andere Leute waren.
Sie fuhren nicht vor bis zum Zaun, sondern seitlich in den Wald hinein. Dort stellten sie ihre Räder ab und wollten eigentlich im Schutz der Bäume hinten um den alten Waldfriedhof herum zur Mühle schleichen, aber Mitch marschierte stattdessen schnurstracks auf die Kapelle zu.
»Mitch?!«, zischte Ole.
Aber zu spät, die Leute vom Partyservice hatten Mitch schon entdeckt und schmunzelten über sein Outfit. Ein junger Mann im Overall hob die Hand zum Gruß und spreizte dabei Ring- und Mittelfinger so, dass ein *V* entstand. »Lebe lang und in Frieden, Außerirdischer.«

Mitch erwiderte den Gruß und verschwand in der Kapelle, um kurz darauf mit einem zufriedenen Grinsen wieder herauszukommen.
»Was sollte das denn?«, fragte Ole ärgerlich, als Mitch wieder zu ihnen stieß.
»Weihwasser!« Mitch strich grinsend über seine Spritzpistole. »Das verbrutzelt sogar Vampire!«
Lachend überquerten sie die Bohlenbrücke und stiegen über den Maschendrahtzaun. Lilli gab Very kurz die Plastiktüte mit dem Hexenbrett zum Halten und hob das umgefallene *Betreten-verboten*-Schild mit dem aufgemalten Totenkopf hoch. »Hier, euer Piratenschild!«
»Das ist doch euer Schild!«, sagte Ole und rammte den Pflock wieder in den Boden.
Diskutierend, wer jetzt den Totenkopf gemalt hatte, die *Olme* oder die *Küken*, marschierten sie auf die alte Mühle zu.
Sie hatten die Staumauer noch nicht ganz erreicht, da fing Bob plötzlich an, wie wild um sich zu schlagen.
»Hat dich ein psychokinetisches Energiefeld erwischt?«, rief Little besorgt.
»Nein!« Bob peitschte sich mit ihrem Sommerhut auf die Waden. »Mücken!«

Einen Augenblick lang standen sie alle zögernd vor der Mühle. Eine Libelle schwirrte vorbei, über ihnen malte ein Flugzeug einen weißen Streifen in den blauen Himmel.
Lilli betrachtete das Mühlrad und das aufgestaute Wasser des

Baches. Hier war vor hundert Jahren Lisbeth ertrunken. Und es war dieses verwitterte Mühlrad, das dem Hund der Müllersleute den Kopf abgequetscht hatte. Lillis Bereitschaft, den Geist des toten Mädchens zu beschwören, schwand immer mehr.
Schweigend betraten sie die Mühle.

Lilli holte das Hexenbrett aus der Plastiktüte und legte es auf die zerbrochene Marmorplatte des alten Waschtischs.
Als wäre es allein durch die Präsenz des Hexenbrettes im Raum dunkler geworden, schaltete Mitch seine Stirnlampe ein und auch Bob und Very holten Taschenlampen aus ihren Rucksäcken.
»Wir sehen uns erst um!«, entschied Lilli.
Sie trat zu einem der Fenster und riss den zerschlissenen Sack weg, den sie erst vor ein paar Tagen hier angebracht hatte. Goldener Staub wirbelte im hereinfallenden Licht.
Mitch spritzte mit seiner Pistole Weihwasser in alle Ecken. »Sicher ist sicher!«
Vorsichtig überstieg Lilli die morsche Stufe. Leise knarrte die Dachbodentür. Die Eule hockte auf ihrem Balken und wandte, als sei sie verärgert über die Störung, den Kopf. Ole, Very, Bob und Little drängten sich hinter Lilli in der Dachbodentür.
»Ich glaub, das ist eine Waldohreule!«, flüsterte Ole.
»Eine der häufigsten Eulen in Mitteleuropa!«, sagte Little tonlos. »Die können fast dreißig Jahre alt werden.«
Lilli besah sich den großen Vogel zum ersten Mal in Ruhe. Sein graubraun gezeichnetes Gefieder, seine starken Krallen und vor

allem die gelb geränderten Augen. Müde blinzelte die Eule und drehte dann den Kopf Richtung Giebelfenster, als würde sie abwägen, ob der unliebsame Besuch das Verlassen ihres Schlafplatzes wirklich nötig machte. Fast widerwillig schlug sie mit den Flügeln, stieß sich ab und flatterte ins Freie.

Lilli und Ole traten an das Fenster und beugten sich hinaus.

Lilli hörte hinter sich, wie Little sich räusperte und Very und Bob kicherten, aber es war ihr egal. Schulter an Schulter blickte sie mit Ole über den Mühlwald.

Da erscholl von unten ein seltsames Gebell und Mitch schrie vor Schmerz. »Nein, nicht ... weg da!«

Die Geräusche eines heftigen Kampfes waren zu hören. Stampfen, Keuchen, Rumpeln und immer wieder ertönte ein heiseres Kläffen.

Lilli, Ole, Bob und Very rannten zur Treppe. Lilli übersprang die kaputte Stufe und starrte zur Mühlentür. Im Türspalt zuckte Mitchs Fuß.

»Mitch!«, schrie Very und rannte hin.

»Ein Hund ...« Mitch robbte rückwärts in die Mühle. »Ein schrecklicher ... Hund ... war hier drin ... er wollte mich mit sich schleifen ...«

Ole schloss sofort die Tür. Mitch richtete sich keuchend auf und presste beide Hände an den Hals. »Die kopflose Bestie hat mich in die Kehle gebissen ...«

Entsetzt starrten ihn alle an.

»Wie kann ein kopfloser Hund beißen?«, fragte Little tonlos.

Mitch verdrehte die Augen und gab gurgelnde Laute von

sich. Seine Hände rutschten vom Hals auf seine Brust und ein Schwall Blut spritzte aus seinem Kragen.
Very schrie. Bob riss die Augen auf und Lilli musste sich die Nase zuhalten. Ein übler Gestank nach faulen Eiern breitete sich aus.
»Äh«, grunzte Mitch, »was stinkt hier so?«
»Dein Blut!« Lilli stieß lachend die Tür auf.
Very packte Mitch mit einer Hand an seinem Ghostbusterponcho, mit der anderen holte sie die Flasche mit künstlichem Blut aus Mitchs Hemd.
»Mannomann, du und deine bescheuerten Alleingänge!«, rief Ole Mitch hinterher, der mit angehaltenem Atem nach draußen rannte. »Und wieso stinkt das so?« Ole schnupperte an der Flasche und riss angewidert den Kopf zurück.
Lilli hielt die Plastiktüte auf und grinste. »Tja, das werden *Wilde Küken* wohl verhext haben!«
Very ließ die Flasche mit der Mischung aus künstlichem Blut und Stinkbombe in die Tüte fallen. Lilli drehte die Plastiktüte mehrmals zusammen und machte einen Knoten in den Strang, sodass die stinkende Angelegenheit luftdicht verpackt war.
»Zu dumm, dass Enya das nicht riecht!«, sagte Bob mit zugehaltener Nase. »Immerhin war das ihre Idee!«
Alle rannten ins Freie. Der Ghostbusterponcho lag zusammengeknüllt am Boden. Mitch wusch sein Hemd im Bach und hängte es zum Trocknen über die Mauer.
Very telefonierte mit Enya, damit sie trotz ihres Hausarrests auch ein wenig von der stinkenden Nummer hatte. Enya erzählte,

dass sie mit dem Dach fast fertig seien und dass ihre Eltern sich wieder besser vertragen würden. Enyas Mutter hatte sich für heute Abend sogar von Enyas Vater ins Kino einladen lassen.
»Schade, dass es kein Geruchstelefon gibt!«, sagte Very noch in ihr Handy und legte auf.
Ungeachtet des noch immer vorhandenen Gestanks, versammelten sich die drei *Olme* und die drei *Wilden Küken* um das Hexenbrett in der Mühle. Ole, Very, Bob, Little und Mitch schauten Lilli erwartungsvoll an. Lilli überlegte fieberhaft, wie sie um diese Sache herumkommen könnte, ohne sich eine Blöße zu geben, aber es fiel ihr nichts ein. Umständlich wickelte sie die Planchette aus dem Tuch und legte den kopflosen Höllenhund auf das Brett, da pochte es hinter ihr.
Alle sechs fuhren herum und starrten in den Hauptraum der Mühle.
Der Boden erzitterte wie von unsichtbaren Schlägen. Staub wirbelte aus den Ritzen empor und mit einem Krachen flogen zwei Dielenbretter in die Höhe.
Einen Moment lang konnte Lilli sich vor Angst nicht mehr bewegen.
Aus dem Loch im Boden stieg mit bösem Knurren ein hundeköpfiges Wesen.
Küken und *Olme* wichen schreiend zurück.
Die Gestalt stampfte, immer lauter knurrend, auf sie zu.
Es gab nur einen Ausweg. Das Fenster hinter ihnen! Schreiend zwängten sie sich hindurch und ergriffen die Flucht.
Ohne anzuhalten oder sich umzuwenden, rannten sie bis zur

Kapelle. Die Autos vom Partyservice waren weg. Sie zwängten sich zwischen den aufgestellten Tischen und Bänken hindurch, Lilli riss die Kapellentür auf, ließ die drei Jungs und die zwei Mädchen hinein, schlüpfte als Letzte hinterher und schlug die Tür zu.

Zu sechst lehnten sie sich völlig aus der Puste mit dem Rücken gegen die Kapellentür. Die heilige Cäcilie lächelte wie immer. Auf dem Metalltischchen brannten Kerzen und es duftete nach Rosen. Erst jetzt registrierte Lilli den Blumenschmuck. An den drei Bankreihen prangten Gestecke aus Moosröschen, grüne Girlanden aus Buchszweigen und gelbweißen Bändern schmückten die Wände, und aus den beiden Bodenvasen im Altarraum ragten Sonnenblumen. Alles war schon für die morgige Hochzeit vorbereitet.

Lilli fuhr sich übers Gesicht. Wenn sie sich jetzt das Hundekopfmonster in aller Ruhe wieder vor Augen rief, dann sah sie zwar den grässlichen Hundekopf vor sich, aber auch – Turnschuhe.

»Habt ihr die Füße des Monsters gesehen?«, fragte sie.

»Das waren so Pranken, oder?« Very zog ihre blonden Brauen hoch.

Lilli schüttelte den Kopf und drückte die Klinke, um die Kapellentür zu öffnen.

»Was soll das?« Very und Mitch drückten die Tür wieder zu.

»Es gibt keine Geister!«, sagte Lilli.

Bob knüllte ihren Sommerhut zwischen den Händen. »Enya hat recht, Lilli, du bist echt die Stärkste von uns.«

Ole schob Little und Mitch beiseite und öffnete gemeinsam

mit Lilli die Kapellentür. »Das Monster hatte Turnschuhe an, oder?«
Lilli nickte. »Wir haben uns ins Bockshorn jagen lassen, und ich will wissen, von wem!«

Lilli und Ole betraten die Mühle. Der Geruch der Stinkbombe hing noch immer in der Luft, aber das hundeköpfige Monster schien spurlos verschwunden. Lilli kniete sich auf den Boden und untersuchte die Dielen. Bob, Little, Mitch und Very standen abwartend in der Tür.
»Hier!« Lilli hob eine Diele hoch. »Da drunter ist ein Keller!«
Neben Lilli klappte Ole eine weitere Diele zur Seite. Unter dem Fußboden fanden sie einen trockenen Raum, gerade tief genug, um darin stehen zu können.
»Vielleicht das Versteck eines Penners!«, mutmaßte Ole.
In einer Ecke des Kellers waren Isomatten ausgebreitet, ein paar Getränkedosen waren zu einer Pyramide übereinandergeschichtet. Ein kleines Batterieradio und eine Keksschachtel lagen auf einem Schlafsack.
»Ich sag doch, es gibt keine Geister!« Lilli zog eine Werwolfmaske aus Gummi unter dem Schlafsack hervor.

Olme und *Küken* wanderten gemeinsam zurück und trennten sich auf der Weiherwiese. Lilli, Bob und Very sahen noch nach den Hühnern. Während die anderen beiden in der Kükenkajüte die Eier einsammelten, verstaute Lilli das Hexenbrett neben Bobs Feuerspritze in der Deckelkiste.
Die *Wilden Küken* radelten gemeinsam bis zum Stadtbrunnen und verabschiedeten sich dort voneinander.
Kurz darauf bog Lilli mit Karacho in den Fußweg, sah die beiden Röhrichs und legte eine Vollbremsung hin. Mit quietschenden Reifen kam sie zum Stehen und sprang ab.
Herr und Frau Röhrich drehten sich herum.
Frau Röhrich lächelte. »Lilli. Kindchen!« Sie hielt ein Geschenkpaket in beiden Händen. »Unser Hochzeitsgeschenk für deinen Vater und deine Stiefmutter!«
Herr Röhrich zeigte auf das Verkehrszeichen *Fußweg* und murrte: »Hier ist Fahrradfahren verboten!«
Der Weg war zu schmal, um an den beiden Nachbarn vorbeizukommen, also blieb Lilli nichts anderes übrig, als hinter ihnen herzuschieben.
»Ich freu mich so über die Hochzeit. Auch für dich, Kindchen.

All die Jahre …« Wieder drehte sich Frau Röhrich um. »Dir hat ja doch die weibliche Hand gefehlt!«

Lilli blickte über ihren Zaun und durch die Birkenzweige. Oben kam Sneaker aus dem Wohnzimmer auf die Terrasse, bellte und wetzte durch den Garten.

Herr Röhrich wich zurück und hielt unwillkürlich sein Toupet fest. Sneaker sprang bis an den Zaun und kläffte freudig.

»Er kann nicht raus!«, sagte Lilli beruhigend, auch wenn sie wusste, dass Sneaker, wenn er wollte, sowohl über den Zaun als auch über das Einfahrtstor springen konnte.

»Und ob er das kann!«, schimpfte Herr Röhrich. »Neulich Nacht hat er unsere Mülltonne umgeworfen!«

Lilli griff über den Zaun und tätschelte Sneakers Kopf. »Ihre Mülltonne?«

»Der ganze Müll war über den Bürgersteig verteilt!«, sagte Frau Röhrich.

Herr Röhrich sagte ebenfalls etwas, aber Lilli hörte nicht mehr richtig zu. Ihre Gedanken ratterten. Sie hatte das Hexenbrett in Röhrichs Tonne geworfen. Sneaker hatte es in der Nacht zurückgeholt und in den Fahrradanhänger gelegt! Erleichtert lächelte Lilli. Der Spuk war vorbei.

»Was gibt's denn da zu grinsen?!«, fragte Herr Röhrich streng.

»Nichts!« Lilli schüttelte den Kopf. »Ich bin nur froh, dass Sie mir das gesagt haben. Sogar sehr froh!«

»Wenn das noch mal vorkommt, dann beschwer ich mich bei der Stadtverwaltung!« Herr Röhrich rückte sein Toupet zurecht. »Uns reicht der Ärger mit Friedemanns Katze.«

Gleich am Ende des Fußwegs überholte Lilli die Röhrichs, lief ins Haus und nahm Sneaker mit in ihr Zimmer. Dort rief sie sofort ihre Freundinnen an und erzählte ihnen von dem apportierten Hexenbrett. Sie legte auf und wählte Oles Nummer.

Röhrichs hatten nicht nur das Geschenk gebracht, sondern auch für die Hochzeit abgesagt, zu der sie natürlich eingeladen gewesen waren. Aber wie jeden ersten Samstag des Monats hatten sie auch morgen wieder Vorstandschaftssitzung vom Heimatverein.
Den ganzen Abend rannte Lillis Vater schon durchs Haus und suchte verzweifelt nach dem Ladegerät für seine Digitalkamera. Und auch Luisa war auf der Suche. Sie behauptete zwar, kein bisschen abergläubisch zu sein, wollte aber doch noch irgendetwas Geborgtes für die morgige Trauung finden.
»Nimm doch einfach mein Taschenmesser mit!«, sagte Lillis Vater. Aber Luisa schüttelte den Kopf.
»Oder meine Armbanduhr!«, schlug Lilli vor. Sie hielt es eigentlich für ziemlich leicht, sich irgendetwas auszuleihen.
Aber Luisa war mit nichts zufrieden.
»Was hast du denn Altes?« Lillis Vater hatte das Ladegerät endlich gefunden.
»Das Alte gehört zu meinem Brautkleid, das darfst du nicht sehen!«, sagte Luisa.
»Ich dachte, das Kleid ist das Neue!« Er dröselte das Kabel auf.
»Das Kleid ist beides.« Luisa schmunzelte. »Aber das Blaue darfst du sehen.« Sie raffte kurz ihren Rock und zeigte kokett

ihr blaues Strumpfband. »Das hat mir unsere Frau Homolka geschenkt!«
»Wie kess – und gerade jetzt ist mein Akku leer!« Lillis Vater schloss seine Kamera an das Ladegerät an.
Luisa schnappte sich das Nähkästchen von der Kommode, zwinkerte Lilli zu und lief die Treppe hinauf.
Lilli folgte ihr und gemeinsam huschten sie in Lillis Zimmer. Dort zeigte Luisa ihrer Brautjungfer, was sie mit ihrem Ausspruch, das Brautkleid sei das Alte und das Neue zugleich, gemeint hatte.
In dem Nähkästchen befand sich eine Bordüre aus kleinen Seidenblumen. »Die trug meine Mutter bei ihrer Hochzeit.« Luisa suchte nach einem passenden Faden. »Hilfst du mir, die Bordüre an das Brautkleid zu nähen?«
Luisas Mutter war schon gestorben. Ihr Vater lebte, soviel Lilli wusste, in Kanada. Schon komisch. Bald würde sie also einen kanadischen Opa haben.
Aus dem Aufnähen der Seidenbordüre wurde eine mustergültige Modenschau. Luisas Schuhkarton stand offen auf Lillis Sessel. Auf Lillis Bett thronte die leere Schachtel des Brautschleiers. Darin lag jetzt nur noch die kleine Samtrolle mit den beiden Goldringen. Den Brautschleier trug Luisa auf dem Kopf und zupfte daran herum. Lilli holte den großen Standspiegel aus dem Schlafzimmer und stellte ihn auf den Fransenteppich. Schließlich standen Braut und Brautjungfer im Brautkleid und im Brautjungfernkleid davor und drehten sich um sich selbst. Zusammen mit dem vornehmen Rüschenkragen sah Lillis

Hühnerfederanhänger wie ein besonders seltenes Schmuckstück aus.
Luisa schlüpfte aus den Schuhen, nahm den Schleier ab und wollte ihn zurück in die Schachtel legen, da flog die Tür auf, und Lillis Vater stand mit einem Rührbesen in der Hand vor der Braut. »Zwiebeln ins Omelette oder nicht?«
Einen Moment lang schauten sich alle drei mit großen Augen an.
»Oh nein!«, rief Lillis Vater. »Ich darf die Braut ja nicht sehen!« Er zog die Tür geschwind wieder zu.
»Warte!« Luisa öffnete sie wieder. »Das ist doch alles Aberglaube. Ich pfeife auf das Geborgte. Und mir ist egal, ob du mich vor der Hochzeit im Brautkleid siehst, weil ...« Sie holte Luft, blinzelte und wischte sich eine Träne aus den Augen. »Weil du der Mann bist, den ich liebe. Und wir gehören zusammen. In guten und in schlechten Tagen, wir sind wie Nut und Feder oder wie diese Zinken und Zapfen ...«
»Eine Holzverbindung?«, fragte Lillis Vater erst irritiert, aber dann strahlte er. »Soll das vielleicht heißen, *du* machst *mir* einen Heiratsantrag?!«
Luisa blinzelte immer schneller. »In guten und in schlechten Tagen, wir sind eine Holzverbindung fürs ganze Leben, und deshalb frage ich dich, Stefan Holler ... willst du meine Frau werden ... also, mein Mann natürlich, oje, das ist echt kompliziert, so ein Antrag. Also noch mal: Deshalb frage ich dich ...«
Aber da umarmte Lillis Vater die stotternde Luisa einfach und sagte: »Ja, ich will!«

»Nein!«, schrie Lilli. »Aus, Sneaker, aus!«
Sneaker war ins Zimmer gesaust und wollte sich einen der Brautschuhe schnappen. Aber Lilli war schneller, erwischte den Schuh und rief: »Schnell, Papa!« Ihr Vater bückte sich und rettete gerade noch rechtzeitig den zweiten.
Sneaker knurrte und nahm jetzt den Brautschleier ins Visier. Luisa griff danach und hopste damit auf Lillis Bett. Alles schien vor dem Hund in Sicherheit gebracht. Aber das war ein Irrtum. Eine kleine Sache hatten sie übersehen.
Sneaker verdrehte die Augen und würgte.
»Oh nein!«, schrie Luisa und zeigte auf die zu Boden gefallene Schachtel.
»Er hat die Ringe gefressen!« Lillis Vater schüttelte fassungslos den Kopf.
Und Sneaker rülpste.

Luisa telefonierte erst mit dem Tierarzt und dann mit Kaplan Hoffmann. Als sie das Telefon weglegte, konnte sie schon wieder lachen. »Kaplan Hoffmann sagt, es geht auch ohne. Und der Tierarzt meint, spätestens in drei Tagen haben wir die Ringe wieder.«
Lillis Vater verdrehte die Augen und rümpfte die Nase.
Zum Abendessen gab es für die Menschen Omelette mit Zwiebeln und für den Hund viele böse Blicke. »Was bist du nur für ein schlimmer Hund.« Luisa streichelte Sneaker und schob ihm den Wassernapf vor die Schnauze. »Du musst viel trinken, hat der Doktor gesagt!«

Nach dem Abendessen ging Lillis Vater noch mal in die Werkstatt.

Kurz darauf kam Nadja zurück, die gemeinsam mit Luisas Bruder Jens das Brautauto von der Gärtnerei abgeholt hatte.

Luisa schaltete den Fernseher aus. »Hoffentlich täuscht sich der Wetterbericht, sonst können wir morgen nicht draußen feiern und … oje, langsam werde ich doch wieder abergläubisch.«

Gemeinsam betrachteten Lilli, Nadja und Luisa durchs Fenster das kleine rote Auto, das blumengeschmückt im Regen stand. Luisa machte ein verzweifeltes Gesicht. Aber nicht lange. Denn in diesem Augenblick erschien Lillis Vater in der Tür und wischte sich ein paar Regentropfen aus der Kurzhaarfrisur. »Ich bin halt Schreiner und kein Goldschmied!« Er nahm Luisas Hand und legte zwei Ringe aus Holz hinein. »Olivenholz. Wächst sehr langsam. Ein gutes Holz mit schöner Maserung. Ein bisschen wild, aber sehr haltbar.«

Luisa probierte den kleineren Ring. »Passt perfekt«, sagte sie heiser. Und dann lächelte sie ihre Tränen der Rührung weg und erzählte Nadja, was passiert war.

Lilli kuschelte sich tiefer in ihr Bett und freute sich auf das morgige Hochzeitsfest. Zuerst würden sie in Luisas blumengeschmücktem Auto zum Standesamt fahren. Dort sollten nur das Brautpaar, Lilli und die beiden Trauzeugen dabei sein. Währenddessen wollten Bobs Mutter und die anderen Helferinnen schon alles an der Kapelle vorbereiten. Danach würden Nadja und Lilli, als Trauzeugin und Brautjungfer, der Braut beim Umziehen helfen und mit ihr zur Kapelle fahren, wo der Bräutigam und alle anderen Hochzeitsgäste schon versammelt wären. Mit dem Wunsch, es solle endlich aufhören zu regnen, schlief Lilli ein.

Im ersten Moment dachte Lilli, sie würde träumen. Sie richtete sich auf und lauschte. Aber das war kein Traum. Wieder klackerte es. Und kurz darauf noch einmal. Da warf jemand Steinchen gegen die Scheibe. Lilli zog die Gardine weg und öffnete das Fenster. Eine verrückte Sekunde lang glaubte Lilli, in der Gestalt im Garten Ole zu erkennen.
»Lilli, ich bin's!«, rief es leise von unten. Es war Enya, die da frierend neben dem Gewächshaus im Regen stand.
»Warte, ich komm runter.« Lilli schlich sich aus ihrem Zimmer. Scheinbar schliefen alle schon. Nirgends brannte mehr Licht. Leise nahm Lilli ihre Regenjacke vom Haken und stahl sich aus dem Haus.
Sie tapste auf Zehenspitzen durchs nasse Gras und zog Enya unter das Vordach. »Was ist denn passiert? Hast du nicht Hausarrest?«
»Mama und mein Vater sind noch im Kino.«
»Aber das ist doch nicht schlimm?!« Lilli legte der bibbernden Freundin ihre Regenjacke um.
»Mark ist weg.« Enya schluchzte. »Dass ich ihn geschlagen hab, das war nicht meine Absicht … und vorhin, ich wollte mit ihm darüber reden und bin in sein Zimmer … Ich wollte mich …!« Neuerliche Schluchzer unterbrachen Enyas Erzählung.

»Dich bei ihm entschuldigen?«, vermutete Lilli.

»Aber er war nicht da und …« Ein Weinkrampf schüttelte Enya. »Seine Gitarre, er hat seine Gitarre kaputt gemacht. Die hat er von Papa bekommen. Sie ist total zersplittert. Die Gitarre war immer sein Kostbarstes, Lilli. Und jetzt hat er sie zerstört und ist verschwunden … Ich hab solche Angst! Mama hat ihr Handy ausgeschaltet und ich wusste nicht, wohin …«

Hinter Lilli ging die Außenbeleuchtung an und Nadja erschien in der Haustür. »Lilli? Ist alles in Ordnung?«

Lilli zog Enya mit sich ins Haus. Flüsternd standen sie mit Nadja im Flur.

»Hast du irgendeine Ahnung, wo dein Bruder jetzt sein könnte?«, fragte Nadja.

Enya schüttelte den Kopf und zog sich Lillis Regenjacke fester um die Schultern.

»Tjorben und Arvin sind doch seine Freunde.« Lilli wischte sich die Grashalme von den nassen Füßen. »Vielleicht wissen die was.«

»Das sind nicht seine Freunde.« Enya schniefte und steckte fröstelnd die Hände in die Taschen der geliehenen Jacke. »Eigentlich hat er gar keine Freunde.«

Lilli blickte zu Nadja. »Soll ich Papa und Luisa wecken?«

Nadja zögerte. »Morgen ist ihr Hochzeitstag …«

»Seit wann spielst du denn Gitarre?« Mit überraschtem Gesichtsausdruck zog Enya die kleine bernsteinfarbene Plastikscheibe aus der Tasche von Lillis Regenjacke.

»Das hab ich gefunden«, sagte Lilli. »Was ist das denn?«

Nadja nahm das tropfenförmige Ding aus Enyas Hand. »Das ist ein Plektrum. So etwas benutzen Gitarrenspieler. Damit schlagen sie die Saiten an.«
Verwundert betrachtete Enya die chinesischen Schriftzeichen auf dem bernsteinfarbenen Plektrum. »Ich glaub, das gehört Mark.«
Lillis Atem ging schneller. »Dann weiß ich, wo er ist.« Erinnerungsbilder jagten ihr durch den Kopf. Sie sah das Plektrum nahe der Bohlenbrücke im Gras liegen. Sie sah das geheime Lager unter den Dielen. Sie sah das hundeköpfige Monster auftauchen und erkannte im Nachhinein auch die Turnschuhe. »Dein Bruder ist der Geist der alten Mühle!«

Lilli holte trockene Sachen für Enya, zog sich selbst regenfest an und schrieb einen Zettel für ihren Vater und Luisa. Enya sprach ihrer Mutter eine Nachricht auf den Anrufbeantworter und schon konnte es losgehen.
Nadja steckte den Schlüssel ins Zündschloss und startete das Handwerkerauto.
Leise redend, hoffend und bangend, saßen Lilli und Enya auf der Rückbank. Nadja steuerte das Auto durch die Regennacht. Erst über die Landstraße, dann an Gut Feldberg vorbei und zuletzt auf dem Feldweg in den Wald hinein bis zur Kapelle.
Die für das Fest aufgestellten Tische und Bänke waren klatschnass und glänzten im Scheinwerferlicht.
Lilli nahm die große Taschenlampe aus dem Handschuhfach und ging den anderen voran.

Sie überquerten die Bohlenbrücke, balancierten über die Staumauer und standen schließlich vor der Mühle.

»Mark!«, rief Enya schon an Tür. »Mark, bist du da?«

Lilli trat hinter Enya in die Mühle. Aus dem Kellerloch drang ein schwacher Lichtschein.

Einen Moment lang herrschte Stille, aber dann hörten sie Marks Stimme. »Enya?!«

Die Dielen waren schnell beiseitegehoben. In dem niedrigen Keller brannte eine Kerze. Lilli leuchtete mit der Taschenlampe nach unten. Mark hockte, in seinen Schlafsack gehüllt, auf der Isomatte und machte einen sehr jämmerlichen Eindruck.

»Wieso hast du deine Gitarre kaputt gemacht, Mark?« Enya kletterte zu ihm hinunter. »Ich hatte solche Angst.«

»Keine Ahnung«, murmelte Mark. »Papa hat mir das Gitarrespielen beigebracht und uns dann im Stich gelassen.«

Enya legte den Arm um ihren Bruder. »Und deshalb willst du uns jetzt auch im Stich lassen?«

Lilli schaltete die Taschenlampe aus und zog Nadja mit sich zur Tür.

Während Enya und Mark drinnen miteinander redeten, lehnten Nadja und Lilli draußen an der Mauer der Mühle.

Der Regen rauschte, der Bach plätscherte und gluckste, aus der Regenrinne tropfte es auf das Pflaster vor ihren Füßen.

Nadja kuschelte sich tiefer in ihre Motorradjacke. »So eine Freundin wie dich hätte ich auch gern.«

»Hast du doch«, sagte Lilli.

Als Enya und ihr Bruder aus der Mühle kamen, half Lilli Mark, sein im Gebüsch verstecktes Fahrrad über die Staumauer zu tragen.
Schweigend überquerten sie die Bohlenbrücke.
Nadja schloss das Auto auf und gemeinsam packten sie das Fahrrad in den Kofferraum. Bevor Lilli die Heckklappe zumachte, drückte sie Mark noch schnell das Plektrum in die Hand. »Das hast du verloren.«
Im Licht der Autobeleuchtung sah sie, dass er geweint hatte. Sie berührte ihn am Arm. »Du hast uns ganz schön erschreckt!«
Mark lächelte erschöpft und schloss die Faust um das Plektrum. »Leider hab ich keine Gitarre mehr.«
In diesem Augenblick schwenkte ein Lichtkegel über die Kapelle und kurz darauf hielt ein Auto neben ihnen. Manuela und Lukas Morawski stiegen aus.
»Was machst du denn für Sachen?« Marks Mutter blickte ihren Sohn vorwurfsvoll an. Aber Mark schwieg nur bockig. Lukas Morawski begrüßte Nadja und Lilli und wandte sich dann an Enya. »Deine Mutter hat nach dem Kino ihr Handy wieder eingeschaltet und deine Nachrichten abgehört.«
Während Frau Morawski jetzt ein paar Worte mit Nadja wechselte, schubste Enya ihren Bruder mit sanftem Nachdruck näher zu Herrn Morawski.
Mit gesenktem Kopf stand Mark vor seinem Vater.
Herr Morawski suchte nach Worten. »Manuela und ich, wir werden nie mehr ein Paar sein. Ich werde auch nicht bei euch wohnen, Mark. Aber ich möchte wieder euer Vater sein.«

Lilli spürte, wie Enya neben ihr in sich zusammensank. Enya hatte sich so viel mehr gewünscht. Lilli tastete nach ihrer Hand und hielt sie fest.

Lukas Morawski fasste seinen Sohn um die Schulter. »Lass uns doch wieder mal zusammen Gitarre spielen.«

»Ich hab meine kaputt gemacht.« Mark sagte es nicht trotzig oder böse, sondern nur sehr leise und sehr traurig.

Herr Morawski trat an sein Auto. Lilli dachte schon, er würde jetzt einfach davonfahren. Aber Herr Morawski stieg nicht ein und fuhr auch nicht weg. Stattdessen holte er eine Gitarre aus dem Kofferraum.

»Hier. Du spielst sowieso besser als ich.« Er gab Mark die Gitarre.

»Und du?«, fragte Mark.

Herr Morawski lächelte. »Wenn du Lust hast, können wir ja nächste Woche zusammen eine für mich besorgen.« Herr Morawski hielt ihm die Autotür auf.

Mark nickte und stieg mit der Gitarre im Arm ein. Enya setzte sich neben ihren Bruder auf die Rückbank.

Herr und Frau Morawski bedankten sich nochmals bei Nadja, versprachen, Marks Fahrrad bald abzuholen, und fuhren los.

In der Heckscheibe sah Lilli Enyas winkende Hand, bis das Auto zwischen den Bäumen verschwand.

Lilli und Nadja setzten sich ebenfalls ins Auto. Bevor Nadja den Motor startete, streckte sie den Kopf aus der Fahrertür. »Es hat aufgehört zu regnen!«

Zufrieden kuschelte Lilli sich in den Sitz und Nadja fuhr los.

Lilli blinzelte. Vor ihrem Fenster glänzte ein strahlender Samstagmorgen. Schlagartig fiel Lilli ein, was heute für ein Tag war. Hochzeitstag! Lilli blickte auf den Wecker, sprang aus dem Bett und lauschte in die Stille des Hauses. Sie mussten alle verschlafen haben!

Mehrmals klopfte Lilli an die Schlafzimmertür und kurz darauf ertönte von drinnen Luisas spitzer Schrei. Als wäre dieser Schrei das Startsignal gewesen, brach jetzt eine unbeschreibliche Hektik aus. Luisa stürzte ins Bad. Lillis Vater verlor einen Sakkoknopf. Lilli und Nadja versuchten vergeblich, ihre Locken zu bändigen, Luisa hatte eine Laufmasche und fand den Gürtel ihres gelben Kostüms nicht. Sneaker lief allen, wo er nur konnte, vor die Füße, bis Luisa ihm die getupfte Seidenfliege um den Hals band, die Lillis Vater nicht tragen wollte. Von da an stolzierte Sneaker nur noch vornehm auf und ab – wie ein Butler.

Wie durch ein Wunder kamen alle gestriegelt und geschniegelt auf die Sekunde pünktlich aus dem Haus und wollten in Luisas blumengeschmücktes Auto steigen.

»Ich finde den Autoschlüssel nicht.« Luisa kramte immer nervöser in ihrer Handtasche.

»Wahrscheinlich hat ihn Jens gestern eingesteckt, nachdem wir aus der Gärtnerei gekommen sind«, mutmaßte Nadja.
»Wir nehmen mein Auto!«, rief Lillis Vater und die ganze feine Gesellschaft kletterte in sein Handwerkerauto.

In Lillis Augen glich die standesamtliche Trauung eher einer langweiligen Schulstunde, aber Luisa war so aufgeregt, dass sie nach der Unterschrift versehentlich den Füllfederhalter des Standesbeamten mit in ihre Handtasche steckte. Als Lilli, Nadja und Jens auf dem Parkplatz schon Reis über die Frischvermählten warfen, kam der Standesbeamte gestikulierend aus dem Standesamt gelaufen. Er hatte den Verlust bemerkt und verlangte seinen Füllfederhalter zurück.

Daheim ließ Lillis Vater Luisa, Nadja und Lilli nur kurz aussteigen und wollte zusammen mit Jens und Sneaker schon voraus zur Kapelle fahren, da sprang Jens in letzter Sekunde noch mal vom Beifahrersitz und gab Luisa ihren Autoschlüssel zurück.
Lilli und Nadja halfen der Braut beim Umziehen. Rechtzeitig war alles fertig. Die Frisur, die winzigen Blümchen im Schleier und Luisas Make-up. Obwohl Lilli sie ja schon öfter in dem Brautkleid gesehen hatte, fand sie Luisa am heutigen Tag so schön wie noch nie. Wahrscheinlich lag das weniger am Kleid als an Luisas strahlendem Gesicht. Lilli machte mit der Digitalkamera ihres Vaters das Foto, das er ihr aufgetragen hatte. Die Braut vor dem blumengeschmückten, kleinen roten Brautauto. Und dann mit Selbstauslöser noch mal. Braut, Trauzeugin und

Brautjungfer vor dem blumengeschmückten, kleinen roten Brautauto. Lilli betrachtete das Bild auf dem Display und fand auch sich als Brautjungfer so schön wie noch nie.
Die Braut nahm auf dem Beifahrersitz Platz, die Brautjungfer machte es sich auf dem Rücksitz bequem, und Nadja klemmte sich hinters Steuer. Abgesehen von der Sache mit dem geklauten Füllfederhalter, schien alles zu laufen wie am Schnürchen. Bis Nadja den Zündschlüssel herumdrehte. Nichts rührte sich. Kein Orgeln des Anlassers, kein Motor, der ansprang, nur ein rotes Lämpchen, das leuchtete.
»Was bedeutet das?«, fragte Nadja.
»Zündanlage defekt, Werkstatt aufsuchen!«, murmelte Luisa tonlos.
Nadja drehte und drehte den Schlüssel immer wieder im Zündschloss. Vergeblich. »So ein Pech aber auch!«
»So ein Pech aber auch«, wiederholte Luisa und wurde immer bleicher. »Wieso hab ich mir nicht Stefans Taschenmesser ausgeborgt?! Dann hätte ich jetzt nicht nur was Blaues, was Neues und was Altes!«
»Du hättest den Füllfederhalter vom Standesbeamten nicht hergeben sollen. Dann hättest du auch was Geborgtes«, sagte Nadja. Aber nicht einmal sie selbst lachte über ihren Witz.
»Selbst wenn wir ein Taxi rufen, kommen wir zu spät!«, jammerte Luisa.
»Ich kann dir was borgen!« Lilli nahm ihre Hühnerfeder vom Hals und hängte Luisa das Bandenzeichen um.
Luisa berührte sichtlich gerührt die Feder. Sie blinzelte dreimal,

räusperte sich und sagte dann mit ihrer Lehrerinnenstimme. »Alles aussteigen!«

Sie stiegen alle aus. Luisa raffte ihr Hochzeitskleid hoch, kletterte in den Beiwagen von Nadjas Motorradgespann und stülpte sich den Helm über den Brautschleier. »Mädels, ihr bringt mich jetzt zur Kirche!«

Lilli schwang sich hinter Nadja auf die Maschine und setzte den Helm auf, den Nadja ihr reichte. Nadja trat den Kickstarter, der Motor knatterte, und los ging es.

Die Arme um Nadjas Taille geschlungen, blickte Lilli zum Beiwagen. Luisas Brautschleier flatterte lustig im Fahrtwind.

Die Hochzeitsgesellschaft staunte nicht schlecht, als statt des erwarteten Brautautos ein Motorradgespann vor der Kapelle hielt.

Einen Moment lang wurde es noch mal hektisch. Luisa richtete schnell ihre Frisur wieder her, Lillis Vater unterhielt sich aufgeregt mit den Gästen, und die kleine Glocke der Kapelle bimmelte. Aber dann wurde es feierlich.

Lilli und Nadja setzten sich in die erste Reihe, neben Bobs Eltern und die Nonna. Lilli blickte sich um. Die kleine Kapelle war voll besetzt. Very, Bob und Enya lächelten ihr zu. Alle drei trugen Kleider und sahen ganz ungewohnt aus. Aber noch ungewohnter sah Ole in seinem Anzug aus.

Buntes Sonnenlicht fiel durchs Fenster. Lillis Vater und Luisa standen vor dem Kaplan und steckten sich die beiden Olivenholzringe an die Finger.

Am Schluss trat Enyas Bruder aus der Bank. Er hatte die Gitarre seines Vaters umhängen und spielte darauf so schön, dass Lilli weinen musste. Und nicht nur sie.

Als sich die Gäste bereits an den weiß gedeckten Tischen verteilten, standen die *Wilden Küken* und die *Grottenolme* noch kurz in der Kapelle und betrachteten stumm die beiden Mühlenbilder.

»Ab jetzt wird nicht mehr gespukt!«, sagte Bob.

Lilli schüttelte lachend den Kopf. »Nein, jetzt wird gefeiert!«

Luisa und Lillis Vater tanzten Walzer und alle klatschten. Dann forderte Lillis Vater seine Tochter auf. Er hob sie hoch und umarmte sie vor lauter Glück.

Enya tanzte ebenfalls mit ihrem Vater, Mark mit seiner Mutter. Erst sahen die *Grottenolme* nur zu, aber als Nonna Paola Kaplan Hoffmann aufforderte, trauten auch sie sich auf die Tanzfläche. Mal schwangen Mitch und Very zusammen das Tanzbein, mal Bob und Ole. Lilli tanzte mit Little und Enya mit Mitch. Nur Lilli und Ole tanzten kein einziges Mal miteinander.

Lilli saß an der Kapellenwand auf dem Mauervorsprung und schaute dem bunten Treiben zu. Luisa setzte sich neben sie. Beide lächelten. Luisa nahm die Hühnerfeder vom Hals und legte sie Lilli wieder um. »Danke! Nicht nur fürs Borgen.« Da setzte sich auch Lillis Vater auf den Mauervorsprung und Nadja machte ein Foto von den dreien.

»Lilli!« Bob stand zusammen mit den anderen *Wilden Küken* am Zaun und winkte Lilli zu sich.

»Ole ist schon gegangen!«, sagte Bob.

»Woher wisst ihr das?«, fragte Lilli.

»Er hat sich von jeder von uns verabschiedet«, sagte Enya.

Lilli seufzte unwillkürlich. »Von mir nicht.«

»Eben!« Very gab Lilli einen Schubs und lachte.

Sneaker strich Lilli mal um die Beine, mal lief er kläffend voraus. Lilli wanderte den Schlangenbach entlang über die Hahnenfußwiese, vorbei an der Silberpappel und dann den Hügel hinauf. Auf dem Hügelkamm blieb Lilli stehen und blickte hinunter zur *Mystery*. Sneaker war zum Schiff gelaufen, steckte jetzt den Kopf in die Deckelkiste an Bord und holte das Hexenbrett heraus. Er zerrte es übers Deck bis an die Reling. Dort stützte er sich mit den Vorderpfoten auf und ließ das Hexenbrett in den Weiher plumpsen.

»Weg ist es!«, ertönte eine Stimme vom Waldrand her. Das Tarnnetz vor dem Hochsitz der *Grottenolme* bewegte sich und Oles Gesicht erschien zwischen den Zweigen.

Lilli lief hin, blieb aber vor dem Baumschatten im Gras stehen.

»Von hier oben hat man eine tolle Aussicht!«, sagte Ole.

Lilli zögerte. »Das ist doch Olmterritorium!«

»Nicht bei Waffenstillstand!« Ole schob die Tarndecke zur Seite.

Lilli stieg die Leiter hinauf und setzte sich neben ihn. »Sieben!«

»Was sieben?«, fragte Ole.
»Leitersprossen!« Lilli lächelte unsicher und rückte ein Stück näher.
Ole lächelte ebenfalls unsicher und auch er rückte ein Stück näher.
Einen dunkelblauen Augenblick lang stand die Zeit still. Gerade lange genug für einen Kuss.
Die Sonne schien durchs Blätterdach und zwischen Himmel und Erde raschelte leise der Wind.